Leonie Ossowski wurde 1925 auf einem Gut in Niederschlesien geboren und lebt heute als freie Schriftstellerin in Berlin. Sie schreibt Hörspiele, Drehbücher, Theaterstücke, Dokumentationen, Erzählungen und Romane und erhielt zahlreiche Preise, u. a. 1982 den Schiller-Preis der Stadt Mannheim.

Die große Flatter. Dieser mehrfach ausgezeichnete Roman von Leonie Ossowski, dessen gleichnamige Verfilmung ein großer Erfolg wurde, schildert ein Stück bundesrepublikanischer Realität.

Was aus der Siedlung kommt, sagen die Leute, das kann ja nichts Gutes sein. Und deshalb geht auch soviel schief, deshalb möchte jeder gern abhauen, die große Flatter machen. Das möchten auch Schocker und Richy, die beiden Jungen aus den in Baracken zusammengepferchten, zerrütteten Familien in der menschenunwürdigen Berliner Obdachlosensiedlung, aber alles geht eben schief. Ihre Ausbruchsversuche scheitern ebenso wie die Erfüllung ihrer Sehnsucht nach Liebe und menschlicher Wärme. Am vorläufigen Ende steht die Kriminalität und das Gefängnis und Richys tränentrotzige Wut: »Eines Tages werde ich alle fertigmachen.« Nur für Schocker zeigt sich ein Funken von Hoffnung.

»Eines der wichtigsten und hervorragendsten ›Jugend‹-Bücher der letzten zwanzig Jahre«, schrieb Ute Blaich in der ZEIT. Dabei bedeuten Anführungszeichen: ein Buch *über* eine Jugend von heute – ein notwendiges Buch für Jugendliche, mehr aber noch ein unerläßliches Buch für die verantwortlichen Erwachsenen.

Leonie Ossowski
Die große Flatter
Roman

Fischer
Taschenbuch
Verlag

367.–378. Tausend: April 1996

Ungekürzte Ausgabe
Veröffentlicht im Fischer Taschenbuch Verlag GmbH,
Frankfurt am Main, Oktober 1980

Lizenzausgabe mit Genehmigung
des Verlages Beltz & Gelberg, Weinheim
© Beltz Verlag, Weinheim und Basel 1977
Satz: Fotosatz Otto Gutfreund GmbH, Darmstadt
Druck und Bindung: Clausen & Bosse, Leck
Printed in Germany
ISBN 3-596-22474-8

Gedruckt auf chlor- und säurefreiem Papier

*»... ich seh' hin – bis mein Augenlid zittert
und warte – vergeblich –, daß man's merkt.«*
Hanne F. Juritz

I.

Das Fenster ist verschlossen, Agnes will das so. Da kann man nichts machen. Agnes ist die Älteste der Warga-Bande und die einzige, die ein Bett für sich allein hat. Sie schläft rücklings, die Arme unter dem Kopf, breitbeinig, als sonnte sie sich im Strandbad. Birgitt und Dagmar dagegen liegen dicht aneinander gedrückt wie junge Ratten in der Kuhle ihrer ausgeleierten Matratze. Ihre Haare sind ineinander verfitzt, ihre Ellbogen im gleichen Winkel angezogen wie ihre mageren Kinderknie. Wenn Schocker sie jetzt ein wenig zwickte, dann würden sie sich automatisch und ohne aufzuwachen umdrehen.

Seit vorigem Jahr haben Birgitt und Dagmar ein Erwachsenenbett. Bis dahin mußten sie mit dem Gitterbett vorliebnehmen. Aber als die fünfjährige Birgitt zu groß geworden war, sagte Herr Warga, daß ein neues Bett her müßte. Das war dann das dritte Erwachsenenbett im Zimmer. Die beiden Kleinsten, die vorher in Waschkörben genächtigt hatten, konnten ab jetzt das Gitterbett für sich in Anspruch nehmen. Quer und voneinander abgewandt liegen sie zwischen den Gittern, die Hände im Draht verkrallt. Die weggestrampelte Decke bedeckt nicht einmal ihre nackten Füße.

Taucht Fritzchen im Halbschlaf aus seinen Kleinkinderträumen auf, beginnt er mit dem Kopf zu wackeln. Erst langsam, dann schneller, wobei auch seine Schultern hin- und herfahren, bis schließlich seine Ärmchen von rechts nach links fliegen. Mit der Zeit entsteht dadurch ein solcher Schwung, daß das Gitterbett ruckartig durchs Zimmer fährt. Erika wacht

7

nie davon auf. Im Gegenteil, sie hält sich nur fester am Gitter, als säße sie in einer Luftschaukel.

Stößt das Gitterbett gegen Schockers und Charlis Bettlade, kriecht Schocker unter seiner Decke hervor und fährt die Kleinen zurück an ihren Platz. Warum er das macht, weiß er eigentlich nicht. Er hat es sich so angewöhnt. Manchmal passiert es, daß er Fritzchen streichelt oder dessen Hände festhält, bis die Kopfwackelei ein Ende hat.

Schocker hat Fritzchen gern, aber das weiß niemand. Der Grund für Schockers Zuneigung zu seinem einjährigen Halbbruder ist ein wenig sonderbar. Es liegt nämlich daran, daß Fritzchen einen Mangel hat. Er ist eine Sturzgeburt. Nicht, daß ihn der Esel im Galopp verloren hätte, wie die Geschwister in Abwesenheit der Mutter behaupten und dabei das ahnungslose Fritzchen verlachen. Nein, hier in der Siedlung auf dem Küchensofa der Zweizimmerwohnung ist er zur Welt gekommen. Frau Schock brauchte alle Kraft, um sich rechtzeitig dort hinlegen zu können, sonst wäre Fritzchen am Ende gar noch auf dem Fußboden geboren worden. Nicht in einem blitzblanken Krankenhaus mit weißen Betten, Schwestern und Ärzten, wie sich das heutzutage gehört, sondern in der Wohnküche der Barackensiedlung auf zwei Frotteehandtüchern, die Schocker in aller Eile aus dem Schrank gezerrt hatte. Daß Schocker Zeuge dieser ungewöhnlichen Geburt war, mag der zweite Grund sein, warum er für Fritzchen etwas übrig hat.

Es hatte ganz komisch angefangen: Die Geschwister waren noch in der Schule, Erika schlief im Kinderwagen vor der Haustür, und Frau Schock stand am Herd, um das Mittagessen vorzubereiten. Plötzlich bildete sich zu ihren Füßen eine große Pfütze. Es plätscherte sozusagen aus ihr heraus, und Schocker glaubte, seine Mutter mache sich in die Hosen.

»Jesusmaria«, sagte Frau Schock, und ihre Hände rutschten beinah in die kochende Suppe, »Jesusmaria, das Fruchtwasser!«

Bevor sie richtig zum Luftholen kam, zog sich ihr Körper zu-

sammen, und ein schlimmer Schmerz entlockte ihr einen
Schrei, wie ihn Schocker noch nie gehört hatte.

»Mama«, rief er entsetzt und vergaß vor Schreck die Pfütze,
die jetzt wie ein Bächlein durch die Küche rann, »Mama,
was ist denn?«

»Das Kind, Schocker, das Kind kommt«, ächzte die Mutter
und hangelte sich von Stuhl zu Stuhl, bis sie das Sofa er-
reichte. »Lauf«, rief sie, »lauf!«

Aber Schocker wußte nicht, wohin er laufen sollte, zumal
die Mutter wieder einen Schrei von sich gab, der ihn ganz
bewegungslos machte.

»Ich bleib bei dir«, flüsterte er in hellem Entsetzen, ohne daß
Frau Schock auch nur ein Wort verstand. Weil Schocker sich
nicht auf den Weg machte, um Hilfe zu holen und sich schon
die nächste Wehe ankündigte, die das Kind aus ihrem Leib
preßte, winkte sie Schocker heran.

»Zieh mir die Hose runter!«

Schocker zog seiner Mutter die Hosen herunter.

»Hol Handtücher!«

Schocker riß zwei Handtücher aus dem Küchenschrank und
schob sie seiner Mutter unter. Jetzt schrie sie nicht mehr,
stöhnte nur noch mit rotem Kopf und angeschwollenen
Halsadern, die Zunge zwischen die Zähne geschoben, als
wollte sie ein Stückchen davon abbeißen. Sie winkelte ihre
Beine an und hielt sich an den eigenen Fußknöcheln fest, damit sie ihr nicht davonflögen – so wenigstens kam es Schokker vor.

Dann sah er etwas unbeschreiblich Wunderliches. Zwischen
den Beinen seiner Mutter bildete sich halbmondförmig eine
vielleicht dreifingerbreite Öffnung, in der eine mit Flaum
bedeckte Fläche zum Vorschein kam. Die Öffnung vergrö-
ßerte sich mit jedem Atemzug. Aus der Fläche wurde eine
Rundung, und beim dritten Luftholen war Fritzchens Kopf
zu erkennen. Dann ging alles schnell, so schnell, daß Frau
Schock weder zum Schreien noch zum Stöhnen kam. Fritzchen flutschte ganz einfach aus ihr heraus und lag auf den

zwei Frotteehandtüchern, als wäre er von der Küchendecke geplumpst. Knallrot war er und von oben bis unten verschmiert, ein richtiges Siedlungskind mit zugekniffenen Augen und Rotz in der Nase und im Mund.

»Lauf«, wisperte die Mutter ganz ohne Kraft, »sonst erstickt er!«

Schocker rannte, als wenn es um sein Leben ging und nicht um einen Neuankömmling der Warga-Bande.

Erst kam die Nachbarin und sorgte für Fritzchens ersten Schrei, später ein Krankenwagen, der Mutter und Kind unter dem fröhlichen Gelächter der zahlreichen Zuschauer in die Klinik brachte.

»Warum bist du nicht gleich zur Nachbarin gelaufen?« schimpfte Herr Warga am Abend mit Schocker herum, »von dir hätte ich das erwarten können!«

Seitdem mag Schocker Fritzchen, der eine Sturzgeburt war. Seine anderen Halbgeschwister kann er nicht leiden. Er nennt sie heimlich die Warga-Bande. Am wenigsten mag er Agnes, die ein Bett für sich allein hat, obwohl es Schockers Meinung nach ihm zusteht.

Herr Warga hat verwandtschaftlich mit Schocker nichts zu schaffen. Aber so lange Schocker denken kann, ist Herr Warga mit von der Partie. Mittlerweile ist Schocker fünfzehn Jahre alt, Herr Warga ist immer noch da und Vater von der sechsköpfigen Warga-Bande, aber nicht von Schocker.

Nein, sagt Herr Warga, heiraten will er Schockers Mutter nicht, weil dann die Rente für Schocker und dessen Mutter flötenginge. Aber er zog mit Frau Schock – wie Schockers Mutter heißt – zusammen, und im Lauf der Jahre bekam sie von Herrn Warga ein Kind nach dem anderen. Sorgfältig suchte Herr Warga die Namen seiner Kinder aus, und um eine gewisse Ordnung in die Abfolge seines Nachwuchses zu bringen, taufte er die Kinder dem Alphabet nach: Agnes, Birgitt, Charli, Dagmar, Erika, Fritzchen. Jeder hat seinen Vornamen, wird danach gerufen und hört darauf. Nur

Schocker hat allem Anschein nach keinen Vornamen, lediglich einen Spitznamen – eben Schocker.

Als Kleinkind taufte Herr Warga ihn so. Zumindest erzählt das Frau Schock, und sie lächelt auch noch dabei. Damals, als Herr Warga zum ersten Mal bei Frau Schock zu Besuch war, hatte sie ihren Sohn in die Nebenstube gesperrt und dort ins Bett gelegt. Schocker schlief nicht, weinte auch nicht, sondern spielte mit seinen Schuhen, seinen Strümpfen und was er sonst am Leib trug. Erst als er Herrn Wargas Lachen hörte, fing er an zu rufen. Das nützte nichts, und weil es nichts nützte, fing er an zu schreien. Da blieb Frau Schock nichts anderes übrig, als ihren Sohn aus dem Nebenzimmer zu holen.

»Daß du Witwe bist, weiß ich«, sagte Herr Warga nachdenklich, »aber daß du auch einen Sohn hast, das hast du mir nicht gesagt!« Eine Weile blinzelte Herr Warga von Mutter zu Sohn, ließ dann seinen Blick auf dem Kind ruhen und seufzte: »Du bist mir ein schöner Schocker!«

An das alles kann sich Schocker natürlich nicht erinnern. Aber seine Mutter hatte ihm die Geschichte so oft erzählt, daß er glaubte, jede Bewegung von Herrn Warga wäre in seinem eigenen Gedächtnis aufbewahrt.

Jedenfalls hieß er von diesem Tag an Schocker, auch wenn er noch so sehr betonte, einen Vornamen wie jedes andere Kind zu besitzen – nämlich Joachim. Das half aber nichts. Selbst die Mutter nannte ihn nach kurzer Zeit Schocker, und sein eigentlicher Name geriet mehr und mehr in Vergessenheit.

Das Gitterbett der Kleinen, das Fritzchen mal wieder mit seiner Schaukelei in Schwung gebracht hat, landet wie üblich an Schockers Bett. Er steht auf, hält Fritzchens Hände fest und flüstert irgend etwas, was den Schlaf des Kindes beruhigen soll, und schiebt das Gittergestell zurück an seinen Platz. Danach kriecht er wieder in die Hälfte des Bettes, die ihm zugeteilt ist. Die andere gehört nämlich Charli.

Charli ist der Dickste der Warga-Bande und braucht beson-

ders viel Platz. Charli frißt, was ihm zwischen die Finger
kommt, und wer bei den Mahlzeiten nicht auf der Hut ist,
dem kann es passieren, daß ihm Charli klammheimlich ein
Fleischstück aus der Suppe pickt. Hin und wieder fährt sich
Charli etwas in den Schatten, das heißt, er versteckt Brot,
Wurst oder Käse im Bett und beginnt dann abends unter der
Bettdecke zu kauen und zu schmatzen, daß es Schocker ganz
schlecht wird.
»Mußt du im Bett fressen«, fährt er den dicken Charli an,
»wirst du vielleicht nicht am Tisch satt?«
»Ich werde nie satt«, quakt Charli zurück.
Am nächsten Morgen hat Schocker seine Müh und Not, der
Mutter klarzumachen, daß nicht er es ist, der Fett ins Bett
schmiert, sondern Charli.
»Sei vernünftig«, sagt dann Frau Schock, »verbiete es dem
Kleinen, schließlich bist du der Ältere!«
Nur läßt Charli sich nichts verbieten. Manchmal kaut er so-
gar noch im Traum, und wird Schocker energisch, rennt
Charli zu Herrn Warga, um sich über den mißgünstigen
Halbbruder zu beschweren.
»Der Junge wird meinem Sohn noch das Essen verbieten«,
ist darauf Herrn Wargas Antwort, ohne Schocker anzuhö-
ren.
In den letzten Monaten hatten sich Charlis Angewohnheiten
geändert. Nicht, daß er mit der Vielfresserei aufhörte, nach
wie vor frißt er wahllos alles in sich hinein und ist auch weiterhin der Dickste. Seine Schenkel, sein Bauch und seine
Schultern sind mit durchwachsenem Speck gepolstert, und
wenn Charli läuft, was er selten tut, dann wabbelt sein ganzer Körper. Charli ist wirklich zu dick, aber Frau Schock
sagt, mager wird man in der Siedlung von allein, und Charli
soll zugreifen, wenn ihm danach ist.
Aber seit neustem trägt Charli keine Lebensmittel mehr ins
Bett, sondern das, was er zu seinem Besitztum erklärt.
Merkwürdige Dinge sind das, die er da unter Laken und Kissen vergräbt und die Schocker die Bequemlichkeit rauben.

»Bist du verrückt? Soll ich vielleicht außer mit dir Fettsack jetzt auch noch mit Nägeln, Heftchen, Fahrradklingeln und einer alten Tabakspfeife im Bett liegen?«

»Mußt du«, antwortet Charli, »woanders wirds mir geklaut!«

Und Charli hat recht. Außerhalb der Wohnung gibt es in der Siedlung keine Möglichkeit, etwas aufzuheben. Da steht Baracke neben Baracke, Einfachstwohnung neben Einfachstwohnung. Dazwischen ein wenig ausgetretener Rasen und Mülltonnen, in denen die Kleineren tagtäglich Versteck spielen. Auch innerhalb der Wohnung hat Charli für ein Versteck seiner Schätze keinen geeigneten Platz.

Frau Schock bewohnt mit ihren sieben Kindern und dem Familienernährer Herrn Warga nur ein Zimmer und eine Wohnküche. Jeder einzelne Raum ist kaum größer als drei mal vier Schritt, vielleicht auch fünf. Die Kücheneinrichtung besteht aus einem Bufett, einem Tisch, Stühlen, einer Kommode mit einem Fernsehapparat und dem schon erwähnten Sofa, auf dem Frau Schock und Herr Warga schlafen.

Die Stube ist mit den drei Erwachsenenbetten, dem Gittergestell und zwei Nachtschränken ausgefüllt. Also kann Charli auf Schocker und dessen Anspruch, bequem zu schlafen, keine Rücksicht nehmen. Heute muß Schocker sogar in gekrümmter Haltung im Bett liegen, denn zwischen ihm und Charli wölbt sich unter dem Laken ein kastenförmiges Etwas, von dem ein unangenehmer Geruch ausgeht.

»Was ist das?«

»Das geht dich einen Scheißdreck an«, sagt Charli, »was regst du dich auf?«

Charli legt sich zum Schlafen zurecht, das Ungetüm vor sich, über das eines seiner dicken Beine hängt. Stunden später weckt Schocker seinen Halbbruder.

»Stell das Ding unters Bett, es stinkt!«

»Damit es mir einer von euch klaut? Was mir gehört, das bleibt bei mir.«

13

Charli macht Anstalten, auch sein zweites Bein über das Ungetüm zu legen. Er blinzelt, gähnt und schläft weiter.

Vom Fenster her plärrt Agnes »Ruhe« herüber, und Schocker weiß, wenn's jetzt Theater gibt, wachen die Kleinen auf, und die Heulerei nimmt kein Ende. Birgitt und Dagmar liegen längst in ihrer üblichen Schlafstellung, unbeweglich und engumschlungen.

Als Schocker Fritzchen beruhigt und das Gitterbett wieder an seinen Platz zurückgeschoben hat, wird er sich seiner mißlichen Lage richtig bewußt. Charlis Beine sind jetzt von dem Ding heruntergerutscht. Nur eine Hand liegt noch auf dem neuerworbenen Schatz.

Der Mond ist hell. Schocker braucht keine Lampe, um der Sache auf den Grund zu gehen. Er beugt sich über den dikken Charli und zählt dessen Atemzüge, die regelmäßig durch den offenen Mund ziehen. Nur ein kleiner Ruck, und Charlis Hand fällt zur Seite. Langsam greift Schocker unters Laken und zerrt, jedes Geräusch vermeidend, immer den Bruder im Auge, das Ding hervor. Ein Vogelkäfig!

Tatsächlich ein verrosteter und verschissener Käfig, in dem Charli seinen Besitz eingesperrt hat, als könnte der geradewegs davonfliegen. Kugelschreiber, Nägel, ein kaputter Tennisball, ein räderloses Auto, eine Unmenge Sammelbildchen von Cornflakes, Haferflocken und Nudelpaketen. Und obendrauf, sozusagen als Krönung, eine Mütze, an der allerlei Abzeichen stecken. Noch nie hat Schocker diese Mütze auf Charlis Kopf gesehen.

Schocker steht immer noch mit Charlis Schatzkästlein in der Hand da. Nicht nur, daß er Nacht für Nacht mit dem dicken Charli das Bett teilen muß, sondern nun auch noch mit einem Vogelkäfig, das ist zuviel. Eine Wut packt ihn, und mit der Wut kommt der Wunsch in ihm hoch, es Charli heimzuzahlen, und zwar so heimzuzahlen, daß der ein für allemal weiß, woran er bei Schocker ist.

Bis auf die Mütze ist Schocker Charlis Besitztum gleichgültig. Aber die interessiert ihn. Er macht das Türchen auf,

14

zwängt seine Hand hindurch und holt sie heraus. Er setzt sie sich auf, pfiffig und schräg, den Schirm nach oben geklappt, wie er es sich bei den Soldaten der Army abgeguckt hat. Aber wie es der Teufel will, gerade in diesem Augenblick fallen ein paar Nägel zu Boden. Charli schlägt die Augen auf. Mit einem Blick sieht er das Ungeheuerliche, seine Mütze mit Abzeichen und aufgeklapptem Schirm auf Schockers Kopf. Charlis offener Mund saugt zischend Luft ein, und seine Lungen füllen sich mit Kraft. »Schwein«, brüllt er und saugt schon wieder Luft, »Dieb, Sau, Dreckskerl, verfluchter – gib mir meine Mütze zurück!«

Schocker denkt nicht daran, lacht und läßt den Käfig über Charlis Kopf baumeln. Wie Blätter rieseln die Bildchen auf das gemeinsame Bett. Der übrige Teil der Warga-Bande ist aufgewacht. Das von Schocker erwartete Theater beginnt. Die Kleinen heulen, Agnes plärrt aus ihrem Einzelbett »Ruhe«, während Birgitt und Dagmar engumschlungen am Fußende ihres Bettes hocken und Charli aufhetzen. »Laß dir vom Schocker nichts gefallen!«

Aber Schocker ist heute mutig. Nichts in der Welt könnte ihn im Augenblick zur Vernunft bringen. Nur Fritzchen soll keinen Nachteil haben. Im Gegenteil. Schocker greift in den Käfig, angelt das räderlose Auto heraus und wirft es Fritzchen hin.

Jetzt springt Charli aus dem Bett. Er weiß nicht, nach was er zuerst greifen soll – nach den Bildchen, den heruntergefallenen Kugelschreibern oder dem räderlosen Auto.

»Die Mütze«, heult er, »gib mir meine Mütze!«

»Hol sie dir doch, du Fettarsch.« Schocker schwenkt den Käfig immer heftiger.

»Tritt ihm in den Sack, Charli«, jubeln Birgitt und Dagmar im Chor.

Agnes sagt gar nichts. Charli springt Schocker von hinten an, umklammert mit seinen Beinen Schockers Schenkel, greift nach der Mütze. Aber Schocker ist schneller, bückt sich, und Charli fällt wie ein Käfer auf den Rücken.

15

»Es ist alles meins«, schreit Charli voller Angst, denn wie es
aussieht, ist er nicht nur die Mütze los, sondern auch den Vogelkäfig mit allem, was drin ist. Zum Erstaunen von Birgitt
und Dagmar fügt Charli plötzlich ein »bitte« hinzu. »Sieh
mal an«, sagt Agnes und räkelt sich auf die Seite, um besser
sehen zu könnn, »unser Charli kann bitte sagen. Habt ihr das
gewußt?«
Nein, es hat niemand gewußt, auch Schocker nicht. Einen
Atemzug lang lächelt Schocker. Charli glaubt schon die
Mütze wiederzubekommen, vielleicht auch den Käfig. Es ist
still im Zimmer, mucksmäuschenstill. Birgitt und Dagmar
hängen bewegungslos über dem Fußende ihres Bettes, die
Augen aufgerissen, falls etwas passiert.
Es passiert etwas. Schocker drückt sich nämlich die Mütze in
die Stirn und klappt den Schirm herunter, als machte er sich
auf einen Windstoß gefaßt. »Hol sie dir, Dicker«, flüstert er
und klemmt sich den Käfig vor die Brust, »los, los!«
»Achtung«, zischt Agnes – »fertig«, ruft Birgitt – »los«, ju-
belt Dagmar, wie ein Kommando. Schocker wetzt ab. Drei
Schritt durchs Zimmer. Die Tür zur Küche fliegt auf. Wie-
derum drei Sätze, und Schocker ist an dem schlafenden
Herrn Warga und der halbwachen Mutter vorbei aus dem
Haus.
»Schocker«, ruft Frau Schock und macht dadurch Herrn
Warga wach, »wo willst du hin?«
Sie sieht ihren Ältesten mit der Mütze auf dem Kopf, einen
Käfig unterm Arm, nur mit seiner Unterwäsche bekleidet, in
die Dunkelheit flitzen.
Charli hinterher, ebenfalls nur im Unterhemd. Charli
schreit, fuchtelt mit den Armen, und sein Gesicht ist rot. Er
heult. »Charli«, Frau Schock springt vom Sofa und rennt an
die Tür. »Charli, komm zurück und schrei nicht so, denk an
die Nachbarn!«
Aber Charli sind die Nachbarn egal, er denkt an seine Mütze
und seinen Vogelkäfig, die mit Schocker hinter der nächsten
Hausecke verschwinden. Da nützt kein Tempo, wenn die

Richtung nicht auszumachen ist. Schocker bleibt verschwunden.

Frau Schock hat sich inzwischen ihren Morgenrock angezogen, während Herr Warga seinem eigen Fleisch und Blut eine Tracht Prügel androht, falls nicht auf der Stelle die gewünschte Ruhe eintritt.

Schocker rennt immer noch, obwohl der dicke Charli gar nicht mehr hinter ihm her ist. So still hat Schocker die Siedlung noch nie erlebt. Ein paar Lichter und irgendwo ein Besoffener, das ist alles. Aus den Mülltonnen zieht modriger Geruch herüber. Ratten, groß wie Karnickel, laufen erschrocken weg. Schocker wirft ihnen mit Schwung den Käfig nach. Charlis letzte Schätze fliegen heraus. Selbst an der Mütze hat Schocker keinerlei Spaß mehr. Er reißt sie sich jetzt vom Kopf, wirft sie hoch, daß die Abzeichen klirren. Irgendwo fliegt sie hin – irgendwo.

Plötzlich, als Schocker in seinem Unterhemd und seiner Unterhose an den Baracken entlangstreicht, an den Häusern, die die Behörden Einfachstwohnungen nennen, hört er seinen Namen. »He, Schocker!«

Vom Geländer jener Einfachstwohnungen, deren Haustüren nur über einen gemeinsamen Laubengang zu erreichen sind, turnt Richy. Er fährt am Pfosten abwärts vom ersten Stock ins Parterre, direkt vor Schockers Füße. »Bißchen wenig an, was?« sagt Richy und bringt in gekonnter Weise seine Zigarette zum Glühen, ohne sie dabei aus dem Mund zu nehmen. Eine funkelnagelneue Motorradjacke baumelt um seine Schultern, die Richy älter erscheinen läßt, als er ist. Er lacht.

Und schon wetzt Schocker wieder los, schlägt Haken, bildet es sich zumindest ein, genauso, wie er sich die Verfolgung von Richy einbildet.

Der sieht ihm nur nach und freut sich, morgen in der Schule zu berichten, wie Schocker nächtens, mit Unterhosen und Unterhemd bekleidet, durch die Gegend marschiert.

Erst am Rande der Siedlung hält Schocker an. Sein Herz

17

schmerzt vom Laufen, und die Fußsohlen hat er sich an herumliegenden Glasscherben aufgeschnitten. Auf der anderen Straßenseite steht ein mickriges Kornfeld. Zwischen den armseligen und viel zu kurzen Halmen erhebt sich mächtig und überdimensional groß ein Schild mit der Aufschrift: »Hier baut die Neue Heimat.« Schocker überquert die Straße. In dem Kornfeld gibt es nicht viel zu zertreten. In der Nähe der Schilderpfosten haut Schocker sich auf die Erde und schläft dort bis in den hellen Morgen hinein.

Als Schocker aufwacht, scheint ihm die Sonne ins Gesicht. Von der Siedlung her ist Kindergeschrei und Frauengekeife zu hören. Ein Hund bellt, und die Straße entlang fährt ein Auto nach dem anderen. Der Alltag hat längst begonnen, sicher auch die Schule.

Schocker kriecht durch das niedrige Korn bis zum Straßenrand. Er schämt sich, in seiner Unterwäsche nach Hause zu laufen. Seine Augen in Grashöhe nehmen nur die Räder der Autos wahr, seine Ohren hören nichts als das Surren der Reifen, seine Nase füllt sich mit Abgasen. Er muß husten. Er schluckt Staub, obwohl es sich hier um eine Teerstraße handelt. Dreck ist überall. Auch das Gras ist nicht grün, sondern grau. Wie lange soll er hier liegen? Es ist nicht einfach, auf die andere Seite zu gelangen. Einen Augenblick lang steht Schocker in seinem armseligen Unterzeug zwischen den Autos. Er weiß nicht, wohin mit seinen Armen, seinen Händen, die den ausgeleierten Gummi seiner Unterhose festhalten. Schocker weiß, was die Autofahrer von ihm denken. Sein Blick liest es an den Gesichtern ab: Ein Siedlungsjunge, ein typischer Barackler, nicht mal eine Hose hat er über dem Hintern! Geschweige denn ein Hemd am Leib!

Endlich hat er's geschafft. In der Siedlung fällt er um die Zeit niemandem auf, da ist jeder mit sich selbst beschäftigt. Außerdem ist es Frühsommer und warm. Nur die Töchter der Familie Grün, die sich gerade zur Schule aufmachen, gucken dumm, stoßen sich an und kichern. »Seht mal den Schocker, wie der rumläuft!«

»Ich war duschen«, lügt Schocker, obwohl alle wissen, daß es gar kein Duschhaus gibt und die Gemeinschaftsbadehäuser verdreckt und kaputt sind. Wer duschen will, der muß sich in den Regen stellen oder in den Familien anfragen, deren Wohnungen renoviert sind. Aber die lassen niemanden duschen, sind selber genug. Die Grünen, wie die Töchter der Familie Grün in der Siedlung genannt werden, müssen abermals kichern und gehen weiter.

»Wo warst du?« jammert Frau Schock, als ihr Sohn die Küche betritt, »ich hab mir solche Sorgen gemacht!«

Schocker stellt erleichtert fest, daß Herr Warga zur Arbeit ist, denn sonst wäre dessen Aktentasche noch da. Es ist überhaupt still.

»Sie suchen dich«, sagt Frau Schock und setzt sich aufs Sofa, als erwarte sie eine Erklärung. Sie hat immer noch ihren Morgenrock an, der über dem Bauch abgeschabt ist. Frau Schock hat für ihr Alter durch die Geburten einen viel zu dicken Bauch. Man könnte auch jetzt annehmen, daß sie schwanger ist. Frau Schock sieht obendrein aus wie Ende vierzig, dabei ist sie erst dreiunddreißig. Das liegt auch an ihrem dünnen, gerade geschnittenen Haar und den fehlenden Zähnen. Kaum macht Frau Schock den Mund auf, sieht man die Lücken ihrer Zähne, und wenn sie lacht, schlägt sie die Hand davor, als könnten die restlichen auch noch herausfallen.

Wie Schocker seine Mutter so dasitzen sieht, muß er, Gott weiß warum, an Richys Mutter denken. Frau Piesch ist immer fein angezogen und auch nicht jünger als Schockers Mutter. Frau Piesch trägt manchmal sogar eine Perücke und malt sich die Lippen an. In ihrem Mund fehlt nicht ein einziger Zahn, und wenn Frau Piesch auf der Straße geht, wippt sie aus der Hüfte heraus mit dem Po. Schockers Mutter hingegen schlappt und schlurft immer auf die gleiche Weise, egal, ob zu Hause oder auf der Straße. Ihre Kleidung ist ordentlich und sauberer als bei manch anderer Mutter aus der Siedlung, aber an Frau Piesch kommt sie nie heran. Schokker, der sich gerade seines eigenen Aufzugs wegen so geschämt hatte, empfindet plötzlich Zärtlichkeit für die Mutter. Er möchte sie anfassen, und weil das eine ungewohnte Sache zwischen Mutter und Sohn ist, fährt Frau Schock zusammen.

»Hast wohl ein schlechtes Gewissen«, sagt sie. Schockers Fingerkuppen, die ein wenig ihre Schultern berührt hatten, zucken zurück.

»Ich habe gar nichts!« antwortet er und wird sich wieder seiner eigenen, recht mäßigen Bekleidung bewußt.

»Mitten in der Nacht in Unterwäsche wegrennen, dem Charli seine Mütze und seinen Vogelkäfig stehlen, was denkst du dir denn?« zetert die Mutter und kommt dabei, wenn auch langsam, in den beabsichtigten Zorn. Sie vergißt, daß sie Schocker eigentlich hatte fragen wollen, wie es zu der ganzen Sache gekommen war. Aber einmal im Schimpfen, macht sie ihrem eigenen Unbehagen Luft. Schocker hat ja keine Ahnung, was er wieder einmal angerichtet hat. Erst das Gebrüll von Charli und dann die Vorwürfe von Herrn Warga, der sich um die notwendige Nachtruhe betrogen fühlte. »Alles wegen dir!« klagt Frau Schock in die Stube herüber.

Aber Schocker ist durchs Fenster ab, jetzt mit Hose und Hemd bekleidet und an den Füßen seine Turnschuhe.

Für die Schule ist es zu spät. Eine Entschuldigung fällt ihm nicht ein. Außerdem fürchtet er Richy, der es nicht versäumen wird, den anderen zu erzählen, in welchem Aufzug er Schocker getroffen hat. Nein, in die Schule geht Schocker heute nicht, schleicht sich längs hinter den Baracken entlang, am Schrottplatz vorbei über die Schnellstraße in den Wald. Hier ist es still. Nur Tannennadeln und ausgetrocknete Zweige knacken unter seinen Schuhen. Ein bißchen Vogelgezwitscher. Es riecht nach Blättern, Gras und Moos. Schocker trabt den schmalen Trampelpfad entlang, kennt jeden Zweig, jeden Stein, kürzt ab, wo abzukürzen ist, und läuft die zwei Kilometer immer im gleichen Tempo. Plötzlich wird das Vogelgezwitscher übertönt, der Geruch nach Grünem verliert sich. Schocker muß aufpassen, daß er nicht in Scheißhaufen tritt. Er läßt an Tempo nicht nach, bis er da angelangt ist, wo er jede freie Minute seines fünfzehnjährigen Jungenlebens verbringt, an der Autobahn.

Es huscht und saust, pfeift, brummt, hupt und blinkt in allen Farben: rot, blau, gelb, lila, orange, grün, weiß und schwarz. Ein Auto nach dem anderen, blecherne Gehäuse, die einen von einem Ende der Welt zum anderen bringen.

Lange Zeit hat Schocker davon geträumt, in so einem Auto zu sitzen. Er kennt jede Marke, mit Hubraum und PS. Aber allmählich hat er begriffen, daß er nie in den Besitz eines Autos kommen würde; und noch etwas anderes: Die Besitzer der PKWs fuhren gar nicht von einem Ende der Welt zum anderen. Das konnte Schocker an den Nummernschildern ablesen. Zu bestimmten Zeiten fuhren die Autos geradewegs nur von einer Stadt in die nächstliegende andere.

Dagegen hatten die Lastwagen andere Routen. Schocker begann, sich für sie zu interessieren. Stundenlang hockte er am Autobahndamm und notierte sich die Herkunft der Laster. Italien, Jugoslawien, sogar aus Spanien hatte er schon welche gesehen, Frankreich, Holland, Schweden und Norwegen. Von überall kamen sie her und überall fuhren sie hin. Sie flitzten nicht, sie legten kein Tempo vor, sie fuhren in gleichmäßiger Geschwindigkeit die Autobahn entlang mit Lasten und Gütern, die Schocker kannte. Ein Achttonner voll Farbe, Schokolade, Bettfedern oder Wein. Einmal sah Schocker einen umgekippten Sattelschlepper. Soweit das Auge blickte, war die Autobahn mit ›Mon Cheri‹ übersät. Aus Kartons und Schachteln flogen die rot eingewickelten Würfelchen. Wie da die Autos hielten, die Leute mit Taschen, Beuteln und Netzen, ja sogar Strümpfen heraussprangen und die Mon-Cheri-Würfelchen wie Pilze von der Strecke pflückten. Nur wenige kümmerten sich um den verletzten Fahrer. Auch Schocker interessierte sich mehr für die Schokolade als für das Schicksal des Fahrers. Dafür war

21

die Polizei da. Die kam dann auch, barg den Mann und verbot den Leuten, auch nur noch ein Mon Cheri zu stibitzen.

Das alles hatte Schocker beeindruckt. Er begnügte sich nicht mehr mit seinem Aussichtsplatz am Autobahndamm, sondern lief noch einen halben Kilometer westwärts, zum Rastplatz, an dem die Fernfahrer hielten, um sich eine Pause zu gönnen.

»Guten Tag, Schocker«, ruft Mario in seinem komischen Deutsch, »willst du mit nach San Remo, ich hab noch Platz für dich!«

Mario fährt Blumen, und Mario ist unter den Fernfahrern Schockers bester Freund. Er lacht Schocker nie aus, wenn der sagt, daß er Fernfahrer werden will. Mario hat Schocker auch schon auf den Fahrersitz gelassen und ihm die Gänge gezeigt, 12 Stück, und Mario kann vom dritten Gang direkt in den achten schalten. Hinter dem Fahrersitz ist ein Bett. Warm und wohlig mit einer großen bunten Daunendecke.

»Red keinen Stuß«, mosert Brems Tierleben und trinkt mit zwei Schlucken einen Milchbeutel leer. Brems Tierleben heißt ganz anders. Aber seit Jahr und Tag fährt er Futtermittel aus Bremen in alle Richtungen und heißt deshalb so. Stets trinkt er Milch und muß ganze Stapel von Milchbeuteln unter seinem Sitz haben. »Red keinen Stuß«, sagt Brems Tierleben noch mal, »der Junge bringt's noch fertig und steigt ein!«

»Macht nichts«, sagt Mario, »dann werd' ich ihm die Riviera zeigen, das Meer, die Sonne und unseren Blumenmarkt, okay Schocker?«

Schocker nickt. Mit Mario würde er überall hinfahren, mit Brems Tierleben nicht. »Ich werde einmal Fernfahrer«, flüstert Schocker, »ich weiß es!«

»Na klar wirst du das!« Mario klatscht sich aufs Knie, »und einen Mercedes-Laster wirst du fahren oder einen Volvo und nicht so eine alte Kiste wie Brems Tierleben. Dem fällt bald das Futter aus seinem Kasten. Wenn er noch lange damit fährt, laufen ihm die Hühner und die Schweine nach!«

»Halt's Maul, Itaka«, brummt Brems Tierleben und schwingt sich in seine Koje, »sieh lieber zu, daß deine Rosen nicht vertrocknen!«

Mario lacht. Brems Tierleben lacht auch, und Schocker sehnt sich den Tag heran, wo auch er mit seinem Laster hier Pause machen wird, egal mit was, und wenn es nur Sammelgut ist. Das muß auch transportiert werden, sagt Jan aus Amsterdam, der nie genau weiß, was er geladen hat.

Am nächsten Tag ist Schocker wieder in der Schule und wird dort von Richy aufs Korn genommen. Unermüdlich erzählt der herum, in welchem Aufzug er Schocker angetroffen hat.

»Also wenn der Schocker abends was vorhat, dann läßt er der Einfachheit halber die Hosen gleich zu Hause!«

Gelächter.

»Was hat er denn vorgehabt?« wollen alle wissen.

Richy hebt die Schultern und markiert Unwissenheit. Er wittert eine neue Gelegenheit, Schocker zu ärgern.

»Na, was wird er schon vorgehabt haben, wenn er die Hosen zu Hause läßt!«

Abermaliges Gelächter und die Frage, ob Richy das ernst meint. Richy meint es ernst. Wenn es darum geht, Schocker eins auszuwischen, meint er es immer ernst. Richy mag Schocker nicht, hat ihn, ohne darüber nachzudenken, nie gemocht. Richys Meinung nach ist Schocker das größte Arschloch in der Siedlung. Zwei Jahre älter als Richy, einen Kopf größer, mit gesunden Füßen und Händen, ordentlichen Schultern und, wie man beim Fußball sieht, auch mit schneller Reaktion, schlägt Schocker niemals zu. Richy hat alle gefragt. Keiner hat bisher gesehen oder erlebt, daß Schocker sich prügelt. Scheinheilig grinst er in die Gegend, so als könnte ihn niemand aus der Reserve locken, als wäre ihm platterdings alles egal, was man zu ihm sagt. Das reizt Richy, weil das seiner Ansicht nach nicht möglich ist. Jeder Mensch fährt aus der Haut, wenn man ihn richtig ärgert. Schocker besucht bis auf kleine Ausnahmen regelmäßig die

23

Schule. Auch das ist bei den Siedlungskindern nicht üblich. Manche gehen überhaupt nicht in die Schule, und die Polizei hätte viel zu tun, wollte sie sich allmorgendlich auf die Suche nach Schulschwänzern machen. Es gibt höchstens schriftliche Mahnungen, Verwarnungen oder einen Besuch der Sozialarbeiter. Aber für Richy sind das keine Gründe, regelmäßig den Unterricht zu besuchen, stillzusitzen, zuzuhören, nachzudenken oder etwas lernen zu müssen, was ihn nicht interessiert.

Schocker hingegen hockt wie angeklebt auf seiner Schulbank, schreibt, rechnet, macht Hausarbeiten, als wollte er ein Professor werden. Besonders in Erdkunde ist er gut. Da hält er permanent seinen dreckigen Zeigefinger in die Luft und behält alles im Kopf, was die Lehrerin, Frau Rese, Stunde für Stunde erzählt. Wenn Frau Rese die Klasse betritt, sitzt Schocker als erster auf seinem Platz. Nicht nur, daß er sich als Bester aufspielt, nein, er starrt auch noch die Rese an. Sein Blick rückt die ganze Stunde nicht von ihrem Gesicht, und hin und wieder hat Richy beobachtet, daß Schocker lächelt. Er lächelt die Rese an, als wäre die ein Filmstar oder ein Mädchen aus der Disco. Und hin und wieder lächelt die Rese zurück. Dann wirft sie ihre langen Haare mit Schwung nach hinten, blickt vom Lehrerpult schräg durchs Klassenzimmer direkt auf Schocker, als gäbe es bei dem etwas zum Anlächeln.

Richy hat insgeheim auch schon mal die Rese angegrinst, so zum Ausprobieren. Aber die Rese hat nicht zurückgelächelt. Im Gegenteil, sie hat nur die Augenbraue hochgezogen, und das, ohne die Haare nach hinten zu werfen. Da ist Richys Wut auf Schocker noch mehr gewachsen.

Wäre gestern Erdkunde dran gewesen, hätte Schocker bestimmt nicht die Schule geschwänzt. Heute ist Erdkunde. Richy hat sich für die Stunde vorbereitet, diesmal auf ganz besondere Art. Richys Vater, Herr Piesch, verdient sein Geld auf dem Schlachthof. Dort zerteilt er frisch getötete

Schweine und trennt Eßbares von nicht Eßbarem. Richy kennt jeden Handgriff seines Vaters, weiß, wie der das Messer ansetzt, den Schweinebauch mit gekonntem Schnitt aufschlitzt und das dampfende Gedärm herausholt. Lunge, Herz, Leber, alles mit einem Griff und an einem Stück, das ist gekonnt. Später nimmt Herr Piesch die Axt und klappt die Hinterbeine des Schweines mit einem Hieb auseinander. Das gefällt Richy besonders gut. Wenn es sich um männliche Tiere handelt, schält Herr Piesch vorher das im Bauch versteckte Glied heraus und wirft es in das Gefäß für nicht Verwertbares. Darauf hatte Richy gewartet. Ohne Herrn Pieschs Wissen holte sich Richy so ein glitschiges Ding heraus und ließ es in einer Plastiktüte verschwinden. »Hundefutter«, sagte er zum Pförtner und machte sich auf die Socken.

Jetzt, vor dem Erdkundeunterricht, vor dem Betreten des Klassenzimmers durch Frau Rese, liegt dieses »Hundefutter«, das für alle Schüler als das erkannt wird, was es ist, auf dem Lehrerpult. Ein Schwanz!

Die Mädchen kreischen mit roten Köpfen, die Jungen klatschen sich gegenseitig auf die Schultern und die Beine. Jawohl, der Richy bringt's, der hat vor nichts Schiß.

Schocker ist still. Wäre es nicht die Rese, der Richy den Streich spielt, hätte er mitgelacht. Aber so stockt ihm der Atem, nichts bringt ihn in Fröhlichkeit. Er könnte hingehen und das Ding wegnehmen und es Richy über die Rübe ziehen. Aber Richy paßt auf und die anderen auch. Wie die Luchse nehmen sie ihn mit ihren Blicken in die Zange. Er würde es nicht schaffen.

Da geht die Tür auf, und die Rese kommt rein, lächelt, wirft die Haare nach hinten und verteilt einen Stoß Hefte. Den Schweineschwanz hat sie gar nicht gesehen, obwohl der dünn und schrecklich unnütz über dem Pult hängt. Jetzt erst dreht sie sich um und starrt das Ding an, was ihr Richy zugedacht hat. Ihr Gesicht und ihr Hals werden bis unter den Pulli rot. Ihre Handflächen schieben sich im Ekel seitlich über die Hüften auf den Rücken. Das sieht komisch aus. Obwohl sich die Rese so offensichtlich ekelt, beugt sie sich vor, als würde sie der Schweinepimmel hypnotisieren.

»Was«, stottert die Rese in die Stille der Klasse, »wer —«, sie beugt sich noch tiefer und fragt etwas, was sie eigentlich gar nicht fragen will: »Wem gehört das?«

Du lieber Himmel, bricht da ein Gekicher los! Nein, das hätte die Rese nicht fragen dürfen, das nicht. Aber nun ist es zu spät, und ihr unbeholfenes Lächeln macht die Sache nicht besser. Die Klasse gerät außer Rand und Band.

»Schocker«, schreit Richy in den Tumult, »Schocker gehört es! Er hat's Ihnen verehrt!«

Mit einem Schlag wird's still. Alle sehen Schocker an, auch Frau Rese. Schocker? Richy lacht wieder los, aber sein Lachen bleibt allein und klingt einsam in die Runde der zugeklappten Münder. Irgend etwas ist nicht mehr komisch.

Schocker sitzt mit seinem Erdkundeheft in der Hand da, als wäre er mit Sirup begossen. Alle seine Bewegungen kommen ihm klebrig und entsetzlich langsam vor. Er muß immerfort die Rese ansehen, die sich nicht vom Fleck rührt, die Hände noch auf dem Rücken hat, als verlangte man das von ihr. Langsam steht Schocker auf, schleppt sich bis zum Lehrerpult, schiebt den Schweineschwanz auf sein Erdkundeheft und wirft beides aus dem Fenster in die abgeblühten Jasminbüsche. Ein halbes Jahr Schularbeiten mit den schön buntgemalten Landkarten von Rheinland-Pfalz und Baden-Württemberg sind zum Teufel.

Die Rese sagt immer noch nichts. Schocker setzt sich zurück auf seinen Platz. Das macht Eindruck auf die anderen. Seine Bewegungen sind jetzt weder klebrig noch langsam. Im Gegenteil, eher schnell. Eben so wie einer geht, der etwas Unangenehmes hinter sich gebracht hat. Man könnte sagen, Schocker zeigt einen gewissen Stolz.

»Arschloch«, ruft Richy so laut, daß Frau Rese endlich ihre Hände vom Rücken nimmt.

»Also fangen wir an«, sagt sie. Tatsächlich, sie wirft die

Haare nach der Seite und lächelt Schocker an. Unmerklich, aber Richy kriegt es mit und ärgert sich so, daß er auf seinen bereits abgeknabberten Fingernägeln herumkaut, bis es schmerzt. Als Frau Rese ihn nach den Hauptstädten der Länder fragt, weiß er sie weder von Rheinland-Pfalz noch von Baden-Württemberg. Nur daß München in Bayern liegt, das weiß Richy. Im Gegensatz zu sonst meldet sich Schocker nicht ein einziges Mal. Auch schreibt er kein Wort in das funkelnagelneue Heft, welches ihm Frau Rese gegeben hat. Er sitzt da, als wäre er gar nicht vorhanden. Sein Blick ist mehr nach innen gerichtet.

»Warum glotzt du so blöde?« fragt Franz Grün, der neben ihm sitzt.

»Halt die Fresse!«

Schocker glotzt weiter. Auf seiner Stirn bilden sich Falten, und Franz Grün könnte wetten, daß Schocker kein Wort von dem hört, was die Rese über Rheinland-Pfalz und Baden-Württemberg sagt. Pause.

Das Klingeln wird Startsignal für das Getöse nach dem Stillsitzen. Alle drängen zur Tür. Es wird geknufft, geschubst, gelacht, geschrien. Bevor die ersten im Schulhof angekommen sind, ist es unter den Schülern rum: Richy hat der Rese einen Schweineschwanz aufs Katheder gelegt, und Schocker soll ihn angeblich aus dem Fenster geschmissen haben.

Mädchen und Jungen rennen zu den Jasminbüschen und trampeln darin herum. Der Hausmeister wird fuchsteufelswild. Richy steht allein im Hof, das Hemd bis zum Gürtel offen, lässig, mit schrägem Kopf, als warte er auf etwas. Seine dunklen Locken, die er nie kämmen muß, weil sie von allein richtig fallen, hängen bis auf die Brauen herunter. Das sieht gut aus, finden die Mädchen, und Richy weiß das. Mit zugekniffenen Augen, das Kinn abgehoben, läßt er die Schultür nicht aus dem Blick. Immer noch kommen Jungen heraus und rennen zu den Büschen, obwohl der Hausmeister schon zwei Ohrfeigen verteilt hat.

27

Als letzter betritt Schocker den Schulhof. Geradewegs marschiert er auf Richy zu. Schockers Arme bleiben bewegungslos. Seine regelmäßigen Schritte knallen über den Kies, daß es auffällt.

»He«, rufen sich ein paar Schüler zu, »hier läuft gleich 'ne Show!«

Sie haben recht. Wortlos schlägt Schocker zu, stumm, schnell und in der Art für ihn ungewöhnlich. Unversehens fliegt Richys Kopf seitlich. Die Locken rutschen aus der Stirn. Das bringt die Umstehenden zum Lachen und Richy in Wut. Noch nie hatte es Schocker bisher gewagt, ihn anzugreifen. Die Verblüffung darüber nimmt ihm zumindest beim ersten Schlag sein Reaktionsvermögen. Darauf hat Schocker gesetzt. Der zweite Hieb landet gezielt auf Richys Ohr.

»Bravo«, ruft einer von den Kleinen und ist darüber selbst erschrocken.

Ab jetzt kann man nicht mehr so ganz genau sehen, wer wem die Hucke vollhaut. In jedem Fall hat Schocker so eins aufs Auge gekriegt, daß er nichts mehr damit sehen kann. Richy kann boxen, das weiß jeder. Schocker muß verrückt sein, auch wenn er einen Kopf größer als Richy ist. Und dann passiert das Unvorhergesehene. Bevor der Aufsichtslehrer sich einmischt, landet Schocker seine Faust in Richys offenstehenden Mund. Heraus purzelt, fliegt, für alle sichtbar, ein Schneidezahn. Breit und schön weiß liegt er im Sand. Richy spuckt Blutiges hinterher. Richy flucht, und sofort kann jeder die gewaltige Lücke sehen, die der im Sand liegende Zahn hinterlassen hat. Wirklich, ein schöner Zahn, den Schocker da rausgeschlagen hat. Manch einer hätte ihn gern aufgehoben. Aber der Lehrer würde das nicht zulassen. Richy steckt selbst das, was soeben noch ein Stück von ihm war, in die Hosentasche. Der Lehrer will ihn zum Zahnarzt schicken, damit er sich die Wunde behandeln lassen kann, aber Richy will nicht. »Mein Zahn geht Sie einen Scheißdreck an«, sagt er, verdutzt über den neuartigen Zischlaut, der ihm da unverhofft zwischen den Lippen hervorschießt.

28

Sofort versucht Richy noch einmal ohne Lispeln »Scheiße« zu sagen. Es funktioniert nicht, auch wenn er noch so sehr die Zungenspitze von der Lücke entfernt hält. Es zischt. Schocker muß auf Geheiß des Lehrers den Schulhof verlassen. Richy sieht ihm nach, blind vor Tränen, die ihm vor Schmerzen oder vor Wut herunterlaufen.

Bei Wargas ißt man zu Abendbrot, und was man ißt, das ist im Gegensatz zu dem, was sonst bei den Familien innerhalb der Siedlung üblich ist, nicht schlecht. Die meisten essen überhaupt nicht regelmäßig. Zum Beispiel gibt es bei den Nachbarn von gegenüber, die sieben Kinder haben, gar kein Abendbrot. Wer Hunger hat, nimmt sich Brot, wer Durst hat, trinkt Bier, wobei sich die Kinder das Bier von den Eltern stehlen müssen. Dazwischen rauchen sie, und der Sechsjährige, genannt Mücke, dreht sich aus schwarzer Krause mit Elvirablättchen die rundesten Zigaretten, die man sich vorstellen kann.
Von der Warga-Bande raucht nur Charli, und das heimlich. Im Grunde genommen hat er keinen Spaß daran, und das liegt nach Schockers Meinung daran, daß Charli sich noch nie auf Hunger einlassen mußte.
Heute gibt es Nudeln mit Tomatensoße. Herr Warga erhält ein schönes Stück ausgelassenen Speck für sich allein. Das dampft in der Pfanne, kracht und brutzelt, während alle anderen ihren Teller bereits gefüllt haben und sich ans Essen machen könnten. Aber der Duft des ausgelassenen Specks nimmt die Freude am richtigen Appetit.
»Eßt, eßt«, sagt Frau Schock und nickt ihren Kindern zu. Die heben schnüffelnd die Köpfe in Richtung Pfanne und sehen dabei ihren Vater an.
Herr Warga weiß, was sich in den Köpfen seiner Kinder abspielt. »Von nichts kommt nichts, wer arbeitet, der muß essen!« sagt er. Da Herr Warga der einzige ist, der arbeitet, das heißt, Geld heranschafft, muß sich der übrige Teil der Familie mit dem Duft des Specks zufriedengeben und froh sein,

wenn genug Nudeln in die Bäuche kommen. Deshalb wird auch nicht viel geredet. Charli rülpst schon auf halber Strecke absichtlich heftig, weil er meint, dadurch schneller essen zu können.

»Ja, ja«, sagt Herr Warga, nachdem der Speck vom Teller über seine Gabel im Mund verschwunden ist, »für mich ist es auch nicht leicht!«

Und weil keine Zustimmung kommt, kein sichtliches Verständnis, fügt er hinzu, daß die Größe der Familie, für die er aufzukommen habe, eine Sache des Schicksals sei.

Schocker ist anderer Meinung, sagt es aber nicht, hat nur das oft gesehene Bild vor Augen, wenn Herr Warga sich über seine Mutter hermacht. Ob er will oder nicht, er muß an den Schweinepimmel denken, den Richy Frau Rese heute im Erdkundeunterricht auf den Katheder gelegt hat. Nicht, daß Schocker Herrn Warga und seiner Mutter zur Nachtzeit in der Küche auflauert. Nein, es ergibt sich so, wenn eines der Kinder aufs Klo muß. Alle haben sie die beiden schon dabei ertappt. Die Mutter hat dann Herrn Warga von sich heruntergeschubst und ihr Gesicht unter der Bettdecke versteckt, während Herr Warga lauthals schimpfte, daß er verdammt noch mal ein Anrecht auf das hätte, was ihm als Mann im Hause zustünde. Kaum waren die Kinder zurück im Bett, machte er sich wieder an Frau Schock heran, was man gut von der Stube her hören konnte.

So erscheint Schocker die Zahl der Warga-Bande keineswegs eine Sache des Schicksals zu sein, sondern mehr eine Angelegenheit von Herrn Warga, an der außer ihm keiner weiter Freude hat, auch Frau Schock nicht.

Die Teller sind mittlerweile leer gegessen. Frau Schock hat den geringsten Teil der Tomatensoße bekommen, Charli den größten, von Herrn Warga ganz zu schweigen. Geredet wurde nicht viel. Um so größer ist der Schreck, als es in einem Zuge zugleich klingelt und an der Haustür klopft. Das ist ungewöhnlich. Drei Kinder der Warga-Bande spritzen auf. Wenn etwas los ist, will jeder als erster dabeisein.

Herein stürmt Herr Piesch, Richys Vater. Wirklich, er stürmt, obwohl die Wohnungen in der Siedlung nicht groß sind. Es sieht aus, als hätte ihm vor der Haustür einer in den Hintern getreten, soviel Schwung hat er und bleibt genau vor Herrn Warga stehen. Kein Gruß, kein Nicken, keine Entschuldigung, nichts. Herr Piesch kündigt ohne Umschweife an, Herrn Warga die Fresse zu polieren, wenn der nicht unverzüglich bereit ist, die Unkosten für Richys herausgeschlagenen Schneidezahn zu übernehmen. Und zwar das, was die Kasse nicht zahlt. Das Teuerste wäre gerade gut genug für seinen Sohn. Herr Piesch ist allgemein als Schläger bekannt.

Die Blicke fallen auf Schocker. Agnes sagt ihre Lieblingssätze, nämlich: »Sieh mal an« und »Habt ihr das gewußt?«

»Kannst du nicht vernünftig sein?« flüstert Frau Schock, ohne ihren Sohn dabei anzusehen.

»Nein«, antwortet Schocker für seine Verhältnisse zu laut. In kurzen Sätzen schildert Herr Piesch die von Schocker angezettelte Schlägerei, ohne den Anlaß zu erwähnen. Bei jedem Wort, das von Herrn Pieschs Lippen blubbert, weht eine Bierfahne, die mit der Zeit durch die ganze Wargasche Küche zieht. Herr Piesch ist ziemlich besoffen.

Schocker legt sich die Worte zurecht und überlegt aus der Not seiner Situation heraus, ob er von einem Schweineglied oder einem Pimmel reden soll. Ein Schweineschwanz könnte ohne weiteres zu einem Mißverständnis führen und der Angelegenheit die Ernsthaftigkeit der Sauerei nehmen.

Aber dazu kommt es nicht. Herr Warga sagt schlichtweg: »Piesch, du bist voll, hau ab!«

Das hat Schocker nicht erwartet. Herr Warga nimmt ihn tatsächlich vor dem alten Piesch in Schutz. Das ist ungeheuerlich. Schocker spürt sein Blut klopfen. Wenn er so hinsieht, muß er zugeben, daß Herr Warga gegenüber Richys Vater die bessere Figur macht. Ergäbe sich jetzt die Gelegenheit, daß Herrn Wargas Blick zufällig auf Schocker fiele, dann hätte der gelächelt. Aber Wargas Blick bleibt beim alten Piesch.

Niemand sieht Schocker an, niemand richtet das Wort an ihn.

»Verschwinde, Piesch«, sagt Herr Warga, »oder ich hol' die Polizei!«

Andächtige Stille. Frau Schock sagt: »Du meine Güte«, was aber nicht weiter von der Sache ablenkt.

»Schocker hat meinem Sohn einen Schneidezahn herausgeschlagen, und du wirst ihn mir bezahlen oder...«

Herr Piesch pausiert, weil ihm das Gleichgewicht abhanden kommt und er für Sekunden an der Tischkante Halt sucht. Das genügt, um den gemachten Eindruck zu verlieren. Agnes lacht, Charli kichert, während Birgitt und Dagmar eine Grimasse ziehen. Schocker lächelt ganz offensichtlich Herrn Warga an. Frau Schock sagt nichts. Dafür fällt Herrn Wargas Stuhl um. Ganz schnell ist er aufgestanden, steht jetzt neben dem Eindringling, und jeder kann sehen, daß Herr Warga Herrn Piesch um eine Kopfeslänge überragt.

Schocker macht sich sprungbereit.

»Der Piesch wagt es nicht«, flüstert Charli. Schocker muß ihm recht geben.

»Hau endlich ab«, sagt Herr Warga und rückt Herrn Piesch auf die Pelle. Steht verdammt dicht vor ihm, breitschultrig und einen ganzen Kopf größer. Herr Piesch tut sich abermals mit seiner Balance schwer, und das gibt wohl den Ausschlag für seinen Rückzug.

»Ich zeig euch an«, schreit er in die Wargasche Küche und tastet sich, von Herrn Warga gefolgt, rückwärts zur Tür. »Ein Piesch läßt sich das nicht gefallen!«

Weitere Drohungen finden draußen statt und sind nicht zu verstehen. Nur die Stimmen der Männer kann man auseinanderhalten. Sie wechseln sich ab und sind in der Lautstärke unterschiedlich. Schocker kann sich des Gefühls nicht erwehren, auf Herrn Warga stolz zu sein. Kaum hat Schocker diesen Gedanken zu Ende gedacht, fliegt die Tür auf, Herr Warga kommt herein, stürzt auf Schocker zu und knallt dem rechts und links eine hinter die Ohren.

»Mein lieber Mann«, sagt Charli und nickt beifällig, während in Schockers Gesicht Herrn Wargas Fingerabdrücke sichtbar werden.

»Verdammter Dreckskerl«, brüllt Herr Warga, so daß man es auch vor der Haustür hören kann, »kannst du mir nichts weiter als Ärger machen?«

»Der Richy...«, versucht Schocker zu erklären und kommt nicht weiter, weil ihm Herr Warga auf den Kopf haut. Um ein Haar wäre sein Gesicht in den abgegessenen Teller gerutscht. Die Warga-Bande lacht, und Herr Warga, der es mit dem Schlag auf den Kopf auf sich beruhen läßt, sagt: »Wenn du dich noch einmal mit dem Piesch-Sohn abgibst und mir Scherereien machst, bist du die längste Zeit in meinem Haus gewesen!«

Schocker will aufmucken. Nicht wegen der Schläge und auch nicht weil die anderen sich an seinem Schmerz erfreuen. Nein, es ist die Enttäuschung, die Schocker so wütend macht. Herr Warga hatte nicht einmal nach dem Grund der Prügelei mit Richy gefragt und somit Schocker auch nicht verteidigt. Herr Warga hatte nur seinem eigenen Ärger Luft gemacht, den er – wie er annahm – Schocker zu verdanken hatte.

Zwei Tage gehorchte Schocker, zwei Tage ging er Richy aus dem Weg, wo und wie er nur konnte, schlug eine andere Richtung ein oder machte einfach auf den Hacken kehrt. In jedem Fall gab er Richy keinerlei Gelegenheit, sich mit ihm einzulassen. Aber nach zwei Tagen schon sieht alles anders aus.

Schocker ist auf dem Schulweg. Er geht nicht wie üblich an den Einfachstwohnungen entlang, sondern wählt die Straße zwischen den Baracken. Es ist die Zeit, wo die Kinder aus den Betten direkt vor die Haustür purzeln, ungewaschen, kaum bekleidet, nur mit Lust auf Sonne und frische Luft. Wer von den Erwachsenen nicht auf Arbeit ist, schläft seinen Rausch aus. Die Frauen haben Zeit, weil es weder etwas zum

Kochen noch zum Waschen gibt. Irgendwo spielt ein Radio. Mohrle von den Zigeunern zupft an seiner Gitarre. »Der wird noch einmal berühmt«, sagen alle Zigeuner. Die anderen Bewohner in der Siedlung lachen darüber. Wer aus der Siedlung kommt, wird nicht berühmt, höchstens plemplem. Da braucht man sich hier nur umzusehen.

Die Baracken, zehn auf jeder Seite, stehen quer zur Straße und sind an die dreißig Meter lang. Jede Baracke hat sechs Eingänge mit sechs Wohnungen für die Ärmsten der Armen. Barackler, wie man sie nennt und wie die Städter alle Bewohner der Siedlung betiteln, egal, ob jemand in den Einfachstwohnungen wohnt oder tatsächlich in einer Baracke. Dazwischen Wäscheleinen, Mülltonnen und abgetretener Rasen, auf dem die Kinder herumrutschen. Manche kauen trocknes Brot, manche sehen auch nur zu. Eine halbvolle Bierflasche geht rum. Jeden Morgen das gleiche Bild. Schocker interessiert das nicht.

Am Ende der Straße sieht Schocker Richy auf sich zukommen. In dessen typischem Gang, für sein Alter zu breitbeinig, die Motorradjacke um die Schultern und ohne Schultasche, schlendert Richy ihm entgegen. Da gibt es kein Ausweichen. »He, Schocker«, sagt Richy und bleibt so dicht vor Schocker stehen, daß sein Atem zu riechen ist. Schocker sagt nichts. Auge in Auge sehen sie sich an, bewegungslos. »Gehst zur Schule, was?« sagt Richy und fummelt nach einer Zigarette. »Willst bei der Rese was lernen, oder?«

Schocker sagt wieder nichts, hat vielleicht nicht einmal richtig zugehört, weil er etwas an Richy entdeckt, womit er nicht gerechnet hat. Den Zahn. Schocker sieht den ausgeschlagenen Zahn an einem dünnen Nylonfaden um Richys Hals baumeln. Ein wenig schief hängt er da. Wohl deshalb, weil Richy ein schon vorhandenes Loch zum Durchziehen der Schnur benutzt hat.

»War gar nicht so einfach«, lächelt Richy und hält Schocker die Trophäe hin. Schocker nimmt den Zahn in die Hand, der zwei Tage vorher noch fest in Richys Oberkiefer saß.

»Und warum hast du den jetzt am Hals?«

»Weil es meiner ist«, lächelt Richy, »und aus meiner Fresse stammt!«

Sie gehen nebeneinander her. Schocker mit der Schultasche, Richy ohne.

»Mein Vater war bei euch!«

»Stimmt! Er wollte, daß der Warga deinen Zahn bezahlt!«

»Damit mein Alter das Geld in Schnaps umsetzt!« lacht Richy und kickt zwei-, dreimal ein Stück Blech vor sich her.

»Mich«, sagt Schocker ziemlich langsam und läßt das Blech seitlich wegfliegen, »mich hat der Warga deswegen geohrfeigt!«

Danach wissen sie nichts mehr zu reden. Richy kann jetzt durch die Zähne spucken, ohne sie dabei auseinanderzunehmen.

»Scheiß auf die Schule«, sagt er, »komm mit mir!«

»Wohin?«

»In die Stadt!«

Sie sehen sich nicht an, gehen nur nebeneinander her. Schocker braucht seine Zeit für einen Entschluß. Und weil er diese Zeit braucht, hängt er eine Frage dran.

»Was machen?«

Richy läßt seine Zahnlücke lang und breit sehen.

»Diesen hier«, sagt er mit einer unmißverständlichen Handbewegung von außen nach innen und so, daß jeder versteht, was gemeint ist.

»Gut«, sagt Schocker, »gehen wir!«

Im Kaufhaus ist die Luft dick. Von irgendwo kommt Musik und macht das Leben leicht. Schocker und Richy bleiben im Erdgeschoß. »Was willst du?« fragt Richy und nimmt dies und das in die Hand.

»Ich weiß nicht«, antwortet Schocker.

»Na, du wirst doch irgend etwas wollen?«

Wer will nicht irgend etwas! Schockers Blick kreist. Socken, Pullis, Papierwaren, Rechenschieber, Fotos, Platten, Kosmetik, Sonnenbrillen, T-Shirts. Und immerfort Musik, das ist wirklich schön.

»Los«, sagt Richy, »was willst du?«

»Eine Sonnenbrille, eine, wo man von außen die Augen nicht sehen kann!«

Richy quatscht die Verkäuferin an, setzt die eine oder andere auf, fragt nach dem Preis, dem Glas und der Durchlässigkeit der ultravioletten Strahlen.

»Mach schon«, zischt er Schocker zu, dem die Traute fehlt.

»Ich kann nicht«, flüstert der zurück. Als ob Richy darauf gewartet hätte, bittet er die Verkäuferin, seinem Freund eine Brille zu empfehlen.

»Da habe ich das für Sie«, sagt die Verkäuferin und setzt Schocker ein Mordsding von Brille auf, als hätte er selbst keine Hände. Schiebt sie ihm über die Ohren, verdunkelt somit sein Blickfeld um einiges und hält ihm einen Spiegel vor.

»Hm, hm«, sagt Schocker, um etwas zu sagen, während Richy mit genau der gleichen Brille auf der Nase abhaut. Wirklich, Richy trägt die geklaute Sonnenbrille ganz offensichtlich, daß es jedermann sehen kann.

»Das«, meint er später auf der Straße, »das ist der Trick!«

Ein Regentag wie kein anderer. In der Siedlung sind die Pfützen teichgroß. Ohne Fahrrad bekommt man nasse Füße. Herr Warga hat zwar ein Fahrrad, aber er fährt mit der Straßenbahn zur Arbeit. Jeden Tag um sechs Uhr dreißig geht er aus der Tür, in der Hand eine Aktentasche mit Broten, die Frau Schock für ihn geschmiert hat. Jeden Tag, denn Herr Warga verdient das Geld. Manchmal fragt er sich, warum. Aber es bleibt bei der Frage, eine Antwort findet er nicht. Ein Hilfsarbeiter kommt nicht viel über tausend Mark im Monat, und das reicht bei einer neunköpfigen Familie hinten und vorn nicht. Den Traum, aus der Siedlung herauszukommen, hat Herr Warga ausgeträumt. Wie soll er die Miete in der Stadt bezahlen, mit welchem Geld die Kinder anziehen? Nein, lieber will Herr Warga in der Siedlung als fleißiger und angesehener Mann gelten, als in der Stadt zu den Hungerleidern gehören.

Herr Warga stapft durch die Pfützen und bekommt nasse Füße. In der Fabrik werden sie von allein trocken. Hier und da ein Gruß, ein paar Frauen sehen ihm nach. Die Schock hat's gut, liest Herr Warga aus den Blicken, die hat einen Mann, der pünktlich seiner Arbeit nachgeht und seine Familie ernährt.

In der Straßenbahn ist es voll. Regennasser Mief von Arbeiterklamotten, der jeden Tabakrauch überdeckt. Heute ist Zahltag. Das bringt die Gesichter aus der gewohnten Gleichgültigkeit. Am Abend, das weiß Herr Warga, wird die doppelte Menge an Bier in der Siedlung gesoffen. Auch Herr Warga trinkt mit Frau Schock am Zahltag ein Bier mehr. Warum nicht? Des kleinen Mannes Sonnenschein ist bumsen und besoffen sein! Da ist was dran, wie an jedem alten Sprichwort. Herr Warga denkt sich richtig in den kommenden Feierabend hinein und nimmt sich vor, Fritzchen und Erika von der Kaufhalle einen Ball mitzubringen. Die Kleinen sollen es gut haben. So denkt Herr Warga vor sich hin, steigt da aus, wo er seit Jahr und Tag aussteigt und jeden Hubbel und jeden Stein kennt. Aber seine Schuhe sind durchnäßt und die Sohlen glitschig. Wie er das Schienennetz mit dem üblich schnellen Schritt überkreuzt, das warnende Klingeln des Wagenführers im Ohr, passiert es. Herr Warga rutscht aus und denkt noch im Fallen, daß er Fritzchen und Erika lieber ein Stofftier kaufen sollte. Dann denkt Herr Warga nichts mehr, er ist nämlich auf der Stelle bewußtlos.

»Die Bullen«, schreien die Kinder und laufen dem Polizeiauto nach. Man weiß, wo es halten wird. Es sind immer die gleichen Namen, die gleichen Familien, in deren Wohnungen herumgestöbert wird. Aber heute nimmt das Polizeiauto eine andere Richtung, fährt langsam die Barackenstraße herunter, hält.

»Ach Gott«, sagt Frau Grün und schlägt die Hände zusammen, »das hätt' ich nicht gedacht!«

Sie geht vor die Tür. Alle Frauen gehen vor ihre Türen und
staunen herüber zur Wargaschen Wohnung, an der die Polizei klingelt. Na, und dann kommt die Schock raus, weiß wie
die Wand, die Kittelschürze halb offen, und reibt sich immerfort das Gesicht, obwohl sie nicht heult. Das sieht jeder.
Und weil niemand Herrn Warga etwas Kriminelles zutraut,
die Kinder von ihm noch zu klein sind, kommt jedermanns
Verdacht auf Schocker. Der Junge ist in der letzten Zeit ver-
dächtig oft mit Pieschs Richy gesehen worden. Das kann,
wie man sieht, nicht gutgehen.
»Na«, sagt Frau Grün, die schräg gegenüber wohnt und ihre
Neugierde nicht mehr zügeln kann, »was ist denn bei euch
los?«
»Herr Warga«, Frau Schock spricht in Gegenwart Dritter nie
anders von ihm, »Herr Warga ist unter die Straßenbahn gekommen!«
Also nichts Kriminelles, und von Haustür zu Haustür geht
die Meinung, daß man sich das eigentlich gleich gedacht
habe. Frau Grün erklärt sich bereit, die Kinder zu hüten, bis
jemand Schocker aus der Schule holt. Dann zieht sich Frau
Schock ihr Sonntagskleid an und wird von der Streife in die
Klinik gefahren, um, wie es heißt, ihren Mann noch lebend
anzutreffen.

Herr Warga ist nicht tot. Diese Nachricht bringt die Mutter
am Spätnachmittag mit. Herr Warga hat nur beide Beine
verloren. »Von der Straßenbahn abgefahren«, sagt Frau
Schock, »einfach ab!«
Charli, der unauffällig an einem Stück Wurst kaut, das ursprünglich für seinen Vater gedacht war, möchte insgeheim
wissen, wo Herrn Wargas Beine geblieben sind. Auf der
Straße werden sie sicher nicht mehr liegen. Vielleicht hat
man sie mit in den Krankenwagen gepackt. Aber auch dort
können sie nicht auf Dauer bleiben. Charli kommt zu dem
Schluß, daß die Beine seines Vaters in den Mülleimer gewan-
dert sind. Und weil er so ohne weiteres nicht nach den Bei-

nen fragen möchte, fragt er nach den Schuhen, was dann im Endergebnis auf dasselbe herauskommt.

»Die Schuhe«, sagt Charli also, »wo sind Papas Schuhe?«

Frau Schock weiß es nicht, will aber danach forschen. Da es sich noch um gute Schuhe gehandelt hat, wie Charli weiß, wird sie sich irgendein Penner von den abgefahrenen Beinen seines Vaters heruntergeholt haben, um selbst darin herumzulatschen. Deshalb gibt es Charli schließlich auf, nach dem weiteren Verbleib von Herrn Wargas Beinen zu fahnden.

Bis zum Abend sagt Frau Schock kaum ein Wort. Sie geht ihrer Arbeit nach, wie sie immer ihrer Arbeit nachgeht. Vielleicht ein wenig langsamer. Als sie beim Nachtessen feststellt, daß die Wurst, die Herrn Warga zugedacht war, von irgend jemandem aufgegessen worden ist, kommt weder eine Frage noch das übliche Gezänk. Charli verkrümelt sich umsonst und hat dadurch bei der Verteilung der Bratkartoffeln das Nachsehen.

Richy pfeift in der Nähe des Fensters, ohne daß Schocker sich muckst. Er macht sogar ein Gesicht, als ob er Richys Pfiff gar nicht wahrnehmen wollte, und Agnes sagt mit einem Blick in die Runde: »Sieh mal an!«

Schocker schiebt die Hälfte seiner Bratkartoffeln dem dikken Charli über den Tisch. Das ist ungewöhnlich, und alle starren Schocker an, ob dem etwa wegen Herrn Wargas Unglück der Appetit vergangen ist. Schocker hat Hunger, zumindest hat er ihn gehabt. Und wenn er jetzt dem verfressenen Charli seine Portion herüberschiebt, dann ist das ein Grund für Schockers schlechtes Gewissen. Jawohl! Den ganzen Nachmittag spürte Schocker ein schlimmes Gefühl der Freude im Bauch. Er konnte sich nicht dagegen wehren. Es wuchs in ihm von dem Augenblick an, als er die Nachricht von Herrn Wargas abgefahrenen Beinen erfuhr. Weder Schreck noch eine Art von Mitgefühl bemächtigten sich seiner. Es war mehr ein Bild, das Schocker vor sich sah, nämlich Herrn Wargas plötzliche Kleinheit. Man würde ihn sozusagen nie mehr auf die Beine stellen können. Herr Warga war von jetzt auf gleich, über den Daumen gepeilt, ungefähr um siebzig Zentimeter verkürzt, vielleicht gerade noch ein Meter zwanzig und somit nicht einmal so groß wie der fette Charli. Weiter durfte Schocker nicht denken, sonst wäre zu dem schlimmen Gefühl der Freude noch ein Gelächter gekommen, für das er sich hätte schämen müssen. Aber eins weiß Schocker: Der durch die Straßenbahn verkleinerte Herr Warga wird nie mehr schlagen können. Das genügt, das stiftet Schocker dazu an, sich anders als sonst zu benehmen. So oder so wird er jetzt die Dinge in die Hand nehmen und Herrn Warga vertreten.

Als sich die Warga-Bande in ihren Betten zum Schlafen zurechtlegt, bleibt Schocker unter einem Vorwand in der Küche. Wortlos hockt er sich in den schief gesessenen Sessel, in dem allabendlich Herr Warga zu sitzen pflegte, und beobachtet seine Mutter, wie sie hin und her läuft. Viel Staat konnte Herr Warga nie mit ihr machen. Nur ihre Augen sind schön. Wirklich, seine Mutter hat schöne dunkelbraune Augen. Groß und ganz rund blicken sie ihn jetzt aus ihrem Gesicht heraus an, als würde sie mit ihnen heute zum ersten Mal ihren Sohn sehen. Das macht Schocker hilflos, und er sagt ein bißchen zu forsch, wie er es von Herrn Warga im Ohr hat: »Gib mir mein Bier!«

Gehorsam stellt Frau Schock das gewünschte Bier vor ihren Sohn, öffnet die Flasche.

»Ich laß ihn mir nicht nehmen«, flüstert sie und macht eine Pause, in der nur Schockers Schlucke zu hören sind. »Sie haben im Krankenhaus gesagt, er könnte in ein Heim. Aber das laß ich nicht zu, und wenn ich ihn auf dem Rücken nach Hause trage.«

In der Stube nebenan schlägt Fritzchen in gewohnter Weise mit dem Kopf hin und her. Um die Worte seiner Mutter zu verstehen, muß Schocker sich vorbeugen. Leise spricht sie weiter.

»Jetzt gehört er mir!«

40

Ganz tief in ihren braunen Augen kommt ein Glanz auf, der Schocker unbehaglich ist.

»Mir«, wiederholt sie lächelnd, ohne die Hand vor den Mund zu halten, »mir ganz allein!«

Die Warga-Bande muß sich daran gewöhnen: Schocker führt jetzt das Wort. Wenn die Mutter Herrn Warga besucht, sorgt er für Ordnung, und als Agnes neulich für die Kleinen keinen Brei kochen wollte, hat er ihr eine geknallt und anschließend selbst die Milch aufgesetzt. Zu allem geht er auch noch in die Schule, lernt wie der Teufel und ist Agnes, Birgitt, Charli und Dagmar ein rechter Dorn im Auge.

»Wenn ich dich nicht hätte«, sagt die Mutter und legt Schocker hin und wieder ein Stück Wurst extra auf den Teller. Aber nicht nur die Warga-Bande ist von Schocker enttäuscht, auch Richy.

»Du Arschloch«, sagt er, als Schocker eine Kaufhaustour rundherum ablehnt, »verpiß dir nur vor lauter Papaspielen nicht das Hemd!«

Er hält Schocker den Zahn hin, der jetzt an einem silbernen Kettchen hängt.

»Da warst du noch ein Kerl, da hast du imponiert. Jetzt lacht die ganze Siedlung über dich. Schocker kocht, Schocker hängt Wäsche auf, Schocker trägt seiner Mama die Tasche, und Schocker verdrischt die Wargas, wenn sie nicht parieren. Das ist doch Scheiße, warum machst du das?«

Erst will Schocker antworten, daß er das seiner Mutter zuliebe täte. Vielleicht hätte er es auch fertiggebracht zu sagen, daß er Herrn Warga den Tod an den Hals wünscht und überhaupt kein Mitleid mit ihm hat. Aber Richys höhnisches Grinsen nimmt Schocker den Mut.

»Du kannst mich mal«, sagt er nur und läßt Richy stehen. Weil der aber nicht stehen bleibt, sondern dem Freund nachläuft, wird Schocker böse.

»Wenn du mich nicht in Ruhe läßt, kannst du dir bald den zweiten Zahn an den Hals hängen!«

Wochen später träumt Schocker eines Nachts, daß er mit einem Zehntonner heißen Grießbreis auf der Autobahn einen Unfall baut. Als er aufwacht, ärgert er sich. Blöde Träume haben ihm schon immer die Laune verdorben. Meist sind sie Ankündigungen von unangenehmen Dingen oder einem miesen Tag. Kein Wunder, daß Schocker nach diesem lächerlichen Traum mit allem rechnet.

Frau Schock, die am Nachmittag eher als gewöhnlich von der Besuchszeit im Krankenhaus heimkehrt, ist kaum wiederzuerkennen. Erstens rennt sie vom Bus bis nach Hause und zweitens ruft sie jedem zu, egal, ob er das hören will oder nicht, daß Herr Warga entlassen wird.

»Na, die wird sich noch umgucken«, sagt Frau Grün und weiß nicht, wer ihr mehr leid tun soll, der Mann oder die Frau. Die Warga-Bande zeigt außerordentlich große Freude über die baldige Heimkehr des Vaters, was besonders an den Blicken festzustellen ist, die Schocker gelten.

»Wart nur, bis der Papa kommt«, drohen Birgitt und Dagmar engumschlungen und tanzen in der Küche herum, »dann kriegst du den Arsch versohlt!«

»Wie denn?« fragt Schocker ohne Triumph in der Stimme, »wie denn?«

Die Mädchen werden still, hatten tatsächlich in dem Augenblick vergessen, daß der Vater keine Beine mehr hat. Über die eigene Vergeßlichkeit erschrocken, fangen sie ein Mordsgezeter an. Schocker sei gemein!

»Still, still«, fährt Frau Schock dazwischen und hat wieder diesen verdächtigen Glanz in den Augen, »freut euch, Kinder, und zankt euch nicht!«

Mit großer Eile werden die Vorbereitungen für Herrn Wargas Heimkehr getroffen. Frau Schock geht zum Friseur und, was für die Familie noch aufregender ist, sie kauft für Herrn Warga einen Farbfernseher.

»Wenn er nicht mehr laufen kann«, sagt sie, »soll er wenigstens was fürs Auge haben!«

Tag für Tag hat sie die Anzeigen der Hausfrauenkredite in

der Zeitung studiert. Bis dreitausend Mark, steht da, ohne
Unterschrift des Mannes. Blitzzahlung in fünfzehn Minuten
– auch für die nichtberufstätige Ehefrau mit Rückzahlung in
kleinen und bequemen Raten. Nachdem Frau Schock beim
Friseur war, hatte sie das Kreditbüro aufgesucht und die
neunhundert D-Mark bekommen, die der neue Farbfernseher kostete. Mit einem Tuch bedeckt steht er in der Küche
auf der Kommode. Niemand als Herr Warga soll die Gelegenheit haben, den Apparat zum ersten Mal zu bedienen.
Das ist der Wunsch von Frau Schock.
Auch Schocker hat sich etwas zur Begrüßung von Herrn
Warga ausgedacht. Mit Agnes, Birgitt und Charli hat er die
Küche geweißelt. Schön hell ist es jetzt, und es riecht, wie es
noch nie hier gerochen hat, wie in einem Neubau. Dagmar
und Erika haben sogar Blumen gekauft. Alles ist sehr feier-
lich.

Herr Warga, der ab nun in einem Rollstuhl sitzt, sieht für
den ausgeleierten Sessel, von dem inzwischen Schocker Besitz ergriffen hat, keine Verwendung mehr.
»Der Junge kann wie seine Geschwister auf dem Stuhl sitzen«, brummt er, »der Sessel kommt raus!«
»Er ist noch gut«, sagt Frau Schocker vorsichtig, »neben dem
Küchenschrank würde er weiter keinen Platz wegnehmen!«
»Der Sessel kommt raus«, entgegnet Herr Warga lauthals,
stemmt sich mit den Armen aufwärts, so daß seine Beinstümpfe schräg abwärts stehen und es aussieht, als wollte er
sich auf sie stellen, um größer zu werden. Aber er bleibt
klein. Kleiner als sein Sohn Charli, das wissen inzwischen
alle. Wenn er aufs Klo muß, trägt ihn Frau Schock huckepack. Wie ein Rucksack hängt er dann vom Rollstuhl bis zur
Abortschüssel über ihrem Rücken, die Arme um ihre Schultern geklammert, die Hosen bereits aufgeknöpft. Das sieht
schlimm aus und auch ein wenig komisch. So kommt es zumindest Birgitt und Dagmar vor, ohne daß sie direkt lachen

müssen. Sie stoßen sich gegenseitig an und holen am nächsten Tag Charli, damit er sich das auch ansehen kann. Nein, Herr Warga wirkt, so wie er da hilflos auf dem krummen Rücken seiner Frau hängt, nicht gerade eindrucksvoll. Er verliert vor seinen Kindern an Respekt. Egal, was er fordert, es geschieht ohne die gewohnte Fügsamkeit, immer am Rande des Ungehorsams. »Kommt Zeit, kommt Rat«, hatte Agnes neulich gesagt und dem Vater das verlangte Bier erst dann geholt, als sie Lust dazu verspürte.

Mit dem Sessel, der mit so großer Selbstverständlichkeit in den Besitz von Schocker übergewechselt war, wird Herrn Warga die Lächerlichkeit seiner Lage bewußt.

»Ich verlange auf der Stelle«, ruft er mit überschlagender Stimme, »daß der Sessel rauskommt, jetzt, sofort, auf der Stelle!«

Aber auf der Stelle sitzt Schocker drin, rührt sich nicht und sieht dreist in den neuen Farbfernseher. Mister Cannon ist am Werk, rennt höchstpersönlich einem Übeltäter hinterdrein und scheint ihn auch zu erwischen.

Herr Warga greift in die Räder seines Rollstuhls, fährt, ohne die weitere Kücheneinrichtung zu berühren, an den Fernseher und schaltet ihn ab. Dann wendet er. Alles sehr schnell. Die Reifen quietschen auf dem Linoleum und hinterlassen schwarze Striche.

»Mach, daß du aus meinem Sessel kommst«, schreit Herr Warga mit kippender Stimme. Und weil sich Schocker nicht rührt, nur den Alten so ansieht, als könnte der ihn mal, überkommt Herrn Warga zum wiederholten Mal ein unheimliches Gefühl. Es ängstigt ihn.

Auch wenn die Ärzte sagen, daß das ganz üblich wäre, fällt er immer wieder darauf herein: Herr Warga spürt plötzlich seine Beine. Erst das eine, dann das andere, bis hinunter zum großen Zeh. Sekundenlang glaubt er, seine Knie beugen und aufstehen zu können, um den Bastard dort in seinem Sessel anständig durchzuprügeln. Er stemmt die muskulös gewordenen Arme auf die Räder und hebt seinen Körper empor. So verweilt er, weiß Gott wie kurz, in ohnmächtiger Wut.

»Sei vernünftig, Schocker«, ruft die Mutter entsetzt, »mach, was der Vater sagt!«

»Nein«, sagt Schocker und sieht Herrn Warga zu, wie der in seinen Rollstuhl zurücksackt, »nein!«

Da wird Herr Warga verrückt. Jedenfalls glaubt Charli das. Der Vater greift in die Räder, umkreist in hohem Tempo den Küchentisch und schreit: »Holt ihn aus meinem Sessel, den Scheißkerl, los, holt ihn raus!« Wie er Agnes ansieht, die Mutter, Birgitt, Dagmar und erst Charli, das ist schlecht auszuhalten. Wieder jammert die Mutter, Schocker möge doch vernünftig sein, aber der tut geradezu, als wäre sein Hintern an dem schäbigen Sessel festgewachsen, und seine Finger krallen sich rechts und links um die Holzlehnen fest.

»Als er im Krankenhaus war«, sagt Schocker, ohne daß ihn einer der Familienmitglieder wegen Herrn Wargas Geschrei verstehen kann, »als er im Krankenhaus war, da war ich für die Mama gut genug...«

Schocker bleibt im Satz stecken und weiß nicht recht auszudrücken, für was er nun eigentlich gut genug war. Zumindest aber hatte er Herrn Warga vertreten und vieles dafür eingesteckt. Er braucht nur an Richy zu denken, an Franz Grün und Mücke, die ihn wegen seines Verhaltens oft genug verspottet hatten. Nein, von Herrn Warga erwartet Schocker keinen Dank, auch nicht von der Warga-Bande. Aber von der Mutter erwartet er ihn. Statt dessen ruft sie immer lauter und zum dritten Mal, er solle jetzt vernünftig sein!

Wenigstens den Sessel, denkt Schocker, den hab ich mir verdient, und bleibt nach wie vor drin sitzen.

Der Krach ist mittlerweile unüberhörbar, ist durch das offene Fenster nach draußen gedrungen und hat die Nachbarn angelockt. Da ein Kopf, dort ein Gesicht. Die Leute sehen zu, dagegen ist nichts zu machen. Das bringt Herrn Warga noch mehr in Wut. Er ruft seine Kinder mit Namen, dem Al-

phabet nach, und weil sein Zorn so groß ist, läßt er selbst
Erika und Fritzchen nicht aus, obwohl die ihm wirklich
nicht helfen können. Zuletzt appelliert er an Frau Schock,
die wegen der Schande die Hände vors Gesicht hält.
Nur Charli begreift die Lage und wittert blitzschnell Rache.
Rache an Schocker, der ihm die Mütze weggenommen hat,
den Käfig und auch sonst in der letzten Zeit mehr als genug
den Macker spielte. Er springt auf Schocker zu.
Aus dem Stand heraus macht Charli einen gewaltigen Satz
und gibt damit seinen Geschwistern zu verstehen, was hier
vom Vater gemeint ist. Schocker muß Prügel beziehen, und
er bezieht sie anständig. Birgitt und Dagmar verlegen sich
aufs Kratzen, während Charli am liebsten tritt und Agnes
Schocker die Ohrfeigen zurückzahlt, die sie selbst von ihm
bekommen hat.
Frau Schock weint, während Herr Warga mit Befriedigung
seinen Kindern zusieht. Eine Ermunterung ist hier nicht nötig. Schocker fliegt aus dem Sessel auf den Boden. Im Fenster sind jetzt noch mehr Gesichter zu sehen. Als Schocker
sich aufrappelt und aus der Haustür rennt, bleibt die Tür
hinter ihm offen.
»Und jetzt den Sessel«, schreit Herr Warga. Charli, Birgitt
und Dagmar kriegen das Ding zu packen und feuern es
Schocker nach. Soll er auf der Straße drin sitzen. Hier wird
gemacht, was der Vater sagt.
»Mach das Fenster zu«, sagt Herr Warga. Die Gesichter verschwinden hinter den vorgezogenen Gardinen. Der Zirkus
ist vorbei. Vor der Tür machen ein paar Kinder den Sessel
vollends kaputt.

Aber nun bleibt das Fenster der Wargaschen Küche für immer geschlossen. Egal ob es morgens, abends oder nachts ist,
warm oder kalt, die Sonne scheint oder ein Gewitter auf-
zieht. Herr Warga paßt auf, daß sich keiner der Familie am
Fensterriegel zu schaffen macht. Mit der Zeit wird die Luft
in der Wohnung dick. Der Geruch nach frisch gestrichener

Farbe verliert sich bald im faden Mief. Da kommt gerade
mal ein Windstoß aus der Haustür herein oder ein Luftzug
aus der Stube, wo die sieben Kinder schlafen.

In der Küche bleibt das Fenster zu.

Warum? Herr Warga fürchtet die Blicke der Nachbarn. Er
schämt sich seiner abgefahrenen Beine. Die Kürze seines
Körpers macht ihm zu schaffen. Da nützt selbst die wohlge-
meinte Pflege der Frau Schock nichts mehr. So, wie die Sache mit Schocker und dem Sessel gelaufen ist, weiß nun jeder in der Siedlung, daß Herr Warga nicht mehr der Herr im
Hause ist, sondern ein Krüppel, der nichts zu melden hat. Er
hockt in Dunkelheit und Mief, schweigt, wird dicker und hat
gerade noch Frau Schock unter der Fuchtel, deren Hingabe
Herrn Wargas Meinung nach auch zu wünschen übrig läßt.
Da ist nichts mehr von den freudigen Fragen zu hören, ob er
dies oder jenes möchte, was trinken, was essen, ob er vor
dem Haus sitzen will oder vor dem Fernsehapparat. Nein,
sind die Kinder nicht in der Küche, wird zwischen den beiden kaum ein Wort gewechselt. Lustlos macht Frau Schock
Handgriff für Handgriff, kocht, putzt, schleppt Herrn Warga
aufs Klo und wieder zurück, wäscht ihn und reibt ihn mit
Franzbranntwein ein, damit er sich nicht durchsitzt. Immer
öfter und wie aus einer Angewohnheit heraus sieht Frau
Schock zum geschlossenen Küchenfenster hin. Schon lange
weigert sich Herr Warga, vor der Haustür zu sitzen. Er hockt
in der Küche wie ein Maikäfer im Karton, ungesehen und
mit der Zeit von keinem weiter beachtet. In der Siedlung hat
jeder seine eigenen Sorgen.

Das schmerzt Frau Schock. Nur ihr Gehorsam verbietet ihr,
das Fenster zu öffnen. Im Grunde ihres Herzens hat sie sich
die Pflege von Herrn Warga anders vorgestellt. Jeder sollte
sehen, was sie da Tag für Tag an Pflichterfüllung fertig-
brachte. Guckt mal an, sollten die Leute denken, die Schock
macht alles gut, was er als gesunder Mann für sie und ihre
Gören getan hat. Das sind zwei Leute, die bis ans Lebens-
ende einer für den anderen da sind. Aber Frau Schock muß

47

ihren Pflichten ohne Publikum nachgehen, ohne Lob und
ohne Anerkennung. Das ist weiß Gott nicht leicht. Ganz zu
schweigen von den Nächten, wo sie Herrn Wargas zuckende
Beinstümpfe an ihrem Körper spürt.
Die Kinder werden von Tag zu Tag ungezogener. Das sagt
auch Frau Grün. Agnes treibt sich für ihr Alter abends zu
lange in der Disco herum. Birgitt und Dagmar haben mehrmals die Schule geschwänzt, und Fritzchen macht nachts ins
Bett. Das ist neu.
»Warum bist du nicht vernünftig?« fragt Frau Schock ihren
Sohn und denkt an die Zeit, wo er in Abwesenheit von Herrn
Warga das Regiment geführt hatte. »Warum bist du jetzt
nicht mehr so, wie du früher warst?«
»Früher?« Schocker wiederholt noch einmal: »Früher?«
spricht dabei jeden Buchstaben extra aus, was seltsam
klingt. Nämlich so, als wären damit mehrere Sachen verbunden. Er sieht seine Mutter an, blickt über ihr altes Gesicht hinweg in ihre braunen Augen, sieht und sieht, als gäbe
es da etwas zu suchen. Frau Schock dreht sich um und klappert mit den Töpfen. Schocker stellt fest, daß das, was sie im
Augenblick tut, sinnlos ist. Die Töpfe stehen längst da, wo
sie zu stehen haben. Sie kehrt ihm den Rücken zu. Also
könnte er reden, sie fragen, warum sie es nicht ist, die ihn
wie früher behandelt. Ihn anerkennt, zu ihm hält und ihm
das gibt, was er sich, seiner Meinung nach, verdient hat. Tatsächlich macht er auch schon den Mund auf und bemüht
sich, mit den richtigen Worten alles auszudrücken. Er muß
sich beeilen, wenn er das, was er meint, der Mutter allein
sagen will. Herr Warga sitzt zur Zeit auf dem Klo und kann
jeden Augenblick rufen. Eile tut not. Schocker macht ein
zweites Mal den Mund auf: »Du hast mich nicht lieb!« sagt
er.
Ein ungewöhnlicher Satz, der irgendwo im angestandenen
Mief der Wargaschen Küche hängenbleibt und für den sich
Schocker geniert. So hatte er nicht anfangen wollen, so
nicht! Aber gesagt ist gesagt. Schockers Satz fährt wie ein

Blitz durch Frau Schock, und sie bleibt wie vom Donner ge-
rührt stehen, bewegt sich nicht, hält einen Teller schräg in
der Luft, als könnte sie sich daran festhalten. Statt dessen
fällt er herunter und zerknallt. Ob es nun der zerbrochene
Teller ist oder Herrn Wargas Ruf vom Klo, ist schwer zu sagen. Frau Schock kommt auf Tour, schreit, Herr Warga solle
gefälligst warten, und holt Besen und Kehrschaufel aus dem
Schrank. Während sie in steil gebückter Haltung die Scherben zusammenfegt, scheißt sie ihren Sohn zusammen: »Hör
mit so einem Quatsch auf!«
Schocker klappt den Mund zu und schluckt alle weiteren
Worte herunter. Man könnte es hören, das Schlucken, wenn
Frau Schock nicht mit überhöhter Stimme weiterredete:
»Hab ich nicht genug auf dem Hals?« fragt sie, während die
Scherben scheppernd in den Mülleimer fliegen, »mußt du
mir auch noch kommen?«
Sie schubst Besen und Kehrichtschaufel zur Seite, stemmt
die Hände in die Hüften und sieht den Sohn an: »Ich hab gedacht, ich hätte eine Stütze an dir!«
Vom Klo her schreit Herr Warga, daß er schon lange fertig ist
und aus dem verdammten Scheißhaus will. Frau Schock
wendet sich noch einmal ihrem Ältesten zu. Ihr Gesicht hat
plötzlich einen traurigen Zug. »Liebhaben«, muckt sie auf
und wischt sich über das graussträhnige Haar. Sie ist ver-
zweifelt. Und weil sie ihre Verzweiflung ebensowenig in
Worten ausdrücken kann wie Schocker seine Sehnsucht
nach Zärtlichkeit, wirkt ihre Hilflosigkeit auf Schocker ver-
ächtlich.
»Hol deinen Krüppel«, sagt er, »hol ihn dir!« und rennt an
ihr vorbei aus der Tür. Ein Luftzug fegt durch die Wargasche
Küche und bringt die Fernsehzeitschrift zum Flattern.

Frau Schock besitzt eine Haushaltskasse, deren Aufbewah-
rungsort der gesamten Familie bekannt ist. So lange die Kinder denken können, steht der Kasten an dem gleichen Platz,
nämlich im Küchenschrank, im obersten Fach zwischen den

Suppentellern, hochkant, in der Größe einer Zigarrenkiste, deren Deckel mit einem Weckgummi verschlossen wird. Niemand außer Frau Schock legt Geld in die Kasse oder nimmt welches heraus. So ist es üblich. Zur Zeit als Herr Warga noch arbeitete, gab er Frau Schock am Zahltag das für die Familie notwendige Geld, was sie wiederum in den mit Weckgummi umspannten Kasten legte und zwischen den Tellern versteckte, obwohl das längst kein Versteck mehr war. Nachdem Herr Warga wegen seiner abgefahrenen Beine nicht mehr zur Arbeit geht, richtet sich das Aufstocken des spärlichen Kasteninhalts nach den Zahlungen des Sozialamts und Herrn Wargas Rente, zweimal im Monat.

Ein Vormittag. Frau Schock ist einkaufen. Fritzchen und Erika suhlen sich vor der Haustür im Sand und lachen dabei. Die Warga-Bande ist außer Haus, in der Schule oder anderweitig unterwegs, womit vor allem bei Agnes zu rechnen ist.

Herr Warga schläft. In letzter Zeit schläft er viel. Er sitzt neben dem geschlossenen Fenster hinter den vorgezogenen Gardinen und trinkt so lange Bier, bis ihn die Müdigkeit übermannt. Da er meist schweigt, vormittags auch kein Fernsehen geboten wird, gibt es nichts, was ihn vom Schlaf abhält. Und weil Schocker das weiß, ist er vorzeitig von der Schule heimgekehrt. Herr Warga liegt aufgedunsen, milchig-blaß mit geöffnetem Mund in seinem Rollstuhl und schnarcht ohne Unterbrechung in leiser Regelmäßigkeit vor sich hin. Er hört weder das Aufgehen der Tür noch Schockers Schritt. Die abgestandene Luft ist mit Bierdunst durchsetzt. Auf dem Herd kocht ein Topf Weißwäsche. Fritzchen hat mal wieder das Bett verpißt.

Schocker holt sich den Hocker. Nicht, daß er zu klein wäre, um an die Zigarrenkiste heranzukommen, nein, in gleicher Höhe läßt es sich besser arbeiten. Das jedenfalls würde Richy jetzt sagen.

Der Kasten steht zwischen den Tellern, griffig und ohne viel Aufhebens wegzunehmen. Der Gummi schnalzt unvorherge-

50

sehen. Herr Warga setzt zwei Atemzüge mit Schnarchen aus. Das ist ein schöner Schreck. Um ein Haar wäre Schocker mit dem Ellbogen gegen die Schranktür gestoßen. Kaum auszudenken, was das bedeutet hätte. Ab jetzt hat Schocker nicht mehr so die Ruhe weg. Schließlich erweist sich der Betrag, den er seiner Mutter aus der Haushaltskasse klaut, wegen seiner Nervosität als zu wenig. Aber weil Frau Schock mit dem Pfennig rechnet, muß sie es merken. Ein Mordstheater wird es geben, und es kommt darauf an, ob Schocker den Diebstahl Agnes oder dem dicken Charli in die Schuhe schieben kann. Drei Mark liegen in seiner Hand. An den Scheinen vergreift er sich nicht. Drei Mark aus Groschen und Fünfern, was kann man damit schon anfangen?

Herr Warga stellt das Schnarchen ein und wacht kurz darauf auf. Alles steht wieder am gewohnten Platz. Nichts verrät den Dieb!

»Hol mir ein Bier, Schocker.«

»Von was?« will der wissen, »ich hab kein Geld!«

»Nimm's aus dem Kasten!«

»Nein«, sagt Schocker, »nein, das mach ich nicht«, grinst hämisch, »das ist kein Biergeld!«

»Dir werd ich Beine machen«, schreit Herr Warga, greift mit den Händen in die Räder seines Rollstuhls und denkt nicht weiter darüber nach, was er da sagt.

Schocker macht sich ohne Antwort davon. Soll sich Herr Warga lieber selber Beine machen. Er schlägt die Tür zu und schneidet hinter sich die Flüche des Herrn Warga ab. Ein paar Atemzüge frische Luft, und dann weiß er, wo der Weg für ihn langgeht.

Hinter den Baracken über die Schnellstraße zum Wald. Durch grüne Stille, über trockene Tannennadeln, der Nase nach bis zur Autobahn. Am Rastplatz stehen heute keine Laster. Weder Brems Tierleben noch Mario noch Jan aus Amsterdam halten um diese Zeit hier. Am hellen Vormittag ist die Zeit teuer, daran hatte Schocker nicht gedacht. Weiß der Himmel, ob einer von ihnen die Strecke überhaupt noch

51

fährt? Schocker ist zum Heulen zumute. Die Groschen und Markstücke klimpern bei jedem Schritt in seiner Hosentasche. Erst jetzt fällt ihm ein, daß Mittwoch ist. Mittwoch ist Mario noch nie hier vorbeigekommen. Mittwoch, so sagt er, ist er in San Remo, einer Stadt, die zwischen Bergen und dem Meer liegt und wo es einen Blumenmarkt gibt, so voll, daß die Sträuße mit Lastwagen weggefahren werden. Nein, auf Mario braucht Schocker nicht zu warten. Er zählt ein paar Autos, mehr aus Gewohnheit als aus Spaß, und trollt sich wieder nach Hause. Aber nicht den direkten Weg durch den Wald, sondern durchs Industrieviertel. Dort ist ein Blumenladen, in dem Schocker für seine drei geklauten Mark eine italienische weiße Rose kauft. Der Verkäufer empfiehlt sie ihm. »Für drei Mark«, so meint er, »ist weiter kein großer Blumentopf zu gewinnen.« Schocker stört das Geld sowieso.

Zu Hause stellt er die Blume in eine Bierflasche und muß zugeben, daß sie darin lächerlich aussieht. Auch auf dem Küchentisch macht sie sich nicht besser, egal, wie rum er sie auch dreht.

»Was soll das denn?« fragt Frau Schock und glotzt die weiße Rose an, als hätte Schocker einen Feuerwerkskörper in die Flasche gesteckt.

»Nichts«, antwortet Schocker, nimmt die Blume wieder heraus und wirft sie in den Mülleimer, »ich dachte, sie gefällt dir!«

»Mein Gott«, sagt Frau Schock, »willst du denn nie vernünftig werden!«

Sie räumt die Bierflasche vom Tisch und deckt Suppenteller auf, während Herr Warga jede ihrer Bewegungen schweigsam verfolgt. Als es während der Mahlzeit ans Verteilen der Suppe geht, ist Frau Schock insgeheim darauf bedacht, daß Schocker die größte Portion bekommt. Aber wie es so ist, Schocker scheint nichts davon zu merken.

Auch in der Siedlung hat Weihnachten seine Feierlichkeit. Abgesehen von den Veranstaltungen im Kindergarten, Jugendhaus und Jugendclub gibt es eine Menge Spenden, für deren Verteilung die Sozialarbeiter der Siedlung zuständig sind. So mancher Verein in der Stadt will dem Bedürfnis nach einer guten Tat am Christfest einmal Luft machen. Weihnachten ist schließlich das Fest der Liebe, des Schenkens und Vergebens. Die Lokalzeitung hilft diesem Drang nach guten Taten mit einer Aktion: »Wir wollen helfen.« Da darf man spenden, schenken und steht noch obendrein für jedermann lesbar in der Zeitung. Man hört sich um, man sucht das Elend mit der Lupe, um die Hilfeleistung auch ins rechte Licht zu rücken. Und weil's sich besser macht, werden hin und wieder die Schenker wie die Beschenkten abgebildet. Von denen, die nichts bekommen, wird nicht geredet. Man kann nicht aller Leute Glückes Schmied sein. Das wird ja wohl jeder einsehen. Und weil die Sozialarbeiter sich weigern, die Zeitung auf eine besondere Elendsfamilie hinzuweisen und sagen, alle Bewohner der Siedlung wären gleich schlecht dran und mit einem bunten Weihnachtsabend in der einen oder anderen Wohnung wäre nichts getan, werden die Familien ohne Frau Köpping und ihre Mitarbeiter ausgesucht.

Herrn Wargas Unglück hatte im Sommer groß und breit in der Wochenendausgabe gestanden. Der Fall war bekannt und nicht vergessen. So ein Familienvater aus der Siedlung, der mit großer Regelmäßigkeit seiner Arbeit nachging, war ein Beispiel ohnegleichen. Das Unglück erwischt immer die Falschen.

Also steht eines Tages ein Zeitungsreporter in der Küche, um das Wargasche Elend zu recherchieren und dem Leid, Dank der Hilfsaktion und der gütigen Spender, die Stirn zu bieten.

Es ist kurz vor der Abendbrotzeit. Der winterliche Spätnachmittag ist dunkel und kalt. Die Kinder sind zu Hause. Aus Platzersparnisgründen sehen Fritzchen und Erika vom

53

Gitterbett aus in den Fernseher. Das ist für die Kleinen zwar umständlich, hält sie aber davon ab, herumzukriechen und im Weg zu sein.

»Mein Name ist Reck«, sagt der Reporter, nachdem er geklopft und die Wargasche Küche betreten hat, »ich bin von der Zeitung.«

Alle starren Herrn Reck an und machen sich ihren Vers, ausgenommen die Kleinen. Herr Reck ist groß und sieht auf den ersten Blick freundlich aus. Aber das liegt nur daran, daß er den Mund nicht schließt und unentwegt seine Zähne zu sehen sind.

»Darf ich mich setzen?«

Er darf sich setzen, und weil ein Reporter wenig Zeit hat, sagt er gleich, um was es geht. Eigentlich hätten sich das Frau Schock und Herr Warga denken können, denn Herr Reck taucht immer um die Weihnachtszeit in der Siedlung auf.

»Ich bin von der Redaktion ›Wir wollen helfen‹«, beginnt er und kriegt die Lippen nicht über die Zähne. »Wir haben an Sie gedacht«, Herr Reck sieht Herrn Warga an, »wir kennen Ihr Schicksal!«

Keine Antwort, keine Bestätigung. Die Kinder sind still. Sie wissen, was der Besuch von Herrn Reck kurz vor Heiligabend bedeuten kann. Agnes denkt an einen Wintermantel. Birgitt und Dagmar schmeißen sich Blicke zu, die alles verheißen. Auf die Schnelle graben sie in ihren Gedächtnissen herum, was das große Glück für sie sein könnte. Die Hauptsache ist, Mama wünscht sich keine Waschmaschine. Erika und Fritzchen begnügen sich damit, Herrn Reck lediglich zu betrachten. Der redet weiter, nicht gerade verlegen, aber erstaunt, daß seine frohe Botschaft kein Echo auslöst.

»Nun«, Herr Reck schaut sich um, atmet mit eingezogenen Nasenflügeln und offenem Mund den Mief ein, »hier gibt's doch sicherlich Wünsche!«

Frau Schock wartet, daß Herr Warga etwas sagt. Und ob es Wünsche gibt! Sie braucht sich bloß ihre sieben Kinder anzusehen. Außer Backwerk, gutem Essen und ein paar Sachen zum Anziehen wird es am 24. Dezember nichts geben. Herr Reck hat recht. Wünsche gibt's genug, und wenn es auch nicht recht glaubhaft ist, Frau Schock denkt in diesem Moment nicht an sich, nicht an einen neuen Herd, den sie nötig hätte, nicht an eine Waschmaschine, die sie sich wünscht, nicht an ein besseres Sofa und nicht an neue Gardinen. Frau Schock denkt an die Kinder und was ihnen zu Weihnachten eine rechte Freude sein könnte.

Endlich unterbricht Herr Warga den unermüdlichen Redefluß des Zeitungsmenschen: »Bei uns sind Sie an der falschen Adresse!«

»Wie bitte?« Herrn Recks Mund öffnet sich im fassungslosen Staunen noch weiter. Nun kann man fast alle seine Zähne sehen.

»Du wirst doch nicht…«, flüstert Frau Schock. Die Kinder falten die Hände.

»Ich werde«, sagt Herr Warga und rollt mit seinem Rollstuhl dicht vor Herrn Reck, »nichts nehmen. Nichts von Ihrer Zeitung und nichts von fremden Leuten!«

Herr Reck fährt sich über die Glatze und rät Herrn Warga, sich das angesichts seines und seiner Familie Elend genau zu überlegen. Frau Schock nickt. Die Kinder treten einen Schritt auf Herrn Reck zu. Der dicke Charli sagt »Papa!« und alle hören seine Angst, daß die Sache in die Binsen gehen könnte.

Herr Warga atmet schwer. Plötzlich reißt er die kleine Wolldecke weg, unter der er seine Beinstümpfe verbirgt. »Das«, sagt er und klopft zu Herrn Recks Entsetzen mal rechts mal links drauf, »das geht niemanden etwas an, davon braucht niemand etwas zu wissen!«

»Ein Unfall ist keine Schande«, wendet Herr Reck ein, ohne zu verstehen, was in dem verstümmelten Mann vorgeht.

»Der Unfall nicht«, sagt Herr Warga und kann seine Erregung nur mühsam beherrschen, »aber die Neugierde der Leute.«

Herr Warga beugt sich vor und vergißt für einen Augenblick die Gegenwart seiner Familie.

»Ich bin kein Mann mehr, ich bin ein Krüppel, verstehen Sie? Und die Leute wollen das sehen, die wollen rauskriegen, wie das ist, wenn man nicht mehr der Herr im Hause ist!«

»Aber, aber...«, sagt Herr Reck.

Herr Warga winkt ab. »Da läuft nichts, mein Herr. Ich habe keine Lust, meine Geschichte in der Zeitung zu lesen. Ich will keine Geschenke aus Mitleid. Was glauben Sie, wie die hier in der Siedlung neidisch sind. Da möchte jeder was. Nein, ich habe als gesunder Mann nichts gewollt, als Krüppel will ich erst recht nichts!«

Da ist nichts zu machen, das merkt Herr Reck, steht auf und geht. Schließlich gibt es genug andere hilfsbedürftige Familien, die froh und dankbar sind, wenn man ihnen mal unter die Arme greift. Die Tür fällt ins Schloß. Nicht laut, aber auch nicht leise.

Charli macht als erster seiner Enttäuschung Luft. Er brüllt den Vater an, daß der gemein sei und jetzt andere Familien aus der Siedlung absahnen würden. Tränen laufen über Charlis dicke Backen. Unversehens entschlüpft ihm ein Schluchzer, der sich auch noch wiederholt.

»Wir hätten so gern ein Fahrrad gehabt«, jammern Dagmar und Birgitt, ohne daß sie sich vorher abgesprochen hätten, »aber so etwas kannst du dir in deinem Rollstuhl wahrscheinlich gar nicht mehr vorstellen!« Und weil Charli immer noch heult, entschließen sie sich, mitzuheulen. Das verschlimmert die Stimmung. Herr Warga weiß nicht, was er sagen soll, während Agnes nun den Zeitpunkt für sich gekommen sieht, loszulegen.

»Immer geht alles nach dir«, sagt sie, »unsereins hat hier überhaupt kein Recht! Mama macht den ganzen Tag, was du willst, läßt sich kommandieren und schikanieren, während du dich hier, weiß Gott warum, in der Küche hinterm Vorhang versteckst.« Agnes, die immer schon die frechste der Warga-Bande war, geht in ihrer Wut auf Herrn Warga zu,

zieht ihm erneut das Deckchen von den Stümpfen, feuert es
auf den Fußboden und schreit: »Schließlich ist das ja nicht
unser Pech!«

»Mein Gott, Agnes«, sagt Frau Schock und deckt Herrn
Warga geschwind wieder zu, »so etwas darf man nicht sagen!« »Ich sag's aber«, brüllt Agnes zurück. Erika und Fritzchen fangen an zu greinen. Ein Höllenlärm ist in der Wohnung. Wie eine aufgescheuchte Glucke läuft Frau Schock
von einem Kind zum anderen, ohne daß ihr nur ein Wort
dazu einfiele. Sie bettet die Kleinen um, schiebt Charli etwas Eßbares in die Hand, stellt Birgitt und Dagmar den
Fernseher an und steckt Agnes zwei Mark für Zigaretten
zu.

Nur für Schocker hat sie nichts. Vielleicht auch, weil er
keine Enttäuschung zeigt und sich das ganze Affentheater
bloß schweigend ansieht. Einen Augenblick bleibt sie auch
vor ihm stehen. Es hätte nicht viel gefehlt und sie hätte gesagt, er solle vernünftig sein. Nur so aus Gewohnheit und in
der Hoffnung, er würde unter den Kindern Ordnung schaffen. Aber Schocker schafft keine Ordnung, brüllt weder die
heulenden Mädchen an, noch den dicken Charli. Im Gegenteil, ein Lächeln hat er für sie übrig, selbst für Agnes. Er
sieht zwischen seiner Mutter und Herrn Warga hindurch
zur Tür, stößt sich mit den Händen von der Wand ab,
als brauchte er Schwung, und verläßt nach Herrn Reck als
zweiter die Wohnung. Er kommt auch erstmals nicht zum
Abendbrot zurück, auch nicht in der Nacht und am folgenden Morgen, bis Frau Schock von sich aus bei der Polizei
eine Vermißtenmeldung macht.

Die Nacht hat Schocker in einer Baubude verbracht, deren
Schloß leicht zu öffnen war. Warm war es gerade nicht, aber
zwei Arbeitsjacken und eine zerrissene Zeltplane schützten
ihn vor der gröbsten Kälte. Stühle und Kisten hatte er sich
für sein schmales Lager zusammengerückt und dachte, bis
er einschlief, an San Remo, an die Sonne, die Blumen und

das Meer. Dort wollte er hin. So lag er ein paar Stunden auf
dem Rücken, die Hände über der Brust gefaltet, und machte
sich mit seinem Mut vertraut, mit dem er ein für allemal abgehauen war. Geld hatte er keins, zu essen hatte er nichts,
und richtige Winterklamotten besaß er auch nicht. Also
mußte sich Schocker in seiner Phantasie an das halten, was
der Grund für seine Flucht war.
An die Warga-Bande verschwendete er bis auf Fritzchen so
gut wie keinen Gedanken. Den allerdings würde er vermis-
sen, und Schocker nahm sich auf den harten Stühlen und
Kisten vor, Fritzchen anonym ein Paket aus Italien zu schik-
ken. An Fritz Warga ganz persönlich und eine Postkarte, wie
Mario sie an der Rückwand seiner Koje befestigt hatte und
wo man die Blumen, das Meer und die Sonne von San Remo
erkennen konnte. An Herrn Warga dachte Schocker nicht.
Hingegen an seine Mutter, und bis zum Einschlafen wurde
er das Bild nicht los, wie sie Herrn Warga mehrmals am Tag
huckepack auf die Toilette trug und wieder zurück in den
Rollstuhl.
Als Schocker dann endlich schlief, unbequem und nicht gerade warm, gingen mit ihm die Träume durch. Alles war
schön, die Menschen lachten und hatten bunte Hüte auf dem
Kopf, die Mädchen schliefen auf Blumen, die Schmetter-
linge waren groß wie Spatzen, und wer kein Boot hatte, um
auf dem Meer herumzufahren, der ritt einfach auf goldenen
Fischen. Kein Wunder, daß Mario lieber in San Remo war als
in Deutschland. Von den Träumen, vom harten Lager, von
der Angst erwischt zu werden – von irgend etwas wachte
Schocker pünktlich auf. Er fand ein vertrocknetes Brot,
spülte es mit einer halben Flasche schalem Bier herunter
und machte sich davon.

Schocker ist vom Laufen warm geworden. Sein Atem
dampft. Die Autos brausen an ihm vorbei. Aber Schocker
zeigt kein Interesse an ihnen. Seine Augen sind auf Laster
ausgerichtet, nehmen jeden für sich in den Blickwinkel, ta-

58

xieren Herkunft und Bekanntschaftsgrad. Heute müßte Mario hier vorbeikommen, eventuell auch Brehms Tierleben. Aber dem traut Schocker nicht, der läßt sich kein X für ein U vormachen. Und Jan, das weiß Schocker, Jan nimmt keine Tramper mit. Dem hat mal einer die Brieftasche geklaut, und seitdem ist Jan aus Amsterdam stur, was das Mitfahren von anderen Leuten betrifft. Bleibt also Mario übrig, der schon seit Monaten sagt, daß er Schocker mal mitnehmen wolle, auch wenn er es nur zum Spaß sagt. Für Mario muß eine Geschichte ausgedacht werden, die Hand und Fuß hat. Er könnte etwas von Verwandtschaft erzählen, einer kranken Großmutter zum Beispiel. Er könnte auch die Wahrheit sagen, aber dann würde ihn Mario sicherlich nicht mitnehmen. Schocker tritt von einem Bein aufs andere. Er hat weder Hunger, noch friert er. Bis ihm nichts Besseres einfällt, wird er bei der Story von der Großmutter bleiben, deren Standort Schocker so weit südlich wie möglich verlegen will. Hauptsache, Mario nimmt ihn erst einmal mit.

Dann ist es soweit. Schon von weitem erkennt er Marios Laster. Die oben abgerundeten Ecken, das schräg auf dem Kühler befestigte Mädchen, lächelnd und im Bikini, als läge sie am Meer. Als Mario so an die zweihundert Meter dicht heran ist, kann Schocker den kleinen Christbaum oberhalb der Frontscheibe sehen. Eine Handbreit groß mit roten, gelben und grünen Lichtlein. Ja, das ist Marios LKW. Schocker winkt wie verrückt, läuft ihm auf dem Randstreifen entgegen, schreit: »Halt, halt an!«

Mario sieht Schocker, verringert das Tempo, blinkt und biegt rechts auf den Parkplatz ab.

Bevor der Lastwagen mit zischenden Bremsen zum Stehen kommt, hat Schocker das, was er sagen will, parat.

»Fröhliche Weihnachten, Mario«, sagt er, lacht und holt aus seiner Hosentasche eine Schachtel Zigaretten, die er aus der Baubude mitgenommen und wieder vergessen hatte.

»Hier«, er hält Mario die Zigaretten entgegen, »das ist für dich!« Schocker lächelt ohne Schwierigkeiten.

»Das sollst du nicht«, sagt Mario, nimmt aber eine Zigarette, um Schocker nicht zu beleidigen.

»Komm rein«, schlägt er vor, »hier draußen ist es zu kalt!« Schocker steigt mühsam über die steil übereinander hängenden Stufen. Mario schafft das mit zwei Sätzen und zwei Griffen. Im Führerhaus ist es mollig warm. Aus dem Radio spielt Musik.

»Ich fahre nach Hause«, sagt Mario, »zu meiner Familie, verstehst du?«

Schocker versteht, hütet sich aber zu antworten, sagt nur »hm«.

»Und du?« fragt Mario. »Wird das Christkind dir etwas Schönes bringen?«

»O ja.« Schocker lächelt. »Ich bekomme immer etwas Schönes von den Eltern. Diesmal wird's vielleicht ein Fahrrad!«

Mario nickt anerkennend. Ein Fahrrad findet er nicht schlecht. »Weißt du was«, sagt er und haut Schocker auf die Schulter, »ich nehme dich ein Stück mit. Am nächsten Rasthaus sag ich einem Kollegen Bescheid, der fährt dich wieder zurück. Willst du?«

So einfach ist das also. Schocker kann sich alle dummen Stories von einer Großmutter sparen. Es klappt auch so.

Mario legt Tempo vor. Die PKWs, die sie überholen, sind plötzlich unwichtig. Schocker kommt sich wie auf einem Dampfer vor. So muß der Blick eines Kapitäns übers Meer sein. Aber das hier ist nicht langweiliges, ewiges Wasser, das sind Bäume, Felder, Wälder, Städte und Dörfer, gerade noch mit dem Auge zu erfassen. Ein unbeschreiblich schönes Gefühl, weit weg zu kommen. Mario singt. Schocker singt mit, obwohl er das Lied nicht kennt. Marios Sitz ist in sich gefedert und wippt bei jeder Bodenwelle sanft auf und ab. Das Tannenbäumchen blinkt zwischen ihnen. Alles ist sehr schön. Wie abgemacht hält Mario am nächsten Rastplatz, das heißt, er fährt herüber auf die andere Seite, um Schocker einem Kumpel anzuvertrauen.

»Ich warte hier«, sagt Schocker und bleibt wie angewurzelt auf seinem Sitz.

»Okay.«

Schocker wartet ab, bis Mario in der Gaststätte verschwunden ist. Erst dann untersucht er das Führerhaus nach einem Versteck. Mario hat allerhand Sachen auf seinem Bett liegen. Weihnachtsgeschenke für die Familie. In Windeseile wühlt sich Schocker ins Bett, stülpt die Sachen, so gut wie es geht, über sich und zieht den Vorhang, der das Bett tagsüber verdeckt, zu. Mario wird denken, Schocker hat sich selbst eine Fahrgelegenheit besorgt. Keinesfalls wird er damit rechnen, daß er hier versteckt ist.

Erstens kommt es anders, und zweitens, als man denkt, pflegt Herr Warga zu sagen, bevor er eines seiner Kinder hinter die Ohren schlägt, und hat damit meist recht. Mario braucht keine zehn Kilometer, bis er Schocker entdeckt. Und das alles wegen eines Niesers. Erst lief die Sache gut. Mario war tatsächlich der Meinung, Schocker hätte auf die Schnelle eine Rückfahrt bekommen, und war verärgert davongefahren. Der Junge hatte ihn mehr als eine halbe Stunde Zeit gekostet, die es jetzt wieder aufzuholen galt. Mario tritt aufs Gas, singt nicht, hört kein Radio und überholt, was es zu überholen gibt.

Da kommt der Nieser. Unverhofft schießt er aus Schocker heraus, kribbelt nicht etwa vorher in den Nasenschleimhäuten, sondern ist einfach nach einem tiefen Atemzug da. Schocker kann zwar noch das Gesicht in die Bettdecke drükken, aber das hilft nicht viel. Der Nieser schnalzt und ist trotz der Motorengeräusche im Führerhaus zu hören. Mario zieht mit einem Griff den Vorhang hinter sich zur Seite.

»Sieh mal an!« Mehr sagt Mario nicht. Sein Gesicht ist böse, so böse, wie es Schocker noch nie gesehen hat.

»Willst du mir Schwierigkeiten machen?« donnert Mario los.

»Meinst du, ich laß mich deinetwegen vor Weihnachten einsperren? Denkst du, du kannst Mario aus San Remo für dumm verkaufen?«

Alles weitere sagt Mario auf italienisch, was nicht gerade freundlich klingt. Mario redet, flucht und mault herum, bis er an einem Autobahntelefon hält und Schocker als blinden Passagier meldet.

Danach verläuft alles schnell und ohne Aufregung. Als erstes nimmt die Autobahnpolizei Schocker in Empfang, später die zuständige Streife, und ehe Schocker sich versieht, ist er wieder in der Siedlung, noch schneller, als die ganze Fahrt bis zu seiner Entdeckung gedauert hat. Mario flucht und schimpft immer noch, so daß ihn die Polizisten beruhigen müssen. Schocker erklärt mit keinem Wort, warum er sich in dem Laster versteckt hat, schüttelt nur den Kopf, nickt oder hebt die Schultern. Mario wird ab jetzt nicht mehr sein Freund sein, vielleicht verschlägt ihm das die Sprache.

Nach längeren Verhören und Erklärungen fährt Mario schließlich mit seinem Laster davon. Kein Blick für Schocker, kein Tschau, nichts. Aus ist's mit dem Blumenmarkt in San Remo, der Sonne und der Riviera. Ab jetzt wird auch Mario auf der Autobahn niemanden mehr mitnehmen, so wie Jan aus Amsterdam niemanden mehr mitnimmt und Brehms Tierleben es schon immer sagt: »Das bringt nichts als Ärger.«

Als Schocker die Wargasche Küche betritt, ist die Familie beim Essen. Jeder hat seine Portion Brot, Margarine und Leberwurst auf dem Teller. Auf Schockers Platz steht kein Teller, er bleibt auch leer, als er sich auf seinen Stuhl setzt. Schließlich kann er nicht die ganze Zeit an der Tür stehen. Zur Begrüßung sagt Frau Schock ein Gott sei Dank und nicht mehr. Schocker kommt es vor, als wollte sie aufstehen. Ein wenig hebt sie die Arme hoch. Birgitt und Dagmar kichern. Frau Schock läßt die Arme wieder sinken und fängt sich einen Blick von Herrn Warga ein, der alles sagt.

»So geht's nicht«, schreit Herr Warga Schocker an, »das laß ich mir nicht bieten. Sieh zu, wo du unterkommst. Undank ist der Welt Lohn, aber nicht auf meine Kosten. Du kommst in ein Heim, jawohl, in ein Heim«, wiederholt er, ohne vorher die Bestätigung seines Entschlusses von Frau Schock einzuholen.

Der Warga-Bande vergeht das Kauen. Ihre vollen Münder stehen still, sind schief und krumm. Nur Charli schluckt. Was weg ist, ist weg.

»Schocker kommt in kein Heim«, sagt Frau Schock, für ihre Verhältnisse bestimmt. Sie sieht dabei Herrn Warga an, als müßte der selbst auf der Hut sein. Die Warga-Bande kaut wieder und frißt alles Brot bis auf den letzten Krümel weg. Für Schocker bleibt nichts, obwohl er großen Hunger hat.

»Wer nicht hören will, muß fühlen«, sagt Frau Schock mit der gleichen an ihr ungewohnten Bestimmtheit und räumt den Tisch ab. »Ich«, sagt Schocker und zieht zutschend die Zunge über die Zähne, »ich habe vorhin ein Schweineschnitzel mit Kartoffelsalat und hinterher eine Portion Langnese-Eiscreme gegessen.«

Er wartet weder Blicke noch Worte ab. Der Hunger nimmt ihm die Geduld. Es ist schon schlimm genug, wie sich sein Magen zusammenzieht und ihm die Spucke im Mund zusammentreibt. Er schiebt seinen Stuhl an den Tisch und geht in die Stube, wo in Charlis Bettseite nichts Eßbares zu finden ist. Nur der übliche Kleinkram: Schrauben, Bildchen, Draht, diesmal in einer Zigarrenkiste unterm Kopfende versteckt.

In der Küche geht der Fernseher an. Fritzchen und Erika schlafen fest. Hinter der Fensterscheibe wischen blonde Haare vorbei. Jemand beobachtet Schocker. Der Vorhang ist nicht zugezogen. Mädchenhaare. Jetzt tauchen zwei Augen auf. Eine Nasenspitze drückt sich weiß gegen das Glas. Ein Mund lacht. Hände mit einem Hefekloß. Elli Grün. Das ist Elli Grün von den Grünen, mit denen niemand weiter spricht, weil die was Besseres sind. Schocker reißt das Fenster auf.

»Was willst du?«

Elli hält ihm den Hefekloß hin.

63

»Probier mal!«

Schocker schlingt den Kloß herunter, kommt weder zum Schmecken noch zum Reden. Elli Grün sieht zu.

»Warum hast du mir den gebracht?«

»Weiß nicht, eben so«, sagt Elli Grün schnippisch und läuft weg, schräg hinüber zur eigenen Haustür. Vorher dreht sie sich noch einmal um, das kann Schocker auch in der Dunkelheit genau sehen. Ihre blonden Haare sind fast so lang wie die von Frau Rese. Ellis Taille ist so dünn, daß er mit zwei Händen drumherum fassen könnte. Komisch, daß ihm das noch nicht aufgefallen ist, wo er sie doch jeden Tag sieht.

»Elli«, ruft er und ist mit einem Satz aus dem Fenster, »warum hast du mir was geschenkt?«

Plötzlich hat Schocker das Bedürfnis, Elli anzufassen. Nicht unbedingt um die Taille, aber vielleicht ihre Hände.

»Du hast den Richy verhauen, den kann ich nämlich nicht leiden!«

Weg ist sie. Die Tür fällt ihm vor der Nase zu. Du lieber Gott, denkt Schocker, dafür bringt sie ihm ausgerechnet heute einen Hefekloß? Er lacht, und die Hefe stößt ihm angenehm im Magen auf.

Es hat sich herumgesprochen in der Schule und in der Siedlung. Schocker hat die Flatter gemacht, soll aber nicht weit gekommen sein. War am nächsten Tag wieder zu Hause. So etwas passiert. Man redet darüber und vergißt es wieder. Wer will nicht aus der Siedlung raus? Die Jungen haben heutzutage mehr Rosinen im Kopf als Verstand.

»Wie?« fragt also Richy respektvoll. Er fragt nicht, wie geht's oder wie war's, nein, er fragt »Wie?«. Ein Vertrauensbeweis, dem sich Schocker nicht entziehen kann.

»Fast war ich über der Grenze«, antwortet Schocker, ohne seinen Nieser zu erwähnen, »hab' halt Pech gehabt!«

»Hättste mich mitgenommen«, Richy klopft gegen seine Brust, »dann wär die Sache anders gelaufen!«

»Meine Leute«, sagt Schocker ärgerlich, »nehmen nicht jeden mit!« Richy winkt ab.

»Hier«, sagt er und reibt Daumen gegen Zeigefinger, »damit kommste überall hin!«

»Warum bist du denn noch nicht weg, du Sprücheklopper?«

»Hab noch nicht genug. Meinste, ich will wie du von den Bullen eingefangen werden und mich wie ein abgehauner Köter zu Hause abgeben lassen? Vielleicht Prügel beziehen?« Richy sieht Schocker prüfend an, ob der vielleicht den Arsch voll bekommen hat.

»Von wem denn?« fragt Schocker zurück. »Meine Mutter hat mir nur am Abend nichts zu fressen gegeben!«

»Einem Richy Piesch passiert das nicht, darauf kannst du dich verlassen!«

»Klar«, sagt Schocker, »bist ja auch immer nur mit der Fresse unterwegs!«

Normalerweise hätte Richy auf so eine Antwort zugeschlagen, möglichst zweimal hintereinander, wie er es oft genug bei seinem Vater sieht. Macht er diesmal aber nicht, sondern hängt einem Gedanken nach, der seiner Meinung nach immer mehr Paßform bekommt.

»Nächstes Jahr bin ich vierzehn und du sechzehn, dann könnten wir zusammen...«

Schocker sagt nichts. Ihm fallen Elli Grün und der Hefekloß ein, den sie ihm unvermutet im richtigen Moment geschenkt hat.

»Wie?« sagt er und reibt Daumen gegen Zeigefinger. »Wie?«

»Paß auf«, sagt Richy, »ich hab einen heißen Tip!« Er kommt ins Flüstern, redet mit roten Ohren und leuchtenden Augen, denn irgendwann muß mal ein Anfang sein.

Am Heiligabend hat Frau Schock für jedes ihrer Kinder eine Kleinigkeit. Schocker erhält ein paar Handschuhe. Außen Plastik und innen Nylon.

»Das hält warm«, sagt Frau Schock, obwohl Herrn Wargas Meinung nach Schocker am allerwenigsten ein Geschenk verdient hat.

»Mir kommen die Handschuhe gerade richtig«, sagt Schokker und bedankt sich lang und breit, erst bei der Mutter, dann bei Herrn Warga.

»Der Junge hat was Aufsässiges«, murrt Herr Warga, »da kannst du sagen, was du willst!«

Ansonsten ist der Weihnachtsabend wie immer. Nur Charli spielt auf Herrn Reck an, mit dessen Hilfe vielleicht mehr Stimmung und Geschenke erzielt worden wären. Eventuell eine Weihnachtsgans, die es bei Wargas noch nie gegeben hat. Schocker beteiligt sich an keinem Gespräch, hört auch den Weihnachtsliedern im Fernsehen nicht zu. Er sitzt auf seinem Platz, die neuen Handschuhe über den Händen und sagt kein Wort. Nicht mal richtig essen will er. Sein Kopf liegt schief auf den Schultern, sein Blick geht an dem karg geschmückten Christbaum vorbei zur Tür, als könnte dort jeden Moment der Weihnachtsmann persönlich hereinkommen.

»Der spinnt«, sagt Agnes, »habt ihr das gewußt?«

»Na klar«, antwortet Charli, »ich weiß das schon lange!«

Herr Warga muß sich Ruhe verschaffen, sonst kann er dem gerade begonnenen Fernsehfilm nicht folgen. Plötzlich steht Schocker auf und geht weg. Tür auf, Tür zu. Niemand vermißt ihn. Nur Frau Schock wirft ihrem Ältesten einen Blick nach.

Ob es ein Zufall ist oder nicht, kann Schocker schwer feststellen, in jedem Fall steht Elli Grün vor ihm und sagt: »Fröhliche Weihnachten.« Er hätte ihr gern die Hand gegeben, aber mit den Handschuhen kommt ihm das dumm vor.

»Wo gehst du denn hin?« fragt Elli Grün und sieht Schocker an, der weder einen Mantel noch eine Winterjacke trägt. Hingegen Handschuhe.

66

»Bier holen«, antwortet Schocker mit dünner Stimme, »und du, was machst du hier draußen?«

»Ich hab' auf dich gewartet!« lächelt Elli Grün.

»Aber woher weißt du, ob ich rauskomme?«

»Ich hab' Richys Pfiff gehört.«

»Was hat das mit mir zu tun?«

Elli nimmt ihr Lächeln zurück, wischt sich über den Mund und zupft an ihrer Unterlippe, als müßte sie die Worte einzeln abpflücken. Sie schiebt ihr Kinn seitwärts. »Weil der da wartet.« Sie legt ihre Hände auf Schockers Handschuhe. »Tu's nicht«, wispert sie. Schocker ärgert sich, daß er ihre Finger unter dem Nylon und Plastik nicht zu spüren kriegt. Er ärgert sich so, daß er wütend wird und sagt, daß sie eine dumme Gans sei.

Richy kommt über die Straße, breitbeinig und schleppend, wie es seine Art ist.

»Ist was?«

»Nichts!«

Elli Grün macht auf den Hacken kehrt, wirft ihren Kopf nach hinten und hat weder für den einen noch für den anderen einen Blick.

»Was haste denn mit dem Knackarsch zu quatschen?«

»Das geht dich einen Scheißdreck an!«

Die Grünsche Haustür rutscht ins Schloß. Stille.

»Komm«, sagt Richy, »wir haben keine Zeit!«

Sie machen einen Umweg und sehen aufmerksam nach allen Seiten. Am Heiligabend ist niemand auf der Straße. Das Kindergartenhaus steht einsam am Rand der Siedlung. Hier ist keine Menschenseele. In der Handkasse, so sagt Richy, sind mindestens zweihundert Eier. Und zweihundert Eier sind ein Anfang.

Richy arbeitet gut. Er hat überhaupt keine Angst. »Wenn man Angst hat«, meint er, »muß man zu Hause bleiben. Dann geht's nämlich schief!«

Schocker hat Angst. Der Rolladen schiebt sich fast geräusch-

67

los hoch. Richy macht das langsam und hat so die Ruhe dabei weg, daß Schocker zu schwitzen aufhört.

»Das Fenster schlägst du ein!« sagt Richy. »Du mußt es lernen!«

Schocker ballt die Faust im Handschuh, der erste Schlag reicht. Es scheppert ganz schön. Der Riegel geht leicht auf. Die haben hier immer noch die alten Fenster. Schocker und Richy steigen ein. Der Lichtkegel der Taschenlampe kreist durch den Raum.

»Die Handkasse«, sagt Richy, »ist im Büro, in der linken Schreibtischschublade, das weiß ich!«

»Ich war als Kind nie im Büro«, flüstert Schocker. »Du?«

»Ist doch scheißegal!« Richy tastet sich an den kleinen Stühlen und Tischen vorbei.

»Hier hab' ich immer gesessen.« Schocker läßt sich auf eine der kleinen Eckbänke nieder. Seine Knie rutschen auf der niederen Sitzfläche nach oben. Seine Füße sind so lang wie die Bank breit ist.

»Guck mal, wie ich gewachsen bin«, sagt Schocker, »das merkt man sonst gar nicht!«

»Und ich«, sagt Richy, »ich hab' hier gesessen!«

Es ist ein kleiner runder Tisch in der Mitte des Raumes, an dem jetzt Richy mühsam Platz nimmt. Sein Hinterteil hat nur auf der Hälfte des Stühlchens Platz. Gehorsam faltet er die Hände über der Tischplatte, und beide Jungen sagen im Chor: »Die Sonne schlief die ganze Nacht,
nun aber ist sie aufgewacht,
sie schaut zum Fenster hell herein:
Guten Morgen, guten Morgen, liebe Kinderlein!«

Erst prustet Richy los, dann Schocker. Sie lachen und lachen, als könnten sie nicht mehr damit aufhören. Das Licht der Taschenlampe tastet die Wände ab. Weihnachtsmann, Weihnachtsengel, Christkind und Strohsterne tauchen auf.

»Bastelstunde«, sagt Richy.

»Weihnachten«, antwortet Schocker vom Eckbänkchen her und beißt krachend in einen der rotpolierten Äpfel.

»Lichter«, sagt Richy und zündet eine der heruntergebrann-
ten Kerzen vor ihm an.
»Feuer«, antwortet Schocker und zündet alle Kerzen an, ob-
wohl das mit den Handschuhen gar nicht so einfach ist.
»Wenn die bis zu den Zweigen runter brennen, dann gut
Nacht, Marie!«
»Arschloch!«
Richy springt auf und bläst die Lichter aus. Ein paar Stühle
fallen um.
»Weihnachtsmann«, zischt Schocker.
»Selber Weihnachtsmann. Mußt du alle Kerzen anzün-
den!«
Schocker hebt die Schulter, will antworten und etwas Ver-
söhnliches sagen. Da springt die Tür auf. Mit einem Schlag
fliegt sie auf und gegen die Wand, daß mindestens drei
Strohsterne herunterfallen.
»Hände hoch!«
Schocker hebt langsam die Hände, hält sie mit den Hand-
schuhen ausgestreckt, als wenn ihn einer daran aufhängte.
Richy kann man gar nicht sehen, so schnell ist der weg. Man
kann ihn nur hören. Vom Spielzimmer ins Büro, von dort in
den Flur und ins Klo, zugeriegelt und ab durchs Fenster. Ri-
chy kennt hier im Gegensatz zu den Polizisten jede Ecke und
jedes Fenster. Schocker kennt auch alle Ecken und jedes
Fenster. Nur sitzt er immer noch auf seinem Eckbänkchen,
die Hände nach oben gestreckt.
»Was macht ihr hier?«
»Nichts!«
»Wie seid ihr reingekommen?«
Schocker zeigt zum Fenster hin, auf die eingeschlagene
Scheibe und den hochgeschobenen Rolladen.
Ein Polizist durchsucht ihn, leert seine Taschen, klopft ihn
ab. »Warum, zum Teufel, steigt ihr nachts in den Kinder-
garten ein«, brummt der Polizist.
»Wir wollten Weihnachten feiern«, sagt Schocker mit ge-
senktem Blick und starrt seine Handschuhe an.

69

»Zieh die Dinger aus!« sagt der Polizist. Sein Kollege ist Richy nachgelaufen, kommt jetzt wieder zurück.

»Wie heißt du?«

»Schocker!«

»Das ist kein Name, Bürschchen. Fang nicht an, mich zu verarschen!«

»Joachim Schock«, sagt Schocker mit fester Stimme, »ich heiße Joachim Schock. Es nennt mich nur niemand so!«

II.

Neujahr ist vorbei, Weihnachten vergessen. Auf den Straßen der Siedlung liegt Schneematsch. Das Licht ist düster. In manchen Wohnungen hängen Wolldecken vor den Türen. Die Kälte zieht durch die Ritzen, daran kann man sich einfach nicht gewöhnen. Mücke raucht mehr denn je. Dreht sich eine nach der anderen. Irgendwo muß der Dampf herkommen. Mücke hat von Richy schwer Prügel bezogen und über eine Woche ein blaues Auge gehabt. Niemand hat dem sechsjährigen Mücke geholfen, obwohl er ziemlich laut um Hilfe schrie. Als das nichts nützte, stellte er sich tot, was seine Lage auch nicht verbesserte. Richy trat ihm erst in den Arsch und dann auf die Hand. Da war nichts mehr mit Totstellen. Mücke mußte zum Arzt gebracht werden und trug über Silvester ein rosa Pflaster im Gesicht.

»Ein Wort«, hatte Richy in Gegenwart von Franz Grün und einigen anderen Jungen gesagt, »ein Wort, und du bekommst die gleiche Tracht Prügel noch mal!«

Mücke sagte tatsächlich kein Wort, weder zu Hause noch beim Arzt. Seine Eltern hatten auch nicht weiter gefragt, kreischten los, und Mücke konnte froh sein, nicht auch noch von seiner Mutter eine zu fangen. Der Vater war zu besoffen, um aufzustehen, und dem Arzt ging es mehr um die Versorgung der Wunde. Nur Frau Köpping, die Mücke zum Doktor brachte, wollte wissen, was los war. Erst nahm sie Mücke mit in die Sozialstation, half ihm beim Waschen und wischte das Blut vom Gesicht ab.

»Es war der Richy, nicht?« sagte sie, sah Mücke nicht an und fuhr fort: »Der hatte wohl seinen Grund!«

71

»Weiß nicht«, flennte Mücke los, obwohl er sich lieber eine Zigarette gedreht hätte. Aber Heulen, das weiß Mücke, zieht immer.

»Mich wundert nur, daß es nicht der Schocker war«, sagte Frau Köpping ungerührt. Daraufhin flennte Mücke noch lauter, hielt sich den Bauch und gab so die kläglichste Figur ab, zu der er fähig war.

»Ach Mücke«, lächelte Frau Köpping, »du glaubst doch nicht, daß du mir was vormachen kannst.«

Mücke stellte das Heulen ein, bat, die Toilette aufsuchen zu dürfen und rauchte dort in großer Geschwindigkeit auf Lunge die ersehnte Zigarette. Danach fuhren sie zum Arzt. Auf dem Hin- und Rückweg erzählte Mücke dann, warum Richy und Schocker eine Wut auf ihn hatten, ohne mit einem Wort seine bezogenen Prügel zu erwähnen.

»Am Heiligabend«, begann Mücke stockend, weil er nicht so recht wußte, wo er mit seiner Geschichte anfangen sollte, »am Heiligabend also, da bin ich so durch die Siedlung gelaufen!«

»Warum warst du denn nicht zu Hause?«

Mücke hob die Schultern, daß sein dünner Hals nicht mehr zu sehen war und sein zu klein geratener Kopf wie auf die Achseln geklebt war.

»Zu Hause waren alle besoffen, und unsere Katze hat unter den Christbaum geschissen. Das gefiel mir nicht. Da bin ich ab.«

Mücke fummelte in seiner Hosentasche nach Tabak.

»Wenn du jetzt rauchst«, sagte Frau Köpping, »kannst du dir mit deiner kaputten Lippe eine Infektion holen!«

Mücke hätte gern gewußt, was eine Infektion ist. Seine Zunge fuhr über den Mundwinkel, schmeckte das Blut. Er hatte wirklich ganz schön eins in die Fresse gekriegt.

»Na ja, ich hab Richy und Schocker gesehen und bin denen nach. Wie die durchs Fenster sind, da wußte ich schon, was die wollten!«

Das Ende der Geschichte erzählte Mücke auf der Rückfahrt, inzwischen mit dem großen Pflaster versehen.

»Ich habe plötzlich eine Wut gekriegt.« Mücke machte eine
ziemlich lange Pause, als müßte er die ganze Wut noch einmal nachempfinden.
»Was für eine Wut?« fragte Frau Köpping, ohne daß es neugierig klang. Eher nett, fand Mücke. »Weil überall Leute zusammen waren und«, Mücke pausierte abermals längere
Zeit, »und gut gegessen haben oder gespielt oder Geschenke
gekriegt haben. Wegen der Katze bin ich weg und hab mir
gedacht, draußen ist vielleicht was los. Aber es war nichts
los. Ich hab nur Schocker und Richy gesehen. Denen hat's
vielleicht auch nicht zu Hause gefallen. Ich hab die Wut gekriegt, weil die einen Bruch gemeinsam gemacht haben. Niemand war allein, überall war jemand mit jemand anderem
zusammen.«
Mücke zog seinen Kopf wieder zwischen die Schultern. Das
Pflaster machte sein mageres Gesicht noch kleiner.
»Da bin ich rüber zum Revier. Ist ja nicht weit. Sogar die
Bullen haben Kaffee und Kuchen gehabt, Radio gehört und
die Mützen neben sich auf den Tisch gelegt. Ich bin rein und
hab nur gerufen, daß im Kindergarten welche einen Bruch
machen. Dann bin ich weggelaufen.«

Neujahr ist vorbei und Weihnachten vergessen. Schocker
und Richy haben eine Anzeige erhalten. Frau Köpping
meint, es wird glimpflich abgehen, vielleicht nur mit einer
Verwarnung wegen groben Unfugs.
Für Schocker bedeutet das die totale Isolierung in der Familie, für Richy hat es Prügel gegeben. Herr Piesch hat seinen
Sohn geschlagen, so wie er jeden schlägt, der ihm in die
Quere kommt. Herr Piesch glaubt, die Mißlichkeiten in seiner Familie wegprügeln zu können. Richy macht das nicht
soviel aus. Er kann gut einstecken und hat gelernt, dem
einen oder anderen Schlag auszuweichen. Ist die Sache aus-
gestanden, kriegt es Herr Piesch glatt fertig, seinem Sohn
einen Schluck Bier anzubieten. »Wer nicht hören will, muß
fühlen«, sagt er dazu und betrachtet fachmännisch die

blauen Flecke auf dem Körper seines Sohnes. Mit den Jahren hat Richy gelernt, mit dem Schmerz der väterlichen Schläge fertig zu werden. Er schlägt selbst, und er weiß, wenn er noch ein paar Zentimeter gewachsen ist, wird ihn der Vater nicht mehr anrühren.

Anders ist die Sache bei Frau Piesch und Inge. Richys Schwester Inge lebt in ewiger Angst vor dem alten Piesch. Klein und zierlich, wie sie ist, kann es schon passieren, daß sie aufgrund einer kräftigen Ohrfeige umfällt. Dann schreit und heult sie, was Herrn Piesch noch zorniger macht. Ihre Bitten, sie nicht zu hauen, nützen da nichts. Ihre Hilflosigkeit macht die Sache nur schlimmer. Tränen kann Herr Piesch noch weniger ertragen als Frechheit, und er sagt, daß er sie ihr schon noch austreiben würde, die Tränen.

Manchmal mischt sich Richy ein. Inges Ängstlichkeit, ihr Lidzucken, das immer dann einsetzt, wenn Herr Piesch die Stimme hebt, auch wenn es ein Scherz ist, geht Richy auf die Nerven. Richys Meinung nach ist Inge eine lasche Ente, ein Kriechtier, das sich bei jeder Gelegenheit vor Angst in die Hosen scheißt. Dabei kriegt sie wirklich selten genug den Arsch voll.

Da hat Frau Piesch schon mehr auszuhalten. Früher hat das Richy nie gemerkt. Jedenfalls ist es ihm nicht aufgefallen. Auch hat er seine Mutter nie weinen sehen. Im Gegenteil, wenn jemand bei Pieschs lustig ist, dann ist sie das. Besonders an den Tagen, wenn Herr Piesch auf dem Schlachthof beschäftigt und den Tag über außer Haus ist. Da kann es sein, daß Frau Piesch sich schon morgens gut anzieht und in die Stadt geht. Wenn sie zurückkommt, hat sie immer etwas für Inge und Richy mitgebracht. Sie war dann auch beim Friseur, hat auf dem ganzen Kopf Locken, ist geschminkt und, wie Richy findet, die hübscheste Mutter in der ganzen Siedlung. Manchmal umarmt sie ihn in ihrer guten Laune, und einmal hat er sie darauf vor lauter Quatschmacherei hochgehoben und auf den Schrank gesetzt.

»Laß den Unsinn«, bettelt sie, »ich will runter!«

Sie versuchte, mit den Füßen an der Schranktür Halt zu finden, um herunterzuspringen, aber der Schrank kippelte. Sie mußte oben bleiben.

»Das macht mir jetzt grad Spaß, wie du da sitzt«, sagte Richy, und Inge schmiß sich vor Lachen aufs Sofa.

»Wenn das der Papa sehen würde, was du mit der Mama machst«, gluckste sie immer wieder, und schließlich mußte auch Frau Piesch lachen.

Richy streckte schon die Arme aus, um seine Mutter wieder herunterzuheben. Er war stark genug, um sie leicht einen Augenblick tragen zu können. Das gefiel ihm außerordentlich gut. Aber ehe er dazu kam, stand Herr Piesch in der Küche. Niemand hatte ihn zu dieser Zeit erwartet. Im allgemeinen kehrte er, wenn er auf dem Schlachthof arbeitete, erst am Nachmittag zurück. Er sah seine Frau auf dem Schrank sitzen und verzog keine Miene, obwohl die Sache an sich komisch war. Inge hörte mit ihrem Gelache auf. Richy spürte, wie sich mit dem Auftauchen des Vaters die fröhliche Stimmung in ein Ärgernis verwandelte und wollte die Mutter vom Schrank heben. Eine Erklärung wäre ebensogut zu finden, wie er eine Ohrfeige hinnehmen würde.

Frau Piesch war schneller, hüpfte mit ausgezogenen Schuhen von oben herunter, daß die Dielen knarrten, zog sich die Schuhe wieder an, strich ihren Rock glatt, auch die Haare. Herr Piesch sagte noch immer nichts, starrte nur seine Frau an, als wäre irgend etwas mit ihr nicht in Ordnung.

»Wir haben Blödsinn gemacht«, sagte Richy. Er nickte zum Schrank herüber. Aber den Vater schien es überhaupt nicht zu interessieren, ob seine Frau da oben gesessen hatte oder nicht. Er umkreiste sie stumm, blieb mal hinter ihr, mal vor ihr stehen, griff plötzlich nach ihrem Rock und riß ihn herunter.

»Wo hast du den her?«

Jetzt ging er an die Bluse. Die Knöpfe sprangen durch die Stube. Frau Piesch stand im Unterrock.

»Und das?« brüllte Herr Piesch, während seine Finger zwischen die Locken fuhren, an ihnen herumzerrten und die ganze Frisur kaputtmachten.

»Woher hast du das alles?«

»Gespart«, log Frau Piesch. Erst wurde nur ihr Hals rot, später ihr Gesicht, herauf bis unter die Haare.

Inge und Richy sahen sich an. »Die Mama macht sich immer schön, wenn sie in die Stadt geht«, sagte Inge, und ihr Augenlid flatterte wie ein Fliegenflügel. Herr Piesch hörte nicht hin. Er stellte sich dicht vor seine Frau. Sie roch seinen Bieratem. Er brüllte nur ein einziges Wort: »Hure!«

Es dröhnte durch die Küche.

»Verdammte, dreckige Hure, die du immer gewesen bist!« Er spuckte ihr dabei vor die Füße, daß es glitschig und unübersehbar auf den Boden flutschte.

»Hure!«

In Richy ging etwas vor, was er selbst nicht begriff. Langsam sagte er: »Wenn das so ist!«

»Nein«, rief die Mutter, und Richy sah sie erstmals weinen, »nein, das stimmt nicht!«

Sie sah nicht mehr hübsch aus, so wie sie da in ihren zerrissenen Kleidern am Schrank lehnte. Die Schminke verschmiert, die Haare durcheinander, unterhalb der Augen wurden die Tränen von der Wimperntusche schwarz und hinterließen eine Spur.

Inge weinte auch. Richys Kehle schnürte sich ein. Er mußte sich räuspern, bevor er seine Worte mit Bestimmtheit wiederholte: »Wenn das so ist!«

Dann ging er weg und hörte gerade noch ein klatschendes Geräusch. Wahrscheinlich hatte der Alte der Mutter jetzt eine geflammt.

Von diesem Tag an gibt es für Richy zu Hause wenig zu reden. Er geht der Mutter aus dem Weg, und es kümmert ihn wenig, daß der Vater nach der Ohrfeige die Sache mit den neuen Kleidern vergessen hat. Inge behauptet zwar, der Vater hätte der Mutter in der letzten Woche wieder eine runter-

gehauen und Böses zu ihr gesagt, aber die Mutter hätte geantwortet, mit so einem Habenichts, Säufer und Schläger
könnte es kein Mensch auf die Dauer aushalten, und dann
hätte es eine mächtige Brüllerei zwischen den beiden gegeben, die Mutter wäre in die Stadt gefahren, und als sie am
späten Abend nach Hause kam, hätte sie wieder ein neues
Kleid angehabt. »Hab ich nicht gesehen«, sagt Richy. Inge
zeigt es ihm. Die Mutter hätte sich zu Hause gleich umgezo-
gen und die neuen Sachen unter eine alte Kittelschürze ge-
hängt. Richy zeigt kein Interesse an Inges Bericht und meint
nur, daß ihn alle am Arsch lecken könnten.

In der Nacht ist es um diese Jahreszeit in den Häusern der
Siedlung noch kälter als am Tag. Und das ist nicht nur in den
Baracken so. Auch durch die Türen der Einfachstwohnungen zieht die feuchtkalte Luft. An Öl muß gespart werden, in
der Nacht wird geschlafen. Frau Piesch schläft nicht. Herr
Piesch liegt auf dem Rücken. Die Arme über der Brust gefal-
tet, atmet er sich friedlich durch die Nacht. Inge und Richy
kann man davontragen, wenn die erst einmal eingeschlafen
sind. Frau Piesch braucht da keine Rücksicht zu nehmen.
Selbst die Lampe neben dem Fernseher stört hier niemanden.
Der Kugelschreiber ist schnell gefunden, nur das richtige
Papier fehlt. Frau Piesch möchte einen Abschiedsbrief
schreiben, und dazu kann man nicht jeden Wisch nehmen.
Durch die offene Tür hört sie, wie Inge sich auf die andere
Seite dreht. Was wird aus Inge? Frau Piesch überlegt, ob sie
ihre Abschiedsworte auf eine Bitte ans Jugendamt erweitern
soll, kommt aber wieder davon ab. Auf ihrer Stirn bildet
sich leichter Schweiß. Wenn sie jetzt nicht schnell macht,
wird es wieder einmal beim Vorsatz bleiben. Also kein Abschiedsbrief. Frau Pieschs Bewegungen werden hastig. Der
Kugelschreiber klebt zwischen den Fingern. »Nicht wek-
ken«, schreibt sie auf die Rückseite eines Kassenzettels, »ich
habe Grippe und eine Tablette genommen.« Frau Piesch

77

nimmt nicht eine Tablette, sondern zwanzig. Sie lösen sich leicht im Wasser und schmecken keineswegs so bitter, wie sie dachte.

Herr Piesch, Richy und Inge sind am folgenden Morgen so leise wie möglich.
»Soll sie sich ausschlafen«, sagt Herr Piesch und macht murrend den Kaffee.
»Sie soll gesund werden«, sagt Inge.
»Und mir ist es scheißegal«, sagt Richy, ohne einen Blick auf die Mutter zu werfen.
Um die Mittagszeit ist er der erste, der nach Hause kommt. Hunger. Richy hat Hunger, ist vorzeitig von der Schule zurück, weil er eine Schulstunde lang an Leberwurst denken mußte. Herr Piesch bringt hin und wieder Fleisch- und Wurstwaren vom Schlachthof mit. Grußlos, wie es in letzter Zeit Richys Art ist, stößt er hinter sich die Küchentür zu, mit den Gedanken ganz bei Brot und Wurst. Das Brot ist frisch. Sämig läßt sich die Leberwurst mit dem Messer über die Brotscheibe streichen. Thymiangeruch – Richy läuft das Wasser im Mund zusammen. Seine Zahnlücke wird im abgebissenen Brot sichtbar. Macht nichts, man gewöhnt sich an alles. Auf dem Herd steht kein Topf. Es riecht nicht nach Essen. Die Kaffeetassen vom Frühstück stehen noch an der gleichen Stelle, wo sie von Herrn Piesch, Inge und Richy stehengelassen wurden. Es ist merkwürdig still in der Wohnung.
»Mama?« ruft Richy mit vollem Mund und nicht sonderlich freundlich, »Mama?«
Keine Antwort. Richy streicht sich das nächste Brot, kaut, schluckt. Ihm fällt ein, daß seine Mutter am Morgen die Kranke gemimt hat, statt Frühstück zu machen. Typisch! Tatsächlich, die Alte liegt noch im Bett. Das heißt auf dem Sofa im Zimmer. Dort schläft sie manchmal, wenn der Vater besoffen ist oder wenn sie miteinander Streit gehabt hatten.
»Steh endlich auf!« sagt Richy. Plötzlich wird ihm klar, daß

sie sich den ganzen Vormittag nicht bewegt haben kann. Ihr Arm hängt immer noch so über der Sofakante, wie es Richy von heute morgen in Erinnerung hat. Ein klein wenig verdreht mit der Handfläche nach außen, die Finger leicht gekrümmt. Ein Knie schaut unter der Bettdecke hervor, genauso der Kopf, der nur zur Hälfte auf dem Kissen liegt, während die Haare einen Teil des Gesichts verdecken. Richy beugt sich über die Mutter und entdeckt eine feine Speichelspur. Sie zieht sich vom Mundwinkel über den Kissenrand weg das Laken entlang. Richy legt seinen Finger darauf und fühlt die beginnende Trockenheit.

»Mama?«

Nichts.

»Mama!« brüllt Richy jetzt, ohne daß Frau Piesch auch nur mit dem Augenlid zuckt. Der Puls, denkt Richy, ich muß den Puls fühlen. Er fingert an ihrem Handgelenk herum, spürt nichts. Der Arm gleitet zurück in die gleiche Haltung, ein wenig verdreht, mit der Handfläche nach außen. Sie ist tot, von allein weggestorben.

Richy schüttelt langsam und unaufhörlich den Kopf. Sein Gesicht verzerrt sich. Er zieht die Lippen von den Zähnen, öffnet den Mund zu einem Schrei, der nicht vonstatten geht. Seine Bauchdecke spannt sich und preßt den Atem aufwärts bis zur Kehle. Dort bleibt er stecken. Weder Luft noch ein Ton kommen heraus. Sein Gesicht läuft in schrecklicher Anstrengung rot an. Er weiß selbst nicht, warum. Einen Augenblick glaubt er, neben dem Sofa, auf dem die tote Mutter liegt, lang hinzuknallen. Aber bevor das passiert, wird ihm die Kehle für einen dünnen Schrei frei, der sich mühsam herausquetscht. Mehr ein Stöhnen. Immerhin, er kriegt wieder Luft und wird auch nicht hinfallen. Er umfaßt vorsichtig die Schultern der Mutter und legt sie gerade auf den Rücken. Er zupft das Kissen zurecht, hebt den herunterhängenden Arm hoch und kreuzt die Hände über der Brust. Frau Piesch sieht sehr friedlich aus. Richy muß sie immerfort ansehen und kann nicht weggehen, obwohl er das müßte.

Die Tür geht auf und wieder zu. Inge ist nach Hause gekommen. Hat auch Hunger. »Mama?« ruft sie, so wie Richy Mama gerufen hat, nur freundlicher. Sie macht sich auch nicht gleich übers Brot her, sie will nach ihrer Mama sehen. Richy werden die Beine steif, bevor Inge die Mutter überhaupt gesehen hat. Er dreht sich um. Die Schwester steht wie in die Tür gerahmt und zeigt mit der Hand auf die tote Mutter, zeigt und zeigt.

Dann brüllt sie los, obwohl Richy kein Wort gesagt hat. Inge stürzt sich auf sie, rüttelt sie und bekommt es mit ihren mageren Armen fertig, daß Frau Piesch abermals zur Seite rutscht. Schief und krumm liegt sie auf dem Sofa, daß es einen erbarmen kann.

Inge schreit »Hilfe«, schreit »die Mama ist tot, die Mama ist tot«, und rennt aus dem Haus zu den Nachbarn. Zu Grüns, zu Mückes Mutter und zu anderen Frauen. Die Wohnung füllt sich. Frauen, Männer, Kinder.

»Die ist nicht tot«, sagt jemand und hält Frau Piesch eine Bettfeder vor die Nase.

Dann geht alles schnell. Polizei, Rettungsdienst, Rettungswagen. Frau Piesch wird in Morgenrock und Nachthemd ins Krankenhaus gefahren. Inge will unbedingt mit und wird von Mückes betrunkener Mutter zurückgehalten.

Eine Viertelstunde später sitzt Richy bei Frau Köpping im Büro, sitzt, wartet und wartet. Lässig hatte er sich auf den Stuhl gelümmelt, breitbeinig, die Zigarette zwischen Daumen und Mittelfinger, mit dem glühenden Ende zur Handfläche hin, die Asche mit dem kleinen Finger abstreifend, schweigend.

»Was war denn los, Richy?« fragt Frau Köpping und schiebt ihm unauffällig einen Aschenbecher zu.

»Was soll bei uns schon los sein«, gibt er die Frage zurück, grinst, wie er eben grinst, wenn er mit etwas nicht fertig wird. Er bewegt sich nicht. Nur der kleine Finger streift hin und wieder die Asche ab. »Willst du nicht draußen warten, Richy?«

80

Richy will nicht, bleibt stur sitzen, als höre er schwer. Frau Köpping weiß jetzt, Richy hat Angst. Er fürchtet den Tod der Mutter.

»Sie wird nicht sterben, deine Mutter«, sagt sie mit gespielter Leichtigkeit, »dafür sorgen die im Krankenhaus!«
Richy zuckt zum Zeichen seiner Gleichgültigkeit die Schultern, antworten kann er darauf nichts.
Telefon, die Poliklinik. Richy hebt den Kopf, beugt sich vor, so nah wie möglich in Richtung des Hörers, um etwas zu verstehen. Frau Köpping nickt, lächelt, nickt Richy zu und legt den Hörer auf. »Keine Lebensgefahr, in ein paar Tagen ist sie wieder zu Hause. Man hat ihr gleich den Magen ausgepumpt!«
Den Magen ausgepumpt. Richy stellt sich einen dicken Schlauch im Mund seiner Mutter vor. Am Ende eine regelmäßig laufende Pumpe, die alles aus ihr herausholt. Kaffee, Brötchen, Suppe, Bier und die Tabletten. Eine stinkende, große Schüssel voll.
»Du weinst ja«, sagt Frau Köpping leise, »endlich!«
Richys Kopf fällt auf Frau Köppings Schreibtisch. Seine Schultern fliegen im Schluchzen auf und ab. Da hilft kein Schlucken und Schneuzen. Es heult einfach aus ihm heraus, und Frau Köpping läßt ihm Zeit. Kein Wort sagt sie, sitzt stumm da, wie vorhin Richy, bewegungslos, wartend.
»Er hat Hure zu ihr gesagt«, würgte Richy hervor, »er hat sie geschlagen und mit ihr herumgebrüllt, daß sie ein verkommenes Aas sei und nur ihm ihre Anständigkeit zu verdanken habe!«
»Was für eine Anständigkeit?« fragt Frau Köpping. Richy hebt den Kopf. Sein Gesicht ist, tränenverquollen, längst nicht so frech und hübsch wie sonst.
»Was für eine Anständigkeit?« fragt Frau Köpping noch einmal.
»Was weiß ich, vielleicht wegen der Hure oder so!«
»Weißt du, Richy«, Frau Köpping steht auf und streichelt ihm über den Kopf, »dein Vater macht es sich verdammt leicht.

81

Er arbeitet, wenn er Lust dazu hat, er säuft, wenn er Lust dazu hat, und er prügelt sich herum, wenn er Lust dazu hat!«
»Und?« fragt Richy. »Mein Vater ist eben so!«
»Kann schon sein.« Frau Köpping packt ihre Tasche zusammen. »Ich weiß nur nicht, was das mit Anständigkeit zu tun hat, für die deine Mutter dankbar sein soll!«
»Wie meinen Sie das?«
Frau Köpping klappert mit ihrem Büroschlüssel herum. Längst ist ihre Dienstzeit zu Ende. Sie will nach Hause, Feierabend machen, ausruhen, irgendwoher Kräfte für den nächsten Tag sammeln. »Denk selber darüber nach«, sagt sie schroff, »oder hast du deine Mutter nicht lieb?«
Sie schließt die Tür ab, schubst Richy freundlich aus der Haustür, sagt noch einmal, daß er sich wirklich keine Sorgen mehr um den Gesundheitszustand der Mutter machen soll, und fährt in ihrem Auto davon. Morgen wird ein Tag wie heute sein.

Als Herr Piesch vom Schlachthof kommt, wo er von dem familiären Unglücksfall benachrichtigt wurde, ist es bereits herum: Frau Piesch ist außer Lebensgefahr.
»Und du«, schreit Piesch seinen Sohn an, »dir fällt nichts Besseres ein, als zur Köpping zu rennen, was?«
Richy hockt in der Küche und hat immer noch die Jacke an. Blaß ist er, antwortet nicht und kaut an seinem um den Hals hängenden Schneidezahn herum. Verkehrt herum paßt er nicht in die Lücke.
»Was bei uns zu Hause los ist, geht die Köpping einen Scheißdreck an, verstehst du?«
»Ich dachte, die Mama ist tot.«
»Die und tot«, sagt Piesch und fegt mit der Faust über den Tisch, »alles Angeberei, nichts weiter!« Seine Stimme ist schwer vom Bier, sein Gang schwankend.
»Heul nicht«, fährt er Inge an, die immer noch flennt, »und dir rat ich, ab heute die Fresse über uns zu halten, wenn du von deinem Vater nicht eine reinhaben willst!«

Richy antwortet nicht, läßt den Vater mit seinen Drohungen auflaufen, woraufhin Herr Piesch den Fernseher anschaltet. Blauer, grauer Bildschirm, ein Bild. Irgend etwas passiert. »Scheißfilm!« brummt Herr Piesch und angelt nach dem nächsten Bier. Inge ist über der Heulerei eingeschlafen. Richy starrt auf den Bildschirm. Augenblicklich fällt ihm Frau Köppings Frage ein, ob er seine Mutter nicht liebhabe. Liebsein, liebhaben, was ist das schon? Blöde Frage.

Frau Piesch wacht auf, das heißt, sie möchte die Augen öffnen. Nur geht das nicht. Ihre Lider bleiben festgekleistert am Wimpernrand. Das Gefühl ist unangenehm.
»Lina«, hört sie ihren Namen flüstern, »Lina, warum hast du das gemacht, warum?«
Das ist nicht die Stimme ihres Mannes. Das ist Werner, der irgendwo aus der Nähe zu ihr spricht. Eine Hand, groß, warm, weich. Werners Hand, eine Bäckerhand. Sie fühlt die zarte Haut der Innenfläche auf ihrem Arm. Ob alle Bäcker solche Hände haben? Frau Piesch ist schon wieder eingeschlafen. Weg. Der Mann an ihrem Bett wartet geduldig, bis sie sich wieder bewegt. Seine Hand, die sie als weich und warm empfunden hat, liegt nach wie vor auf ihrem Arm zwischen Handgelenk und Ellbogen.
»Ich hole dich zu mir, ich nehme auch die Kinder. Du bleibst nicht bei ihm. Du mußt aus der Siedlung, sonst gehst du vor die Hunde!«
Endlich gelingt es ihr, die Augen zu öffnen. Jetzt sieht sie ihn. Sein Bäckergesicht, blaß und teigig, wie das Innere eines Brötchens. Werner beugt sich über sie, lächelt und sagt ganz glücklich: »Lina!«
Frau Piesch will lächeln, aber ihr Gesicht bleibt unverändert, läßt sich zu keiner Regung zwingen. Sie sieht seine Augen, ein blaues und ein braunes. Werner ist der erste Mensch mit zwei verschiedenen Augen, der ihr begegnet ist. Plötzlich zieht doch ein Lächeln über ihr Gesicht. Huscht darüber hinweg, kaum daß Werner es wahrnehmen kann. Seine Au-

83

gen, denkt Frau Piesch, seine Augen, wie eine Rosine und ein
Mandelkern im Gesicht eines Lebkuchenmännleins. Irgend
jemand hat Werner aus Versehen verkehrte Augen einge-
setzt.
Die Tür geht auf, leise und vorsichtig.
»Man kann nie wissen«, hatte Richy vorher zu Inge gesagt,
»schließlich können sich Kranke erschrecken, und das ist für
Mama bestimmt nicht gut.«
Bei der Blumenfrau vor der Klinik hat er einen Strauß gekauft. Die meisten Besucher halten Blumen in der Hand. So
schnell wie Richy die schlafende Mutter im Krankenbett
sieht, nimmt er auch den fremden Mann an ihrer Seite wahr.
Sein Gesicht ist dicht über dem der Mutter. Es sieht fast aus,
als wollte er Frau Piesch küssen.
»Onkel Werner«, ruft Inge, läuft auf den Fremden zu und
gibt ihm die Hand.
»Sie schläft, eben war sie noch wach«, sagt der Fremde
und nimmt Inge auf den Schoß, damit sie die Mutter besser
sehen kann. Also kennt Inge den Fremden, und der Fremde
kennt die Mutter weiß Gott wie gut. Richy fühlt, wie langsam eine Hitze durch seinen Körper läuft. Von den Füßen
aufwärts.
»Wer sind Sie?«
»Werner Daubmann.« Der Mann zögert. »Ich kenne deine
Mutter gut.«
Als wenn er es beweisen müßte, legte er wieder seine Hand
auf Frau Pieschs Arm. »Ich möchte ihr helfen.«
»Wir brauchen Ihre Hilfe nicht.«
Richy sitzt jetzt die Hitze im Kopf. Die Frauen von den
Nachbarbetten und deren Besucher werden aufmerksam. Es
wird still im Krankenzimmer, als wollte plötzlich keiner
mehr den Schlaf von Frau Piesch stören.
»Ich glaube schon«, sagt der Fremde, »sonst wäre deine Mut-
ter wohl nicht hier!«
Richy sagt mit ungewöhnlicher Lautstärke: »Was bei uns zu
Hause los ist, geht Sie einen Scheißdreck an!«

Um das, was er sagt, zu unterstützen, knallt er den kleinen Blumenstrauß auf den Fußboden. Die Blütenblätter flattern unter das Bett.

»Mein Gott, was für ein Flegel«, sagt eine Frau. Alle sehen zu Frau Piesch. Die hat nichts mitgekriegt, pennt und pennt. Am liebsten hätte Richy noch durch die Zahnlücke ausgespuckt. Statt dessen dreht er sich blitzschnell auf den Hakken herum, knallt nicht einmal die Tür, verschwindet.

Frau Piesch ist wieder zu Hause. Sie kam mit dem Bus, stieg aus und ging ihren Weg gerade so, als käme sie vom Einkaufen zurück. Viele Blicke, keine Worte. Was soll man da schon sagen? Ein wenig blaß ist sie, vielleicht auch magerer. In der Siedlung ist der eine dicker, der andere dünner. Was der eine zuviel säuft, hat der andere zu wenig zu fressen. Da hätte man viel zum Nachdenken.

In der Wohnung ist alles beim alten. Ein bißchen unordentlicher als sonst, auch nicht so sauber. In der Ecke liegt schmutzige Wäsche. Kein Bett ist gemacht. Aus der überfüllten Mülltüte riecht es nach vergammeltem Heringsfilet in Tomatensoße. Herrn Pieschs Lieblingsgericht. Leere Bierflaschen. Der Kanarienvogel ist tot, obwohl er Futter und Wasser hat. Er liegt mit zugeklappten Flügeln im verschissenen Sandboden seines Käfigs. Frau Piesch nimmt den Vogel heraus und wirft ihn in die überfüllte Mülltüte.

»So«, sagt Herr Piesch hinterrücks, worüber Frau Piesch erschrickt, »hast du deine Kur fertig?«

Er sagt Kur. Er hat ihr aufgelauert, hat sie vom Bus herkommen sehen und hat leise die Klinke heruntergedrückt, um sie zu erschrecken. Nun sitzt er auf dem Stuhl und sieht ihr zu, wie sie blaß und für ihre Art langsam an die Arbeit geht. Er sieht ihr zu, schweigend zurückgelehnt, eine Bierflasche in der Hand und mit allerhand Gedanken im Kopf. Jetzt wird alles wieder zu seiner Ordnung kommen. So schnell stirbt es sich nicht weg, das wird sie schon kapiert haben. Der Doktor hat sogar gesagt, wenn sie noch einmal so etwas macht, kommt sie in eine Nervenheilanstalt. Klapskiste auf deutsch. Davor wird sie sich hüten.

»Spiel nie wieder verrückt«, faßt Herr Piesch seine Gedanken zusammen, »und sei froh, da zu sein, wo du hingehörst!«

Frau Piesch sammelt die Wäsche auf. Dann macht sie sich an den Abwasch, ohne Herrn Piesch zu beachten, obwohl der jetzt hinzufügt, daß es Mann und Kinder wären, an dessen Seite sie gehöre, egal, was liefe.

Als Inge aus der Schule heimkommt, sagt Herr Piesch: »Deine Mutter ist wieder da!«

»Das sehe ich«, antwortet Inge aufmüpfig und stellt sich neben Frau Piesch.

Natürlich sieht sie es. Inge ist ja nicht blind. Herr Piesch ärgert sich. Als Richy nach Hause kommt, sagt Herr Piesch infolgedessen nichts. Das Mittagessen, das allen gut schmeckt, verläuft wortkarg. Alle tun so, als wäre Frau Piesch nie weg gewesen, hätte nie den Versuch gemacht zu sterben, um die gesamte Familie allein zu lassen. Von der Bohnensuppe, die sie in aller Eile gekocht hat, bleibt nicht ein Löffelchen übrig, obwohl weder Richy noch Herr Piesch besonders gern Bohnensuppe essen.

Am nächsten Tag, Herr Piesch ist zur Arbeit auf den Schlachthof gegangen, packt Frau Piesch einen Koffer und einen Karton. Den Karton hatte sie, den Koffer nicht. Der gehört Mückes Mutter, und so ist es wieder rum in der Siedlung. Die Pieschen will abhauen.

»Deine Mutter macht die Flatter«, sagt Mücke und freut sich, Richys Aufmerksamkeit zu gewinnen, wo der sonst für Mücke keinen Blick übrig hat.

Wegen des kalten Wetters saß Richy in der Schule, wärmte sich und versuchte zu schlafen, so gut es ging. Die Rese erzählte über die veränderten Grenzen der Bundesrepublik seit 1939, was niemanden außer Schocker zu interessieren schien. Richy jedenfalls war das alles scheißegal. Mücke nützte für seine Information die Pause im Klo bei einer Zigarette, die er Richy als Zugabe gedreht hatte.

86

»Woher weißt du das?«

»Ich weiß es, und wenn du's nicht glaubst, geh doch nach Hause!«

Die kaum angezündete Lulle fliegt in die Kloschüssel. Mücke tut das leid. Richy hat sie aus der Hand heraus quer über den Gang geschnalzt.

»Wenn's nicht stimmt...«, sagt er nur und ist draußen, ohne seine Drohung an Mücke zu Ende zu bringen. Wenn's nicht stimmt! Kein Mensch weiß, was dann passiert. Mücke muß mit Prügeln rechnen und betet insgeheim und voller Inbrunst, daß Frau Piesch das Weite gesucht hat, bevor Richy nach Hause kommt.

Frau Piesch ist noch da, legt gerade die letzten Klamotten in den Koffer von Mückes Mutter. Also stimmt es. Inge sitzt im Sonntagskleid auf dem Küchenstuhl. Die Hände unter den Oberschenkeln verschränkt, baumelt sie mit den Beinen.

»Ich geh' mit«, sagt sie mit tiefliegendem Augenlid, als wüßte Richy von der ganzen Sache.

»Wohin?«

»Zu Onkel Werner. Da bekomme ich Brötchen und Kuchen, soviel wie ich will. Das hat er gesagt!«

»Ist das der Kerl, der bei Mama im Krankenhaus war?«

»Richy«, sagt Frau Piesch und schließt den Koffer, »komm mal her!«

Richy kommt nicht. Er läßt sich auch nicht von der Mutter durch die Locken fahren.

»Laß das«, sagt er im Tonfall von Herrn Piesch und zieht die Hosen hoch, wie Herr Piesch es tut.

»Richy«, wiederholt die Mutter ruhig, »ich geh' weg. Ich komm' nicht wieder. Ich kann nicht mehr mit dem Papa leben.« Sie ordnet irgend etwas auf dem Tisch, der sie bald nichts mehr angehen wird, und fährt fort: »Ich kann Papa nicht dafür dankbar sein, daß ich hier leben muß. Es ist nicht besser als früher. Er schlägt mich, Richy...«

Frau Piesch sucht nach Worten. An sich will sie ihrem Sohn

nichts weiter sagen, als daß der Vater sie schlägt, so wie sie früher von ihrem Zuhälter geschlagen wurde.

»Es hat sich nichts geändert für mich, weißt du?«

Richy weiß nichts. Was soll er auch wissen, außer, daß seine Mutter auf und davon will und die Fresse voll hat.

»Wir sollen hierbleiben, was?«

»Nein, Richy, ihr sollt mitkommen. Du und Inge. Herr Daubmann nimmt euch auf. Er möchte euch ein Vater sein!«

»Ich habe meinen Vater, ich brauche keinen anderen«, sagt Richy und bleibt ruhig.

»Willst du nicht mit, Richy? Willst du nicht raus aus der Siedlung?«

Und ob Richy aus der Siedlung will. Aber nicht zu dem fremden Mann, mit dem die Mutter den Vater übers Ohr haut.

»Mach das nicht, Mama, mach das nicht!«

Frau Piesch zieht ihren Mantel an. Auch Inge zieht ihren Mantel an. Frau Piesch setzt eine neue Wollmütze auf und zieht sie in die Stirn. Frau Piesch nimmt den Koffer von Mückes Mutter in die Hand. Sie sieht wie eine Frau auf dem Bahnhof aus, die von einem Zug in den anderen steigt. Inge schleppt den Karton.

»Auf Wiedersehen, Richy«, sagt Frau Piesch, Koffer und Tasche in der Hand, und weiß nicht recht, wie sie sich verabschieden soll. »Ich hol' dich nach, du mußt auch hier weg!« Und weil Richy nichts sagt, mitten in der Küche steht, die Lederjacke, die ihn breiter aussehen läßt als er ist, über den Schultern, die Fingerkuppen zwischen den kauenden Zähnen, stumm, einfach stumm, stellt Frau Piesch ihr Gepäck wieder hin.

»Komm mit, Herr Daubmann hat nichts gegen dich. Du wirst sehen, er ist sehr freundlich«, und zu Inge gewandt, »findest du nicht?«

»Ja«, sagt Inge, »Onkel Werner ist ein sehr netter neuer Papa. Ich mag ihn!«

Da geht's los. Richy nimmt die Finger aus dem Mund und brüllt: »Raus!« Das kann man Gott weiß wie weit hören. Er reißt die Tür auf. Er schmeißt seine Lederjacke auf die Erde, um mehr Bewegungsfreiheit zu bekommen. Er trampelt, ja er hüpft vor Wut. So hat noch kein Mensch Richy erlebt. Inge haut ab, rennt an den Mülleimern vorbei, Richtung Bushaltestelle.

»Der ist verrückt, Mama«, flennt sie, »komm schnell weg!« Wie Richy in der Küche herumtobt, mit rotem Kopf und fliegenden Händen brüllt, immer wieder »raus!« brüllt, da ist er Herrn Piesch sehr ähnlich. So ähnlich, daß Frau Piesch, ohne weitere Zeit zu vergeuden, abermals nach ihrem Koffer greift und ebenfalls wegrennt. Viel zu schnell für eine Frau mit gutem Gewissen, denkt sich Mückes Mutter, die alles von der Ecke her beobachtet hat.

Im Schlachthof ist Hochbetrieb. Dort, wo Herr Piesch arbeitet, riecht es nach Blut und körperwarmem Fleisch. Natürlich zuckt so ein rausgerissenes Herz nicht mehr. Es dampft nur, wie auch die Lunge, die Gurgel und alles, was sonst noch dran hängt. Herrn Pieschs Arme sind bis zum Ellenbogen rot. Blut. Richy hat hier nichts zu suchen. Er schleicht von Kadaver zu Kadaver, die ordentlich an Haken in Reih und Glied aufgehängt sind. Ausgenommenes, totes, abgekühltes Fleisch, von dem man sich gern ein Stück abschneiden würde, um es aufzuessen.

»Papa?«

Herr Piesch blickt sich um, sieht den Kopf seines Sohnes zwischen zwei halben Rinderteilen.

»Du brauchst dich nicht zu verstecken!«

Richy kommt hervor, die schöne Lederjacke hat von all dem Fleisch um ihn herum Flecken bekommen. Macht nichts, macht gar nichts.

»Die Mama ist weg«, sagt Richy und läßt den Mund offen, daß jedermann seine Zahnlücke sehen kann, »weg mit Inge, mit dem Koffer von Mückes Mutter und einem Karton.«

»Wieso?« Herr Piesch fährt sich mit dem blutigen Unterarm übers Gesicht.

»Wie du aussiehst!« sagt Richy.

Herr Piesch säubert sein Gesicht. »Wieso ist die Mama weg?«

»Sie kann nicht mehr mit dir leben!«

»Piesch«, schreit es von hinten, »machste Urlaub, oder was ist los?«

Frisch Getötetes fährt heran, warm und diesmal wahrhaftig noch zuckend.

»Leck mich am Arsch!« ruft Herr Piesch und rammt sein ellenlanges Messer in das tote Vieh vor sich. Er bindet sich die Schürze ab. Alles ganz bedächtig. Er wäscht sich die Hände, die Seife wird rot und wieder gelb. Herr Piesch säubert sich gründlich, kämmt sein schütteres Haar von rechts nach links. Sagt auf Anfrage, wie es mit seiner Arbeit bestellt sei, ein zweites Mal: »Leck mich am Arsch!« und verläßt mit Richy ohne Abmeldung bei seinem Vorgesetzten den Schlachthof.

Von ihrem Bürofenster aus sieht Frau Köpping die beiden kommen und denkt: Du lieber Gott, was wird das geben! Nicht mehr und nichts anderes denkt sie. Tag für Tag hundert- und tausendfaches ebenbürtiges Elend, nicht darstellbar, weil's niemand kennt und niemand wissen will. Hier ist nichts zu verändern, hier ist nur noch zu verwalten. Herr Piesch geht langsam auf das Büro der Sozialstation zu, seine Hand liegt auf Richys Schulter, der sich dem Schritt des Vaters anpaßt. Was hat das zu bedeuten? Mittagszeit, und Herr Piesch ist nicht auf Arbeit, Richy nicht in der Schule? Frau Köpping schlägt automatisch ihre Akte, in der sie bisher gelesen hat, zu. Der Tanz kann beginnen. Ihr Kopf liegt ein paar Sekunden in den Händen, als könnte er sich nicht allein auf den Schultern halten. Müde. Natürlich weiß Frau Köpping, daß Frau Piesch auf und davon ist. Beim Klopfen an der Tür rafft Frau Köpping sich auf, hebt ihr Gesicht aus den Händen. Ein Lächeln, das Herrn Piesch und Richy begrüßt. »Kommen Sie herein!«

»Meine Frau«, sagt Herr Piesch ohne Gruß, »meine Frau ist
weg. Ich möchte Anzeige wegen böswilligen Verlassens erstatten. Außerdem hat sie meine Tochter Inge mitgenommen,
wogegen ich protestiere!«
Herrn Pieschs aufgeblasene Haltung geht Marion Köpping
auf die Nerven. Breitbeinig steht der Mann vor ihrem
Schreibtisch und wippt von den Absätzen zur Zehenspitze
und wieder zurück.
»Und du, Richy?« fragt Frau Köpping. »Was willst du?«
»Mein Sohn ist Zeuge«, antwortet Herr Piesch. »Er kann das
unrechtmäßige Verhalten meiner Frau beeiden!«
»Na, na«, Frau Köppings Augen sind Richy zugewandt, ohne
Neugier, »willst du denn etwas beeiden?«
»Klar will ich!« Richy nimmt die Haltung seines Vaters an,
läßt nur das Wippen. »Meine Mutter ist zu einem gewissen
Herrn Daubmann, weil sie nicht mehr mit uns zusammen-
leben will!«
»Das hat sie gesagt?«
»Hat sie«, nickt Richy und läßt die Prügel weg, die die
Mutter erwähnte. Er scheint sich an nichts mehr zu er-
innern, was er Frau Köpping damals erzählte, als Frau
Piesch wegen der Schlaftabletten ins Krankenhaus gebracht
wurde.
»Ich verlange von Ihnen«, sagt Herr Piesch drohend, »daß
Sie für die Rückkehr meiner Tochter Inge sorgen!«
»Warum?«
»Weil der Lebenswandel meiner Frau meine Tochter gefähr-
det!«
Richy hängt, ohne daß ihn jemand gefragt hätte, ein lautes
»jawohl« hinten dran.
Frau Köpping sieht plötzlich nicht mehr sanft aus, auch
nicht müde. Herr Piesch stellt das Wippen ein.
»Und Ihr Lebenswandel, Herr Piesch, hat der nicht Ihre
Frau dazu gebracht, Sie zu verlassen?«
»Was mein Sohn Ihnen damals erzählt hat, geht niemanden
etwas an, wenn Sie das meinen!«

Richy kaut auf seiner Unterlippe herum. Grinst erst Frau Köpping an, dann seinen Vater.

»Sie sollten erst mal mit sich klarkommen, bevor Sie mit solchen Forderungen zu mir kommen. Haben Sie denn nicht ein einziges Mal darüber nachgedacht, warum sie die Schlaftabletten genommen hat?«

»Nachdenken«, äfft Herr Piesch Frau Köpping nach und wird laut, »unsereins hat keinen Kopf zum Nachdenken, von uns werden nur Hände zum Arbeiten verlangt!«

Mit einem Schwung ist Frau Köppings ganzer Schreibtisch leergefegt. Kugelschreiber und Filzstifte fliegen durchs Zimmer und rollen in alle Ecken.

»Wenn Sie nicht wissen, daß eine Frau zu ihrem Mann und zu ihren Kindern gehört, dann weiß ich nicht, wer das wissen soll!«

Der Schreibtisch, so nackt, wirkt lächerlich.

»Eine feine Sozialarbeiterin sind Sie mit Ihren Ansichten«, sagt Herr Piesch und greift nach Richy, »komm, Junge, hier haben wir nichts zu suchen, wir gehn zur Polizei!«

Als die beiden weg sind, sucht Frau Köpping ihre Akten zusammen, klaubt Kugelschreiber, Filzstifte, Büroklammern auf. Herr Piesch ist mit seiner Brüllerei noch im Flur zu hören, und Frau Köpping muß wieder an den Streit im Verwaltungsrat denken, den sie mit dem Bürgermeister hatte, als es um Gelder für die Siedlung ging. Mit Investitionen in der Siedlung solle man nicht so verschwenderisch sein, die Barackenbewohner wünschten ja oft gar keine anderen Wohnungen, hatte es da geheißen. Bessere Wohnverhältnisse lähmten nur den Integrationswillen, denn schließlich sei eigenes Verschulden Ursache der Obdachlosigkeit. Kein Wort hatte der Sozialdezernent dazu gesagt von den jahrelangen Versäumnissen, die heute so enorme Investitionen nötig machten. An dieser Stelle hatte sich Frau Köpping gemeldet, war aufgestanden, was nicht üblich war, wollte eben besser gehört werden. Leise hatte sie angefangen zu reden, zu for-

dern, als stünden die zweitausend Bewohner der Obdachlosensiedlung hinter ihr. Ausbau der Wohneinheiten, die menschenwürdig sind. Spielstuben, Klubräume, Ausweitung der Sozialstation, soziale Hilfen bei Umzügen aus dem Bereich der Siedlung... Ihre Stimme war leiser geworden, die Gesichter vor ihr undurchdringlicher. Von den Umständen hatte sie gesprochen, die fast die Hälfte der Siedlungsbewohner gezwungen hatten, dort zu wohnen, von niedrigen Einkommen der großen Familien, von körperlichen und psychischen Gebrechen, von niedrigem Bildungsstand, bis der Amtsleiter sie unterbrochen hatte und ein paar Kollegen mitleidig den Kopf geschüttelt hatten und der Sozialdezernent nur dümmlich gelächelt hatte. Da hatte Frau Köpping die große Wut gepackt, weil immer wieder davon die Rede war, daß diese Leute doch mal regelmäßig arbeiten sollten, und sie hatte an den KZ-Spruch denken müssen, und vor Aufregung hatte sie fast geschrien, als sie dem Bürgermeister verbittert den Vorschlag machte: »Ziehen Sie doch einen Stacheldraht rund um die Siedlung, und lassen Sie über dem Tor die Worte – Arbeit macht frei – anbringen!«
Eine schlimme Stille, die sich einstellte. Jemand sagte etwas von Überarbeitung und daß man nicht jedes Wort auf die Goldwaage legen dürfe.

Auf der Polizei wird ein Protokoll aufgenommen, weil auf der Polizei immer ein Protokoll aufgenommen wird, nämlich zur Person und Sache. Herr Piesch berichtet, der Polizist tippt mit zwei Fingern. Alles dauert sehr lange und nimmt Herrn Piesch die Fahrt. Richy hat Hunger. Kein Mittag-, kein Abendbrot.
»Da kannst du dich bei deiner Mutter bedanken«, sagt Herr Piesch zu Hause und stellt Bier auf den Tisch.
Weil Herr Piesch auf dem Polizeirevier das böswillige Verlassen seiner Frau damit begründet hat, daß sie in der Stadt der Gewerbeunzucht nachgehe, und weil er das aber erst beweisen muß, steht er jetzt gegenüber der Wohnung von Wer-

ner Daubmann. Richy ist mit. Richy soll die Unternehmungen der Mutter bezeugen, so hat es sich Herr Piesch gedacht, denn das macht seiner Meinung nach bei der Behörde Eindruck.

Es ist nicht einfach, unauffällig herumzustehen. Auch das Auf und Ab an den Autos entlang kann einen zwiespältigen Eindruck erwecken. Die Blicke der Vorübergehenden sprechen für sich.

»Scheiße«, sagt Herr Piesch, »die denken noch, unsereins will ein Auto knacken.«

»Sehen wir vielleicht so aus?« fragt Richy, ohne eine Antwort zu bekommen. Der Vater starrt auf die erleuchteten Fenster, hinter denen er seine Frau vermutet.

»Warum kommt sie nicht raus?« will Richy wissen.

»Hat vielleicht ihren Kunden schon drin!« Herr Piesch steht unbeweglich. Hinter dem Vorhang zeigt sich ein Profil. Inge! Das sieht man an der Größe und den Zöpfen. Inge hebt ihre Arme und küßt eine Frau. Wahrscheinlich Frau Piesch. Genau kann man das nicht sehen. Richy steht genauso bewegungslos wie sein Vater da. Zu reden gibt es nichts.

Eine Ewigkeit ist Schweigen. Endlich geht die Tür auf. Frau Piesch hat eine andere Frisur und sieht hübsch aus. Die Locken, kürzer und ein bißchen durcheinander, heben die Ähnlichkeit mit Richy deutlich hervor.

Herr Piesch sieht seinen Sohn an und sagt: »Los!«

Sie schleichen hinterher, heben die Füße, lassen sie sanft auf dem Pflaster abrollen, um die Frau vor ihnen nicht auf sich aufmerksam zu machen. Frau Pieschs Gang schwingt. Das ist Richy bisher noch nie aufgefallen. Der Mantelsaum wippt im gleichen Rhythmus von links nach rechts und gibt dem Schritt etwas Fröhliches auf den Weg. Die Absätze klappern auf dem Pflaster. Frau Piesch überquert die Straße in Richtung Haltestelle.

»Sie fährt in die Stadt«, flüstert Herr Piesch. »Hier ist für sie nichts zu holen!«

Um diese Zeit fahren die Straßenbahnen selten. Wer den

Fahrplan nicht kennt, muß warten. Immer dieses Warten. Auch Frau Piesch wartet. Aber nicht auf die Bahn, die in die Stadt fährt. In die steigt sie nicht ein, nein, sie wartet auf die Bahn, die aus der Stadt kommt. Das ist ein Unterschied, stellt Richy für sich fest. »Komm nach Hause«, flüstert er dem Vater zu.

Herr Piesch sagt: »Nein.« Er will wissen, woran er mit seiner Frau ist.

Aus der Richtung Stadt taucht die Bahn auf und hält. Frau Piesch steigt wiederum nicht ein. Andere steigen aus, darunter Herr Daubmann. Richy erkennt ihn an dem blaßteigigen Gesicht, das in der Dunkelheit weiß hervorsticht. Herr Daubmann beugt sich zu Frau Piesch, küßt sie.

»Ha«, sagt Herr Piesch und noch einmal »ha!«

Richy muß lachen, verkneift es sich aber, denn der Vater sieht ganz so aus, als wollte er Herrn Daubmann von hinten eins überziehn.

»Nicht«, flüstert Richy. Herr Piesch nickt. Richtig, der Kunde muß zu Hause erwischt werden.

»Du bist Zeuge«, sagt Herr Piesch und schickt sich an, abermals seiner Frau nachzuschleichen.

Die geht vor ihnen, eng an den Mann geschmiegt, den Arm um seine Hüfte gelegt, während er ihre Schultern umfaßt. Herr Piesch hat alle möglichen Ausdrücke für seine Frau auf Lager. Richy geht nicht mehr im väterlichen Gleichschritt nebenher. Warum bringt er es nicht fertig, dem Vater zu sagen, daß das da vorn kein Kunde ist, sondern Inges neuer Papa? So zärtlich hat er die Mutter noch nie gesehen. Wie sie den Kopf seitlich auf die Schulter von dem Mann legt und wie sie lacht, das hört man vier, fünf Schritte weit. Plötzlich weiß Richy, warum er dem Vater nicht sagt, wen er da vor sich hat. Richy will, daß Herr Daubmann anständig eins über die Rübe bekommt, zusammenbricht, vielleicht mit einem Loch im Kopf, zumindest aber mit einem blauen Auge. Jawohl, das wünscht sich Richy von Herzen. Vor der Haustür wäre eine gute Gelegenheit, Herr Daubmann könnte ohne

95

viel Aufhebens im eigenen Treppenhaus landen. Die Mutter
würde sich schon um ihn kümmern.

Herr Piesch scheint ähnliche Überlegungen anzustellen,
tapst den beiden hinterdrein, bis sie wieder an der Stelle ankommen, von der sie losgeganen sind. Die Haustür, in die
Herr Daubmann den Schlüssel steckt, nimmt Herr Piesch
gar nicht mehr wahr. Mit einem Sprung ist er hinter den beiden, hebt zum Schlag die Hand, die durch die Luft daneben
saust. Schade! Frau Piesch war schneller gewesen. Instink-
tiv hatte sie sich umgedreht und laut »Werner« geschrien.
Noch nie hatte Richy soviel Ängstlichkeit in der Stimme seiner Mutter gehört. Das erschreckt auch Herrn Piesch. Er
schlägt kein zweites Mal zu. Die Tür springt auf, und weg
sind die beiden, wie vom Erdboden verschwunden. »Das war
kein Kunde«, schluchzt Richy, »das war der Daubmann, Inges neuer Papa!«

Die Formalitäten sind soweit erledigt. Inge bleibt bei der
Mutter, Richy beim Vater. Nachdem Frau Piesch ihre letzten
Habseligkeiten abgeholt hat, ist die Wohnung verändert.
Nicht etwa, daß Möbelstücke fehlen, nein, das Drumherum.
Wenn nicht die warme Frühlingssonne durch die Fenster
schiene, könnte man vor Ungemütlichkeit frieren. Keine
Blume, kein Deckchen. Die Bilder sind von den Wänden
weg, und selbst das Sofa ist kissenleer. Die Spüle ist
randvoll mit Abwasch, als Aschenbecher dient eine alte Sardinenbüchse. Überall liegen Klamotten herum. Nichts ist
weggeräumt, nicht einmal Richys schmutzige Schuhe. Und
weil er damit irgendwo hineingetreten ist, stinkt es gewaltig.
Da nützt keine Reval und keine schwarze Krause.

Herr Piesch hat seinen Job im Schlachthof wegen vorzeiti-
gen Verlassens seines Arbeitsplatzes verloren. Vielleicht, so
sagte der Personalchef, nachdem er sich von Herrn Piesch
die Geschichte von Frau Pieschs böswilligem Verlassen angehört hatte, vielleicht wäre im Frühjahr wieder was drin!
Wann fängt das Frühjahr an, wann hört es auf? Herr Piesch

jedenfalls hat noch keine Arbeit, obwohl die Schneeglöck-
chen längst verblüht sind. Er sitzt in der Küche zwischen
Mief und Unordnung, den hellen Fleck an der Wand im
Auge, wo früher das Hochzeitsfoto hing. Sie hat es mitgenommen, weiß Gott, warum! Und was sie noch mitgenommen hat, sind die Blumentöpfe vor den Fenstern. Herr Piesch
steht auf und beugt sich über den Sims. Auf dem ungestri-
chenen Brett an der Außenwand ist noch das Rund der Topf-
böden zu sehen. Ein, zwei, drei Begonien hatte sie da immerzu stehen. Herrn Piesch fällt ein, daß Begonien nicht
über den Winter hinweg draußen bleiben. Irgendwo muß sie
die Knollen aufgehoben haben. Tatsächlich, Herr Piesch findet sie im Flur in einem Säckchen aufgehängt, dunkel und
trocken. Ohne zu wissen, ob es die richtige Zeit ist, nimmt er
sich vor, die Knollen zu setzen. Töpfe findet er auch im Flur,
und Erde ist in der Siedlung nicht rar, die ist vor jedem Haus
zu finden.
Als Richy nach Hause kommt, traut er seinen Augen nicht.
Da stehen auf dem Fensterbrett die Blumentöpfe, die seine
Mutter jedes Jahr um diese Zeit aus dem Keller holte, in die
sie die Begonienknollen reinsteckte. »Gegen die Fliegen«,
sagte sie. »Wer Begonien vor dem Fenster hat, hat keine Fliegen im Haus. Und schön sieht es auch aus.«
Ist Mama zurückgekommen? Richys Schritt wird behutsam.
Am liebsten möchte er fliegen, über die Blumentöpfe hinweg
zum Fenster herein, ihr um den Hals. Das ist natürlich nur so
eine Idee. Richy zieht sich am Balkonpfahl des Laubengan-
ges hoch. Das kann nicht jeder, und man muß dazu die Ge-
schicklichkeit eines Affen haben. Richy kann es runter und
rauf. In Höhe des Küchenfensters hält er an und schaut hinein. Mit einem Blick hat er es erfaßt: nichts da von Frau
Piesch. Die alte Unordnung, der verkrustete Abwasch in der
Spüle, und in all dem Durcheinander Herr Piesch. Mit der
Bierflasche in der einen Hand, die andere vorm Gesicht, ist
er wohl eingeschlafen. Hat etwa der Alte die blöden Töpfe da
hingestellt, um damit den braven Hausvater zu markieren?

97

Könnte der wirklich nicht lieber abwaschen oder mal was Vernünftiges kochen? Etwas, was sich zwischen den Zähnen kauen läßt und nicht die ewige Supperei. Speichel sammelt sich unter Richys Zunge, die er jetzt fest gegen den Daumen drückt. Durch die Zahnlücke mit Schwung herausgespuckt, wäre einer der Töpfe zu treffen. Da wacht der Vater auf. Richy spuckt nicht.

»Komm rein und wasch ab!« Der Vater setzt die Bierflasche an, schluckt und ruft, daß er, Herr Piesch, nicht Richys Mutter sei. Richy gleitet abwärts und rammt sich einen Splitter in die Handfläche. Scheiße. Auf der anderen Straßenseite läuft Franz Grün mit einer neu gebastelten Steinschleuder.

»Gib her!« sagt Richy. Seine Augen funkeln häßlich, und seine Oberlippe zieht sich hoch, wie es Richys Art ist, wenn er eine Mordswut hat.

»Gib sie mir ja wieder«, protestiert Franz Grün, während er im Grunde genommen bereits verzichtet. Lieber macht er sich eine neue. Wer Richy Piesch kennt, denkt sich seinen Teil und macht freiwillig Frieden.

Richy sammelt Steine. Nicht zu klein und nicht zu groß, aber von Gewicht. Franz Grün sieht zu, neugierig, was Richy wohl so in Rage gebracht haben kann. Richy zielt nicht lange, aber sicher. Der erste Begonientopf ist zerlegt. Noch im Stehen zerplatzt, fallen Scherben und Erde in Herrn Pieschs Küche.

»Das sind eure«, stammelt Franz Grün.

»Arschloch!« Richy erledigt den zweiten Topf. Knall und Fall landet auch der in der Küche. Einen Augenblick später taucht Richys Vater am Fensterbrett auf und muß sich aber wieder ducken, weil ihm sonst der dritte und letzte Blumentopf an den Kopf geflogen wäre.

Franz Grün ist voller Bewunderung. Er hat noch nie etwas mit so einer Geschwindigkeit zielgerecht getroffen.

»Gute Schleuder«, sagt Richy und drückt sie Franz Grün in die Hand. »Wenn du nicht triffst, hast du dir die falschen Steine gesucht!«

Am nächsten Tag ist auf dem Platz vor der Sozialstation ein Fußballspiel. Einer der neuen Kollegen von Frau Köpping hat's organisiert. Stellt sich in seiner Freizeit hin und will Spiele machen, mal für die Kleinen, mal für die Großen. »Spinnt«, sagt Schocker und geht weg. »Wir brauchen keinen Aufpasser.«

»Scheißkerl«, höhnt auch Richy und kickt eine Konservendose statt eines Fußballs so, daß sie haarscharf an Adams Nase vorbeizischt. Gelächter.

Anderntags kommt Adam wieder. Diesmal hat er einen Fußball dabei, wirft ihn zwischen die Jungen und haut wieder ab. »Könnt ihr behalten«, ruft er, ohne jemanden Bestimmten anzusehen. Wer aber soll ihn behalten? Das ist ein Problem, weil jeder ihn haben will. Infolgedessen wird an dem Abend länger als sonst gespielt, nämlich bis zur Dunkelheit. Dann kommt Adam, fängt wie zufällig den Ball ein, bringt ihn zurück ins Büro, schließt ab und sagt: »Bis morgen.«

Morgens gibt er den Ball wieder heraus. So bürgert sich das ein mit Adams Fußballspiel. Plötzlich hat er auch Trikots, und mit den Trikots bilden sich Mannschaften, in denen Adam mitspielt. Schiedsrichter ist er nie. Schnell kennt er jeden Jungen, und jeder Junge kennt Adam. Vor ein paar Tagen hat ein Training begonnen. Adam sagt, er will sehen, ob man im Sommer gegen die Jugendgruppe im Knast spielen könne.

»Los hier«, sagt er und gibt Richy ein Trikot.

»Scheißhemd, ich zieh's nicht an!«

»Alle ziehen Hemden an, das ist sauberer, und es gibt kein Gezeter mit euren Alten!«

»Ich bleib, wie ich bin.«

»Im Pullover?«

»Im Pullover!« bockt Richy.

»Schwitz dich doch dumm und dämlich.« Adam will Richy den Pulli hochziehen. Der dreht sich weg und sieht aus, als wolle er auf Adam los.

»Also gut«, sagt Adam langsam und läßt sich seelenruhig von den Umstehenden angrinsen.

»Haste vorm Richy Angst?«

»Na klar«, antwortet Adam.

Das Spiel fängt an. Richy ist nicht in Form, zu langsam, nicht angriffslustig, rundum ein Lahmarsch, wie ihn keiner kennt. Adam ist auch nicht bei der Sache, sieht mehr zu Richy hinüber als zum Ball. Was er da vorhin gesehen hat, gibt ihm zu denken. Richy ist blau und grün geprügelt. Hat quer über die Rippen einen handbreiten Striemen, breit, wie ihn Adam noch nie auf einem Jungenrücken gesehen hat. Kein Wunder, daß sich Richy schwerfällig bewegt. Wer kann den Jungen so zugerichtet haben?

»Mein Vater«, antwortet Richy später in Frau Köppings Büro. Er grinst Adam an: »Jawohl, mein Vater!«

»Warum?« Frau Köpping fragt teilnahmslos und räumt dabei auf. Wirklich, es scheint, als beeindruckten sie Richys Striemen nicht sonderlich.

»Ich habe ihm seine Begonientöpfe vom Fenster geschossen!«

Pause. Richy wartet die Wirkung seiner Worte ab. »Das sind aber ganz schöne Schläge«, sagt Adam, hilflos über das wortkarge Verhalten seiner Kollegin.

»Es waren ja auch schöne Blumentöpfe«, grinst Richy. Grinst mit eingefrorenen Zügen, ohne mit der Wimper zu zucken, so lange, bis Adam sich ärgert.

»Dann kann dein Vater dich ja weiter verprügeln!«

»Kann er«, sagt Richy und hört erst mit seiner Grinserei auf, als Frau Köpping ihn zu sich herumdreht.

»Willst du zu deiner Mutter?« fährt sie ihn an.

Richy rutscht das Grinsen vom Gesicht. »Nein«, sagt er leise, »ich bleib' beim Papa!«

»Dann geh nach Hause!«

Richy zündet sich eine Zigarette an, hält sie in geübter Manier zwischen Daumen und Mittelfinger, die Glut zur Handfläche hin. Kein Grinsen mehr. Nur ein Nicken. Er geht.

»Aber«, sagt Adam, »Sie können ihn doch nicht so wegschikken. Wenn ihn der Alte totprügelt?«

»Der prügelt ihn nicht tot, der hat seinen Sohn gern, der hat auch seine Frau gern! Nur weiß er das nicht mehr. So etwas vergißt man hier!«

»Das ist doch Wahnsinn!«

»Ist es auch, mein Lieber! Aber diese Art Wahnsinn – wie Sie das nennen – interessiert unsere Gesellschaft nicht. So etwas nennt man der Einfachheit halber asoziales Verhalten!«

Frau Köpping lächelt. Einen Augenblick lang ähnelt ihr Lächeln dem Grinsen von Richy, abgefeimt und böse.

»Wenn das so ist«, murmelt Adam, »dann sagen Sie mir, wie lange ich in der Siedlung Sozialarbeit machen soll?«

»Das liegt ganz an Ihnen.« Frau Köpping schließt ihren Schreibtisch ab und bietet Adam an, ihn mit in die Stadt zu nehmen.

»Nein«, sagt er, »ich besauf' mich heute hier!«

»Wo warst du?« fragt Herr Piesch und rührt im Suppentopf herum. Es riecht angebrannt. Angebrannte Erbswurstsuppe. Richy vergeht der Appetit.

»Auf der Sozialstation!«

Der Vater rührt heftiger. Zigarettenasche fällt in die Suppe.

»Was hast du da gemacht?«

»Der Adam hat die Striemen auf meinem Rücken gesehen und mich zur Köpping mitgenommen. Ich sollte sagen, woher die kommen.«

»Was hast du gesagt?«

Mucksmäuschenstill, nach Angebranntem riechende Stille. Herr Piesch rührt nicht mehr im Topf herum. Herr Piesch holt kaum Luft. Nur die Zehen in seinen Latschen bewegen sich.

»Von dir, hab' ich gesagt!«

»So«, sagt Herr Piesch und dreht sich um, in der Hand den Kochlöffel mit Erbswurstsuppe dran. Es tropft ihm heiß auf die Finger. Egal. Gleich wird er den klebrig-heißen Kochlöf-

101

fel in das Gesicht seines Sohnes klatschen, damit dem das Lächeln vergeht.

»Saukerl, verdammter!«

Herr Piesch hebt den Arm. Richys Kopf zuckt seitlich weg, er greift nach dem Löffel. Überall, auch auf dem Tisch, ist jetzt Erbswurstsuppe. Beide halten den Kochlöffel fest. Ihre Augen sind dicht voreinander, ihre offenen Münder riechen hungrig.

Richy lispelt flüsternd durch die Zahnlücke: »Ich hab's verdient, hab' ich gesagt. Weil ich deine Blumentöpfe zerschossen habe. Es waren sehr schöne Töpfe, nicht wahr?«

Herr Piesch wischt sich mit dem Handrücken über den Mund, unsicher und nicht wissend, was das soll.

»Jaja«, sagt er, »aber was hat die Köpping gesagt?«

»Ob ich zu meiner Mutter will!« Richy läßt den Kochlöffel los und schüttelt sich die Suppenspritzer aus den Locken. Lacht, läßt auch den Vater nicht weiter fragen, erzählt weiter: »Nein hab' ich gesagt, was soll ich bei der Hure, mein Vater erzieht mich schon richtig, auch wenn's mal Prügel gibt. Mir macht das nichts. Unsereiner ist das gewöhnt. Und dann bin ich ab, hierher!«

Herr Piesch lehnt sich an den Küchenschrank und schlägt sich auf den Schenkel.

»Sauber«, sagt er, »du wirst ein Piesch!«

Er lacht laut und abgehackt, wie Leute, die nicht gewohnt sind zu lachen. Dann greift er in die Tasche, fummelt ein Fünfmarkstück heraus. Er läßt es über den Tisch in Richys geöffnete Hand rollen. »Weil du mein Sohn bist!«

Ab nun weiß Richy, wie er zu Geld kommen und den Vater in Stimmung bringen kann. Das macht ihm tagsüber gute Laune. Er geht fast gar nicht mehr in die Schule, wird immer frecher, und wenn das Gespräch auf seine Mutter kommt, hat er Schimpfwörter bereit, die sonst niemand in der Siedlung öffentlich über seine Mutter sagt. Es ist nicht immer ein Fünfmarkstück, was er vom Vater zugesteckt bekommt, aber

genug Geld für Zigaretten oder hin und wieder ein Bier.
Richys Gang nimmt mehr und mehr die Breitbeinigkeit des
Vaters an, auch die Art, den Kopf nach oben zu werfen oder
unverhofft loszubrüllen, ist ganz und gar der alte Piesch.
»Vater und Sohn«, sagen die Leute in der Siedlung oder:
»Der Apfel fällt nicht weit vom Stamm.« Richy hat nichts
dagegen. Piesch ist Piesch, daran muß sich ein jeder gewöhnen.
Zwei Reihen vor Richy sitzt Schocker im Bus. Fein ge-
kämmt, fein angezogen, obwohl er arbeitslos ist. Keine
Lehrstelle. Wer in der Siedlung wohnt, muß sich umsehen,
bis er Lehrling wird. Die Typen kennen wir, heißt es. Heut-
zutage gilt Zuverlässigkeit. Muß ja nicht gerade einer von
den Baracken sein. Schocker ist seit der Entlassung aus der
Schule von drei Firmen abgewiesen worden. Richy hingegen
ist sitzengeblieben. Ist ihm aber egal. Nicht egal ist ihm, wie
Schocker angezogen ist. Da scheint die Grüne für zu sorgen.
Ziemlich oft hat Richy Schocker mit Elli Grün gesehen.
Scheißweib, die Grün, Scheißfamilie, denkt Richy, alle immer so ordentlich.
»He, Schocker?«
Der dreht sich um, überlegt. Überlegt langsam. Elli mag
nicht, wenn er mit Richy zusammen ist. »Das bringt nichts«,
sagt sie stets, wenn er sagt, daß Richy sein Freund ist, »du
landest nur im Knast. Die Pieschs, die sind eine Sorte für
sich, denen muß man aus dem Weg gehen!«
Richys Lederjacke hat einen Riß, seine Hosen sind verbeult
und fleckig. Nur sein Zahn hängt nach wie vor um den Hals.
Die Locken, schwarz und wuschelig, sind länger geworden.
Hin und wieder muß Richy jetzt der besseren Sicht wegen
den Kopf seitlich werfen.
Haltestelle. Schocker sitzt an seinem Platz und überlegt
noch, als Richy pfeift, leise und keineswegs für jeden zu hören. Der Kontrolleur! Mit einem Satz sind beide draußen,
vorne beim Fahrer durch die Tür gewischt. Gelenkig muß
man sein!

103

»Wohin?«

»Bloß so«, antwortet Schocker.

»Auf Tour?«

»Nicht mehr. Hab' noch die Fresse voll von damals!«

»Auch gut!«

»Und du?« fragt Schocker, während sie stadteinwärts gehen, »wo willst du hin?«

Richy hat keine Antwort. Wo er hin will, braucht Schocker nicht zu wissen. Das kann Gerede geben.

»Na«, fordert Schocker den Freund auf, »haste was Heißes vor?«

Richy beschäftigt noch immer Schockers properes Aussehen. Nie ist er sich schäbig in seinen Klamotten vorgekommen. Ihm fährt ein Gedanke durch den Kopf, von dem er sich nicht mehr lösen kann.

»Hör zu, Schocker«, sagt er, »du mußt mir helfen!«

»Ich dir?«

»Ich brauch' deine Schale!«

Schocker versteht nicht, guckt und will ärgerlich werden.

»Deine Klamotten, verstehst du? Ich brauche deine Kleider. Deinen Pulli, dein Hemd, Hosen und Schuhe, klar?«

»Nein!«

Richy seufzt, Schocker ist zu dumm, alles muß man ihm zweimal sagen. Richy wiederholt seinen Wunsch. Nützt nur nichts, Schocker will weder seinen Pulli noch seine Hose hergeben, geschweige denn die Jacke.

»Gut«, seufzt Richy, »dann machen wir ein Geschäft!«

Er holt ein Fünfmarkstück aus der Tasche und hält es Schocker hin.

»Für eine Stunde?«

Schockers Hand zuckt. Scheiß auf Ellis Warnungen, wann kommt einer schon mal so schnell zu fünf Mark? Am besten nicht fragen.

»Okay«, Schocker nimmt die fünf Mark, »eine Stunde und nicht mehr!« In der nächsten öffentlichen Bedürfnisanstalt ziehen sie sich um. Richy wirkt in Schockers Hose etwas klein. Sein Gang bekommt durch die zu großen Schuhe eine ungewohnte Behäbigkeit. Nur der Pulli sitzt wie angegossen. Schocker muß lachen.

»Ich möchte wissen…«, sagt er, klappt den Mund wieder zu, weil er sich vorgenommen hat, es nicht wissen zu wollen, und fährt fort: »ob du in einer Stunde wieder hier bist!«

»Bin ich. Ein Piesch hält sein Wort!«

Inge hat ein neues Röckchen an, das sieht Richy sofort. Er sieht noch mehr in der Küche von Herrn Daubmann. Nämlich Deckchen, Vasen, Aschenbecher und den Wandbehang, der früher die Wohnung von Pieschs gemütlich gemacht hatte: ein Rudel Hirsche, im Vordergrund das mächtige Leittier mit stolzem Geweih, das Maul dampfend und röhrend aufgerissen, daß man sich sein Gebrüll gut vorstellen kann.

»Wie siehst du denn aus«, sagt Inge piepsig und betrachtet mit flatterndem Lid den Bruder. Die Hosen zu lang, die Jacke zu weit und die Schuhe zu groß.

»Hat Papa auf Zuwachs gekauft«, antwortet Richy und hört sich um, wo die Mutter stecken könnte.

»Mama ist nicht da«, sagt Inge, wirft den kurzen Zopf, daß die Schleife fliegt, hakt die Arme untereinander und verlegt ihr Gewicht auf ein Bein. Das andere schiebt sie nach vorn, als hätte sie viel Zeit.

»Kann man sich hier setzen?«

»Natürlich, bitte.« Inge zeigt auf einen der Küchenstühle und sieht mit unveränderter Haltung zu, wie Richy sich eine Zigarette dreht.

»Mama braucht sich keine mehr zu drehen. Onkel Werner raucht Filter!« »Blöde Gans!«

»Wenn du so kommst, kannst du wieder gehen!«

Das ist der Tonfall von Frau Piesch, das ist die Haltung von Frau Piesch, überhaupt macht seine Schwester die Mutter nach. Richy wiederholt, daß sie eine blöde Gans sei, sogar eine verdammt blöde Gans. Inge zuckt wortlos die Schultern und zieht ihre Mundwinkel abwärts.

»Willst du nicht wissen, wie es Papa geht?«

Inge will es nicht wissen. Der Vater interessiert sie nicht mehr. »Mit Leuten aus der Siedlung«, sagt sie wörtlich, »mit Leuten aus der Siedlung hab ich nichts mehr zu tun!«

Das sitzt, das haut Richy vom Stuhl. Inge fühlt die Gefahr, von ihrem Bruder eine oder zwei geschmiert zu bekommen.

Im Schloß klimpern Schlüssel.

»Mama!« schreit Inge hysterisch, »Mama, komm schnell, der Richy!«

»Was ist mit dem Richy?«

Auch Frau Piesch ist neu angezogen, riecht sogar nach Parfüm. In der Hand hat sie Plastiktüten vom Kaufhof, drei Stück, alle randvoll.

»Richy«, sagt sie, nichts weiter, nur »Richy!« Sie lacht, legt die Tüten auf den Tisch und breitet die Arme aus, als müßte er geradewegs hereinfallen.

Richy rührt sich nicht, hört ihrem Lachen zu, das gar nicht aufhören will.

»Bist du also auch zu uns gekommen?«

Richy hört den Triumph in ihrer Stimme, die Zufriedenheit, weil er ihrer Meinung nach abgehauen ist, weg vom Vater.

»Bin zu Besuch!« sagt er.

»Macht nichts«, sagt sie, immer noch die Arme für ihn offen. Da steht er tatsächlich auf, bereit, sich von ihr umarmen zu lassen.

»Mein Gott, Richy«, sagt sie und schlägt lachend eine Hand vor den Mund, »wie bist denn du angezogen!«

Inge kichert, prustet sogar. Richy wird steif. Dann zieht er die Hosen über die Taille, gerade so, als sei er deswegen vom Stuhl hoch. Er schiebt die Hände aus den Ärmeln und sagt grinsend: »Meinste vielleicht, ich wachs nicht mehr?«

Vorsichtig setzt er die Füße voreinander, damit die Größe der Schuhe nicht auffällt.

»Glaub nur nicht«, grinst er böse, »daß wir in der Siedlung schlecht dran sind!«

106

»Und warum bist du hergekommen?« fragt Frau Piesch, unsicher geworden.

»Um dir das zu sagen. Ohne dich gibt's keinen Streit, kein Gezeter, und außerdem quatschen die Leute nicht mehr über uns. Jeder, wohin er gehört!« Er macht unnachahmlich eine obszöne Bewegung, stößt mehrmals klatschend seine Handfläche gegen die geschlossene Faust. »Das ist wohl mehr was für hier!«

»Raus«, sagt Frau Piesch leise, »schnell raus, Richy!«

Sie bleibt ruhig. Heult nicht und tobt nicht, wird nicht einmal laut, weist ihm nur die Tür. Inge nickt, als wäre sie gefragt. »Du bist wie dein Vater, Richy, genau wie dein Vater!« sagt Frau Piesch und wendet sich ihren Einkaufstaschen zu. Sie packt allerhand aus. Lebensmittel, Toilettenpapier, Strickwolle und eine Bratpfanne, die, wie man sieht, ganz leicht ist. »Schön«, sagt Inge.

Richy nimmt jede Einzelheit wahr. Er beginnt, sich plötzlich seiner Gegenwart zu schämen und würde gern etwas kaputtmachen. Nur fehlt ihm durch die zu großen Schuhe die Behendigkeit. In Armlänge ist nichts zu fassen.

»Drecksau«, sagt er.

Weder Frau Piesch noch Inge hören hin. Sie packen weiter aus, und Inge geht um den Bruder herum wie um einen Einrichtungsgegenstand. Richy ist sozusagen nicht mehr da. Weder für die Schwester noch für die Mutter.

»Drecksau«, sagt er noch einmal, ohne damit Eindruck zu hinterlassen. Da wendet er sich zur Tür und schlurft hinaus, geht weg und ist ganz still dabei.

»Und?« fragt Schocker, als sie abermals in der Bedürfnisanstalt die Kleider tauschen. »Nix und!«

Richy fährt in seine dreckige Hose, hängt die zerrissene Lederjacke über die Schultern, räkelt sich hinein und fühlt sich wohl. Die Schuhe kaputt, aber passend, geben seinem Gang die gewohnte Leichtigkeit. Richy Piesch erkennt Richy Piesch.

»Na, irgend etwas wirst du doch gemacht haben, oder?«
Schocker beneidet den Freund. Wie der geht, wie der steht,
wie der raucht, wie der die Haare mit einer knappen Kopf-
bewegung aus der Stirn wirft oder die Hände rücklings in
den Hosengürtel hängt, das alles wirkt lässig und ungeheuer
stark.
»In deinen Klamotten, Mann«, Richy zündet sich eine Zigarette an, »kannste keine Karriere machen!«
Schocker schweigt. Etwas ist schiefgelaufen, und er muß
froh sein, wenn Richy nicht die fünf Mark zurückverlangt.

In den nächsten Wochen verläßt Richy kaum die Siedlung.
Hin und wieder geht er in die Schule. Aber mehr aus Amüse-
ment und um die Lehrer zu ärgern, als um etwas zu lernen.
Herr Piesch hat wieder Arbeit, und daher kann Richy tun
und lassen, was er will. Niemand beaufsichtigt ihn, niemand
redet ihm drein. Mault der Vater mal rum, schimpft Richy
auf die Mutter, sagt, daß die Pieschs zusammenhalten müssen und holt dem Vater Bier. So einfach ist das.
Aber neuerdings ist Richy tagsüber kaum zu sehen, auch
nicht für Mückes Mutter, die eigentlich alles sieht. »Wo ist
der Kerl bloß die ganze Zeit über«, fragt sie ihren Sohn.
Mücke zuckt die Achseln. Er wird sich hüten, noch einmal
etwas über Richy auszuplaudern. Richy ist bei den Zigeunern. Kaum zu glauben, aber es ist so. Wer kein Zigeuner ist,
hat bei den Zigeunern nichts zu suchen, denn das ist ein Gesockse für sich. Dreckig, verlogen, faul, mit Läusen auf dem
Kopf und langen Fingern. So sagen es jedenfalls die Grüns
und nicht nur die. Zigeuner leben vom Bescheißen, spielen
das arme Volk und haben ihre Mercedesse und Wohnwagen
vor den Türen ihrer Einfachstwohnungen stehen. Nein,
selbst in der Siedlung weiß man, wer man ist. Armut schän-
det nicht, was noch lange nicht heißt, daß man mit den Zigeunern in einen Topf geworfen werden muß. Mücke hält
also die Fresse und weiß warum.
Im Grunde genommen war es kein Zufall, daß Richy mit

Mohrle ins Gespräch kam. Es war das Gitarrenspiel. Richy schlappte eines Tages an den Zigeunerwohnungen entlang. Kinder über Kinder, weil es bei den Zigeunern eben noch mehr Kinder gibt als anderswo in der Siedlung. Schwarzhaarig, schwarzäugig, braunhäutig, mit blitzblanken Zähnen. Alte Frauen, die rauchen. Junge Frauen mit Ohrringen und Kopftüchern. Alte Männer mit Uhrketten auf den Bäuchen und Hüten auf den Köpfen. Junge Männer, klein, mit schmalen Bärten auf der Oberlippe, in bunten Hemden und engen Hosen. Hier ist alles lauter, alles fröhlicher. Wohnwagen stehen halbseitig auf dem Bürgersteig. Unbenutzt, ein Zeichen des Wohlstandes. Es riecht nach Knoblauch und Suppe, nicht nach Fleisch. Ja, und dort hört Richy jemanden Gitarre spielen und singen. Kein Radio, das merkt Richy. Schön, was da zu hören ist, eine Musik, ein Lied, das Richy nicht kennt. Mohrle, das muß Mohrle sein. Von dem wird erzählt, daß er neulich im Radio zu hören war. Zigeunermusik. Der Mohrle, so erzählt man im Block, der wird noch etwas, auf den ist die Sippe stolz.

Der Wohnwagen, aus dem das Gitarrenspiel zu hören ist, ist neu. Nicht groß, aber schön weiß, mit Chrom und bunten Vorhängen an den Fenstern. Richy schaut hinein. Da sitzt der Mohrle halb auf dem Tischchen, mit dem einen Bein auf der Bettbank, den Kopf schief, als wollte er mit dem Ohr voraus in die Gitarre kriechen. Er singt mal laut, mal leise, und die Haare fallen ihm in einer Welle über die Stirn.

Richy reißt so plötzlich die Wohnwagentür auf, daß Mohrle beinahe die Gitarre aus der Hand rutscht.

»Bist du verrückt?«

Nein, Richy ist nicht verrückt.

»Hör zu, Mohrle«, sagt er, »was kostet es, wenn du mir Gitarre spielen beibringst?«

Mohrle fängt wieder an zu spielen. Einen Rock von Bill Hailey. Dabei hüpft er in kleinen, ruckartigen Bewegungen hin und her. »So etwas?«

»Ja«, sagt Richy, »das möchte ich können!«

Mohrle lacht, wechselt Tempo und Rhythmus, wird sanft, schnulzt mit hoher Stimme und geschlossenen Augen, daß es Richy ganz anders wird.

»Oder so etwas?«

Und weil Richy nicht gleich antwortet, beginnt er einen Soul, den Richy kennt.

»Also, was kostet das?«

»Nichts«, sagt Mohrle, »wenn du lernst!«

Ab nun ist Richy jeden Tag bei Mohrle im Wohnwagen und lernt Gitarre spielen. Niemand außer Mücke weiß davon, und das ist gut so. Man kann nicht sagen, daß zwischen Richy und Mohrle eine Freundschaft entsteht, es ist nur die Musik, die sie zusammenbringt. Wenn Mohrle keine Lust mehr hat, geht Richy weg. Keine Fragen von Mohrle, keine Fragen von Richy. Es ist gerade so, als wollten sie nichts voneinander wissen. Als einmal Mohrles Vater zur Tür reinschaut, steht Richy wortlos auf und geht.

»Was macht der Kerl bei uns?« fragt Mohrles Vater, und Mohrle antwortet, daß Richy ab und zu auf der Gitarre herumzupft.

»Mohrle«, sagt der Vater, »das wird Ärger geben!«

Und es gibt Ärger. Eines Morgens verschläft Herr Piesch und feiert krank. Einen Tag, so denkt er, kann sich das ein Piesch leisten. Er will mit Richy in die Stadt gehen und dem Jungen in der Kaufhalle Hosen kaufen. Richy mag nicht in die Stadt. Richy will auch keine Hosen. Richy sagt, er muß in die Schule, und das macht Herrn Piesch stutzig. Freiwillig geht sein Sohn nie in die Schule, und als Ausrede hat er es auch noch nicht benutzt. Mal sehen, denkt Herr Piesch, als Richy die Wohnung verläßt. Wie er angenommen hat, ist es nicht der Schulweg, den sein Sohn einschlägt.

Ein paar Minuten später sieht der alte Piesch sprachlos durch Mohrles Wohnwagenfenster. Da spielt sein Sohn mit diesem Zigeunerlümmel Gitarre, als hätte es Richy nötig, mit einem von diesem Gesockse gemeinsame Sache zu machen. Diesen Mohrle, der seinen Namen wegen seiner dunk-

len Hautfarbe und seinem kohlrabenschwarzen Haar weg
hat, der keiner Arbeit nachgeht und sein Geld, wenn nicht
durch Dieberei, mit Musikmachen verdient, den hat Herr
Piesch noch nie leiden können. Was die zu lachen haben,
denkt er und spürt seine Wut wachsen, um so mehr, als er
zuhören muß, wie sein Sohn mit diesem Zigeunerbastard
zweistimmig singt und sie sich mit dem Instrument abwech-
seln. Richy hat nie erzählt, daß er Gitarre spielen kann, hat
nie erzählt, wann er es gelernt hat. Richy hat seinen Vater
übers Ohr gehauen. Das wird ihm der Zigeuner büßen.
Herr Piesch springt in den Wagen. Mächtig steht er in dem
kleinen Raum. Sein Kopf berührt fast die Decke. Sein Bieratem ist von einer Ecke bis zur anderen zu riechen. Richy ist
starr vor Schreck. Mohrle spielt weiter, ändert die Melodie
und singt eines der Lieder, von denen er nicht bereit ist, sie
Richy beizubringen.
»Hör auf«, schreit Herr Piesch, worauf Mohrle lacht und
lauter als vorher singt.
Das bringt Herrn Piesch erst richtig in Rage. Richy kann
nichts verhindern, sieht nur zu, wie sein Vater Mohrle die
Gitarre aus den Händen reißt und mit gewaltigem Krach auf
dem Wohnwagentischchen zertrümmert. Erst befürchtete
Richy, der Vater würde Mohrle das Instrument über den
Kopf donnern. Einen Augenblick lang sah es so aus. Aber
auch so ist es gefährlich genug, denn Mohrle hat, weiß der
Himmel woher, ein Messer in der Hand. Erst nur ein Griff,
aus dem mit einem einzigen Druck die Klinge herausfährt,
deren Länge Herrn Piesch ohne Umstände an die Wohnwa-
genwand nageln könnte. Seine Hand zittert nicht. Locker
und elegant, fast auf den Fußspitzen, steht er vor dem stier-
nackigen Herrn Piesch, als suche er nur nach der Stelle, wo
der mit einem Stich zu erledigen wäre.
»Mohrle«, schreit Richy, »tu's nicht, Mohrle!« Es gellt nach
draußen und macht auf das aufmerksam, was hier im Wohnwagen passieren könnte. Wie aus dem Boden gewachsen
tauchen die Figuren rund um den Wagen auf, sehen herein,

111

sehen, was da angerichtet worden ist und warten schweigend ab. Nach allem, was vorgefallen ist, macht Herrn Piesch die Stille nervös. Mohrle hält immer noch für jedermann sichtbar das Messer fest. Er umrundet das Tischchen, jede seiner Bewegungen ausbalancierend, auf jeglichen Angriff gefaßt. Immer noch kein Wort der Umstehenden. Keine Warnung an Herrn Piesch und keine Beschwichtigung, die auf Mohrles Verhalten gemünzt wäre. Herr Piesch ist mittlerweile rückwärts an der Tür angelangt. Da schreit Richy ein zweites Mal und ebenso gellend: »Hau ab, Papa!«

Wie auf Kommando treten die Neugierigen beiseite. Von der Tür weg bildet sich für Herrn Piesch eine Gasse, die so schmal ist, daß er links und rechts die Umstehenden streift. Er geht schwerfällig und breitbeinig mit krummem Rücken, was Richy noch nie an seinem Vater beobachtet hat.

»Entschuldige«, sagt Richy und sammelt das zersplitterte Holz auf. Mohrle schweigt, wischt sich den Schweiß von der Stirn, klappt das Messer zusammen und steigt aus dem Wagen. Er wartet, bis Richy folgt, schließt ab und geht seiner Wege, ohne dem Freund einen Blick zu gönnen.

Zu Hause gibt es Krach. Herr Piesch stellt Verbote auf, droht mit Prügeln, wenn Richy sich noch einmal bei den Zigeunern rumtreibe, mit denen er, Herr Piesch, noch auf seine Weise abrechnen würde. Darauf könne Richy sich verlassen. Herr Piesch krakeelt, hat nichts mehr von der krummen Haltung, die Richy beobachtete, als der Vater an den Zigeunern vorbei das Weite suchte.

Nachdem Herr Piesch sich den Tag und den Abend über richtig ausgetobt hat und Richy über der Wiederholung der Beschimpfungen fest eingeschlafen ist, kehrt im Hause Piesch wieder Ruhe ein. Am nächsten Morgen macht sich Herr Piesch zur Arbeit auf, Richy täuscht den Schulgang vor, vergißt diesmal auch die Mappe nicht, nimmt sogar einen Umweg in Kauf und erscheint deshalb erst gegen Mittag im Zigeunerblock.

Mohrles Wohnwagen ist weg. Nur noch Radspuren auf dem

112

Gehweg. Sie weisen stadtwärts und verlieren sich auf der Teerstraße.

»Wo ist Mohrle?« Richy bekommt ein Achselzucken zur Antwort, ein Lächeln oder nichts. Niemand will mit der Wahrheit herausrücken.

»Hängt es mit meinem Vater zusammen?« Richy muß sich mit den gleichen nichtssagenden Gesten begnügen, worauf er »Scheißzigeuner!« sagt. Sie lassen ihn stehen und rufen sich lachend Worte zu, die er nicht versteht.

Schritt für Schritt geht Richy ins Leere, so kommt's ihm jedenfalls vor. Komisches Gefühl. Er fühlt keine Wut, er ist nicht traurig, vermißt nichts, obwohl er sich eben noch den Mund nach dem Zigeunermohrle fusselig gefragt hat. Eine Katze frißt eine Maus, Richy sieht zu. Sie haut die Krallen in das Fell. Die Maus piepst erbärmlich. Darauf läßt die Katze ihr Opfer ein Stückchen wegrennen. Aber nur ein Stückchen, dann schlägt sie wieder zu. Richy muß lachen.

»Was möchtest du denn?« fragt Adam, als Richy in der Sozialstation klingelt.

»Die Köpping sprechen!«

»Frau Köpping hat keine Zeit, kannst du es mir nicht sagen?«

»Nein!«

»Also gut, dann mußt du warten!«

Richy hockt sich ins Wartezimmer. Bilder an der Wand, ein Kalender. Der Geruch von billigem Tabak hängt in der Tapete. Hier wird viel gewartet. Richy verliert die Lust. Wenn die Köpping keine Zeit für ihn hat, so denkt er, wird er ihr auch nicht erzählen, wie Mohrle wegen einer blöden Gitarre den Vater mit dem Messer bedroht hat. Jetzt ist er weg, der Zigeuner, hat die Flatter gemacht, ist feige und wird eine Anzeige an den Hals kriegen. Richy geht im Zimmer rundum, einmal links, einmal rechts an Frau Köppings Tür vorbei, und, sieh mal einer an, die ist gar nicht abgeschlossen. Ganz sanft drückt er die Klinke herunter.

113

Viel gemütlicher ist das Büro der Köpping auch nicht. Schreibtisch, zwei Stühle, ein Aktenschrank, ein Tisch mit einem Aschenbecher. Das einzig Lebendige ist ein Goldfisch, der mit großer Regelmäßigkeit im Rund des Glases kreist. Unaufhörlich. Richy klopft gegen das Glas, was den Fisch nicht stört. Er hat sein Gehäuse, in dem ihm nichts passieren kann. Er bekommt sein Futter und sicherlich auch frisches Wasser von der Köpping. Die Köpping hat ihren Goldfisch gern, das sieht man. Richy hat ihn nicht gern. Und weil er ihn nicht gern hat, ihn in seinem ruhigen Rundumschwimmen sogar blöd findet, steckt Richy die Hand ins Glas und fingert das Tier eins, zwei, drei heraus. Der Fisch flutscht ihm aus der Hand auf die Erde, hüpft dort herum, schlägt mit dem Schwanz, öffnet sein winziges Maul ganz weit, als rettete ihn die todbringende Luft. Richy fängt den Fisch wieder ein und sieht dem Zappeln auf seinem Handteller zu, wie die Katze der Maus. Nein, ins Wasser wirft er ihn nicht wieder. Er legt ihn der Köpping auf den Schreibtisch, wo das Tier noch eine Weile herumrutscht. Irgendwann wird er krepieren. Es sei denn, die Köpping kommt rechtzeitig zurück.

Der nasse Vorfrühling ist vorbei. Richtig schönes Wetter, warm, mit dem Geruch von Blüten und grünen Blättern in der Luft. Die Menschen haben ihre Mäntel zu Hause gelassen, auch die Hüte und Mützen. Die Fenster der Straßenbahnwagen sind aufgeklappt. In den Straßen ist Licht, denn die Sonne spiegelt sich überall.
Bisher hat Herr Piesch an eine andere Frau nicht gedacht. Nicht, daß er sich solcherlei Gedanken versagte, aber es gelingt ihm nicht. Manchmal muß er noch an Frau Piesch denken, ihr Gesicht, ihren Gang und manchmal auch an ihren Körper unterm Nachthemd. Es kann sogar sein, daß er ihr Lachen hört. In den letzten Tagen gab es allerdings etwas Neues. Und dies Neue ist Maria. Sie fährt Morgen für Morgen mit Herrn Piesch in der gleichen Straßenbahn Richtung

Schlachthof, steigt nur eine Station eher aus. Sie hat stets dasselbe an: eine dreiviertellange knallrote Jacke mit großen schwarzen Knöpfen über einer grünen Hose. Auf dem Kopf ein Tuch. Sauber gescheiteltes Haar. Die Hände sind über einer billigen Plastiktasche gefaltet, ihre Beine gekreuzt, nicht etwa übereinandergeschlagen. Die Fußspitzen berühren den Fußboden und stützen so ihren Körper in den Kurven ab, daß sie an keinen der Nebensitzenden stößt. Erst ist sie Herrn Piesch nicht aufgefallen. Später lag es an der roten Jacke, die ihm Tag für Tag vor die Augen kam, und der ungewöhnlichen Haltung, mit der sie auf ihrem Platz saß: kerzengerade und stolz. Von da ab sucht Herr Piesch tagtäglich den Straßenbahnwagen nach ihr ab. Wenn er sie gefunden hat, grüßt er Maria, nickt mit dem Kopf, und sie gibt ihm ein winziges Lächeln.

Eines Morgens kommt kein Lächeln auf Herrn Pieschs Nikken hin. Nichts als große Augen, die nirgendwo richtig hinsehen und traurig sind. Herr Piesch ist nicht gewohnt, sich über solcherlei Dinge Gedanken zu machen. Und weil er es eben nicht gewohnt ist, macht er etwas Ungewohntes: Er steigt, wie Maria, eine Station eher aus. Die paar hundert Meter bis zum Schlachthof kann er schließlich auch laufen. Sie merkt es nicht. Läuft mit ruhig schwingendem Schritt vor ihm her, ein paar hundert Meter weiter in einen Hauseingang hinein. Herr Piesch bleibt stehen, wartet und hätte es darauf ankommen lassen, seinen eigenen Arbeitsbeginn zu verpassen. Aber so schnell, wie sie in das Haus hineingegangen ist, so schnell ist sie wieder draußen.

»Was ist?« fragt er.

»Keine Arbeit mehr«, flüstert Maria, »keine Papiere!«

Nicht, daß sie weint. Sie macht auch nicht den Eindruck, als ob sie Hilfe erwartet. Herr Piesch kann nicht einmal genau feststellen, ob ihre Antwort für ihn gedacht war. Maria könnte sie auch nur so vor sich hingesagt haben.

»Wie heißt du?« fragt er, weil ihm nichts anderes einfällt.

»Maria!«

»Italienerin?«

»Ja!«

Herr Piesch überlegt, wie er auf die Schnelle ein Gespräch in Gang bringen könnte. Sie gefällt ihm, obwohl er mit Gastarbeitern nichts im Sinn hat. Aber bei der hier könnte er das vergessen.

»Wenn du Lust hast«, sagt er forsch, »dann komm um vier da drüben ins Schlachteck, das ist meine Kneipe!«

Maria sieht über die Straße, als hätte sie noch nie eine Kneipe gesehen.

»Das ist nicht gut«, sagt sie höflich, »das mach' ich nicht!«

»Nein«, sagt Herr Piesch, »so meine ich das nicht.« Und nach einer Pause: »Vielleicht kann ich helfen!«

Eigentlich weiß Herr Piesch gar nicht, wie er einer Gastarbeiterin helfen könnte. Aber gerade das zu behaupten, macht ihm Freude.

»Sicher weiß ich einen Rat. Um vier Uhr bin ich da!«

Er geht, er rennt. Und weil er das selten tut, sieht es komisch aus. Maria sieht ihm nach, unschlüssig, was sie von dem Angebot dieses Mannes halten soll.

Um vier Uhr ist das Schlachteck leer. Viehhändler und Metzger haben ihre Geschäfte hinter sich, der Mittagstisch ist längst beendet. Nur an der Theke werden noch ein paar Schnäpse gekippt, auch Biere. Es riecht nach Metzelsuppe, kaltem Sauerkraut und Blutwurst. Dunkelgetäfeltes Holz, an dem verrauchte Stilleben hängen.

Neben der Tür, an einem der weißgescheuerten Tische, sitzt Maria in roter Jacke, grüner Hose, Kopftuch über dem Haar und rührt in einer Tasse Kaffee. Linksrum, rechtsrum, daß es klimpert und die Männer von der Theke herüberblicken. Sie zählt bis zehn. Wenn der Mann aus der Straßenbahn nicht bis zehn da ist, wird sie aufstehen und gehen. Dreimal hat sie schon bis zehn gezählt, ein viertes Mal wird sie es nicht mehr tun. Fünf, sechs, sieben – die Tür geht auf, der Mann ist gekommen. Er knöpft sich die Jacke auf, setzt sich hin, lacht, sagt: »Guten Tag!« und bestellt sich ein Bier. Maria

hat ein paar Augenblicke Zeit, ihn unbemerkt anzusehen.
Das Wilde in seinem Blick gefällt ihr, das ist sie von den
Männern ihrer Heimat gewöhnt. Auch sein lautes Gehabe
stört sie nicht. Als Herr Piesch sich ihr zuwendet, senkt sie
wieder den Blick.

»Ich heiße Anton Piesch«, sagt Herr Piesch und trinkt einen
gewaltigen Schluck Bier, um einen Anfang zu finden. Maria
nickt höflich und nippt an ihrem kalt gerührten Kaffee. Der
zweite Schluck Bier rückt Herrn Piesch in die gewünschte
Beschützerlaune. Er stellt sein Glas zur Seite und legt geduld-
dig seine frischgesäuberten Hände übereinander, nicht weit
von Marias Kaffeetasse, und fragt nochmals das, was er am
Morgen schon auf der Straße gefragt hat, nämlich: »Was
ist?«

Maria antwortet ebenfalls mit den gleichen Worten: »Keine
Arbeit mehr, keine Papiere, kein Geld!«

Mehr braucht Maria nicht zu sagen. Kein Geld, keine Papiere heißt, das Zimmer nicht zahlen, nichts zu essen haben
und kein Geld für eine Fahrkarte, Polizeigewahrsam, Anzeige und Abschiebung. Da ist für Herrn Piesch guter Rat
teuer. Es wäre ihm lieb, wenn Maria aufhören würde, ihn
ohne Unterlaß anzusehen. Eine schöne Geschichte, in die er
hier gerutscht ist. An der Theke wird gezahlt. Beim Hinaus-
gehen klopft einer der Männer Herrn Piesch auf die Schulter, sagt: »Sauber!« und nickt voll Anerkennung zu Maria
hin.

»Mein Meister«, erklärt Herr Piesch und denkt dabei über
das Wort »sauber« nach. Das sagt der nämlich nur, wenn er
von etwas wirklich überzeugt ist, zum Beispiel von einem
gut gewachsenen Stück Vieh, nicht zu fett, nicht zu alt, nicht
zu hochbeinig. Wenn der Meister »sauber« sagt, weiß jeder,
woran er ist. Und deshalb kommt Herrn Piesch langsam eine
Idee. Immer noch das Wort »sauber« im Ohr, tastet sein Blick
über Maria hinweg und läßt keine Einzelheit aus.

»Maria«, sagt er bedächtig, »ich wüßte was!«

»Oh, ja?«

117

Ihre Hände fahren aufwärts und bleiben in großer Erwartung vor ihrem Gesicht hängen.

»Du könntest vorerst bei uns wohnen!«

Von seinem eigenen Gedanken freudig überrascht, erzählt Herr Piesch munter seine Geschichte, bei der Frau Piesch nicht gut wegkommt. Übrig bleiben Vater und Sohn in einem Haushalt ohne Frau, ohne Ordnung, ohne vernünftiges Essen und ohne Fürsorge. Geld, meint Herr Piesch, könne er ihr allerdings keins geben, dafür aber Essen und Unterkunft. Einen Augenblick legt er eine seiner blitzblank gewaschenen Hände auf Marias Arm und sagt, daß sie nichts Schlechtes denken solle, ein Anton Piesch sei ein Mann von Ehre und Gewissen. Und weil er seine Hand auch gleich wieder wegnimmt, glaubt ihm Maria.

»Wo wohnt ihr?« fragt sie zurück, was Herr Piesch schon halb als Zusage nimmt, ihn aber erneut in Schwierigkeiten bringt. Wer gibt schon ohne Umstände zu, in der Siedlung am Rande der Stadt zu wohnen?

»Weißt du«, beginnt er, »wir haben nur ein Zimmer und eine Küche!«

»Nun ja«, nickt Maria, als wenn es darüber nichts weiter zu reden gäbe.

Das macht Herrn Piesch Mut. Trotzdem trinkt er sein Glas leer, bevor er fortfährt: »Bei uns draußen sind die Wohnungen alle nicht größer. Manche Familien wohnen zu acht in zwei Räumen. Ich habe ja nur einen Sohn, ich gehe ja auch zur Arbeit, ich...«

»Ist gut«, sagt Maria. Ihre Augen lachen blau, werden immer blauer. Herr Piesch muß abermals ohne Bier in der Kehle schlucken. Die Frau vor ihm gefällt ihm gut.

Sie fragt: »Du wohnst in der Siedlung, ja?«

»Ja!«

»Das macht nichts«, sie beugt sich vor über den Tisch zu ihm hin, »ich bin auch von so einer Siedlung in Napoli!«

Mückes Mutter bekommt die Sache als erste mit. Der Piesch
hat sich eine aufgeschnappt. Franz Grün erfährt es von
Mücke, und dadurch wissen es alle Grüns und wenig später
Frau Schock, Herr Warga, Schocker und die Warga-Bande.
Gut so, lange wäre es ja auf diese Weise mit Vater und Sohn
nicht weitergegangen. Daß bei denen die Ordnung und die
Frau fehlte, das konnte jeder sehen.
Maria fragt nicht viel. Seitdem sie mit Herrn Piesch am
Rand der Siedlung aus dem Bus gestiegen ist, hat sie alle
Scheu verloren. Herr Piesch trägt ihren Koffer und geht vor
ihr her durch das Kindergeschrei, an Wäscheleinen, Mülltonnen und offenen Türen vorbei. Maria hebt die Nase,
schnuppert die Armut, den Geruch von Suppe, Bier, billigen
Zigaretten, Urin und Waschlauge, der um die Hauseingänge
herum hängt. Die Wände des Treppenhauses, das zu den
Laubengängen der Einfachstwohnungen führt, sind bekrit-
zelt. Obszöne Zeichnungen und Sprüche, die Maria nicht lesen kann, nicht lesen will. Armut ist so! Herr Piesch schließt
die Wohnung auf und stellt den Koffer ab. Richy ist nicht da,
und Herr Piesch ist fürs erste froh darüber. Wenn der Junge
Hunger hat, wird er schon nach Hause kommen.
»Mama mia!« Maria schlägt die Hände ineinander und
staunt über den Dreck, der sich hier angesammelt hat.
»Geh du weg«, sagt sie zu Herrn Piesch, »ich mach hier sauber, verstehst du?«
Herr Piesch versteht.
»Und abends koch ich euch Spaghetti con fegatini. Kauf
ein.«
Maria zählt auf: Spaghetti, Tomatenmark, Knoblauch, Öl
und Hühnerleber. Herr Piesch verzieht das Gesicht. Maria
lacht, bindet sich das Kopftuch im Nacken zusammen und
zieht ihre rote Jacke aus.
»Das ist gutes Essen. Das wird dir und deinem Sohn
schmecken, geh jetzt!«
Herr Piesch treibt sich sonst um diese Zeit am Kiosk herum,
holt sich sein Bier und bleibt bei schönem Wetter vor der

119

Tür. Nun soll er einkaufen und muß deshalb ein zweites Mal mit dem Bus fahren. Was hat sie gesagt? Spaghetti weiß er noch, con fegatini hat er wieder vergessen. Schweinebauch wäre ihm lieber.

Maria putzt, daß es alle Nachbarn sehen können. Manche Frauen stehen mit gekreuzten Armen in der Nähe und sehen zu. Maria stört das nicht. Wer sie ansieht, dem gibt sie ein Lächeln, und als sie auch noch anfängt zu singen, wissen alle, daß es sich hier um eine Itakerin handelt. Was wird der versoffene Piesch auch schon anderes kriegen!

Die Küche ist blitzsauber. In der Stube liegt eine Häkeldecke aus Marias Koffer auf dem Tisch. Alle Kissen sind aufgeschüttelt und haben einen Kniff in der Mitte, auch die in der Küche. Maria hat nicht mehr ihre grünen Hosen an, sondern eine bunte Kittelschürze. Für sich selbst hat sie bisher keinen Platz beansprucht.

Richy hat es erfahren, wie man in der Siedlung alles in Windeseile erfährt.

»Dein Alter hat sich eine Itakerin aufgeschnappt«, ruft ihm Mücke in respektvoller Entfernung zu, »Mama sagt, die schrubbt euch noch die Möbel klein, wenn sie so weitermacht!«

Was heißt schrubben, fragt sich Richy. Im ersten Augenblick denkt er daran, daß er nicht abwaschen oder von dreckigen Tellern essen muß. Eine Frau ist also da, eine, die sich der Vater mitgebracht hat, zum Putzen, zum Kochen, vielleicht zum Bumsen. Richy denkt den Gedanken nicht zu Ende, aber trotzdem wächst in ihm ein Gefühl der Ängstlichkeit, gegen das er sich wehrt. Warum hat ihm der Vater nichts von der Frau gesagt, warum muß er das alles durch Mücke erfahren?

Die Wohnungstür zum Laubengang ist offen. Es riecht nach Seife und naßgescheuertem Holzboden. Auf dem Abtreter liegt ein Putzlappen. Richy betritt die Küche, ohne sich die Schuhsohlen zu säubern. Spuren im Feuchtgewischten. Maria putzt Fenster, reibt und rubbelt mit Zeitungspapier bis in den letzten Winkel hinein. Richy stellt fest, daß seine Mutter nie mit so großer Gründlichkeit Fenster geputzt hat.

Er grüßt nicht, setzt sich und knöpft die Jacke auf. Das Putzen der Frau macht ihn verrückt. Natürlich hat sie gemerkt, daß er hereingekommen ist. Hätte Richy gewußt, daß der Vater nicht da ist, wäre er nicht gekommen. Hätte! Einmal hebt die Frau ihren Blick von der Arbeit auf, sieht ihn an, lächelt und putzt weiter. Das macht Richy erst richtig verrückt.

»Wer sind Sie?«

»Maria«, sagt Maria und rubbelt schon wieder in den Fensterecken. Maria, was soll er damit anfangen, wenn die Frau sagt, daß sie Maria heißt. Am liebsten würde Richy weggehen, aber schließlich ist das hier seine und seines Vaters Wohnung, und wenn hier jemand geht, dann ist das diese Itakerin. Also bleibt er sitzen, breitbeinig, mit einer Zigarette, deren Asche auf den frisch gewischten Küchenboden fällt.

»Das ist nicht gut«, sagt Maria, kommt vom Fenster her und nimmt die Asche mit dem Lappen auf. Dann setzt sie sich zu ihm an den Tisch und nimmt ihr Kopftuch ab. Schöne schwarze, wellige Haare. Vielleicht dreißig Jahre, vielleicht jünger, denkt Richy, ohne ein Wort zu sagen, auch ohne der Frau, die Maria heißt, ins Gesicht zu sehen.

»Ich werde putzen, ich werde kochen«, sagt sie, »ich habe keine Papiere und Unterkunft. Dein Vater hat gesagt, vorläufig kann ich bei euch bleiben!«

Richy ist sprachlos. Die sagt tatsächlich zu ihm, was Sache ist. Die redet keinen Schmus, die lügt ihn nicht an, die gibt glatt zu, daß sie keine Papiere hat und der Alte sie auf die billige Tour eingekauft hat.

»Heute abend mache ich euch Spaghetti con fegatini!«

»Was?«

»Spaghetti mit Tomate und Hühnerleber. Nicht teuer, weißt du, aber gut, du wirst essen!«

Richy kratzt sich die Locken in die Stirn und wieder heraus. Mit der Maria kommt er nicht klar. Die tut gerade so, als wäre sie hier zu Hause. Er überlegt sich eine Frage, besser gesagt, einen Satz, der ihr zeigt, wer hier von der Partie ist und wer nicht. Da kommt sie ihm ganz nah, fingert seinen Zahn am Kettchen hervor und betrachtet ihn. Ganz plötzlich hebt sie vorsichtig mit dem Zeigefinger seine Oberlippe geradewegs so weit hoch, daß seine Lücke sichtbar wird. »Madonna«, sagt sie dazu, obwohl Richys Zahn nichts mit einer Madonna zu tun hat. Sie lächelt anerkennend, fühlt den schönen Schneidezahn ab und sagt: »Du bist ein mutiger Mann, das sieht man gleich!« Sie wiegt den Zahn kurz in der Hand und läßt ihn wieder in den Hemdaustritt zurückgleiten.

»Hoffentlich schmeckt dir auch mein Essen!«

»Bestimmt«, antwortet Richy ohne Überlegung.

Kurz nachdem Herr Piesch zurück ist, zieht ein Duft durch die Haustür in den Laubengang, daß die Nachbarsfrauen die Köpfe heben und sich ihren Teil denken.

»Sowas habe ich noch nie gegessen.« Richy schluckt mehr als daß er kaut.

»Siehst du«, sagt Herr Piesch, stolz auf Maria, auf seinen Einkauf und auf ihre Kochkunst, »siehst du!«

Maria teilt ein zweites Mal die Teller randvoll aus. Sie sagt nichts. Alles, was sie tut, ist sanft, denkt Richy. Ihre Bewegungen, ihr Lächeln, mit dem sie zuhört oder vielleicht nicht zuhört. Nicht einmal beim anschließenden Abwasch klappert sie, während Vater und Sohn am Tisch sitzenbleiben, schweigen und nur hin und wieder einen Blick seitlich zu der Frau werfen, die mit einem Schlag alles hier verändert.

»Wie lange bleibt sie?« fragt Richy den Vater, als wäre Maria nicht anwesend. Herr Piesch täuscht Gleichgültigkeit vor, hebt nur die Schultern: »Frag sie doch selbst!«

»Ich hab sie nicht mitgebracht!«

Das ist richtig. Richy hat Maria nicht mitgebracht. Er wäre

wohl auch nicht auf die Idee gekommen. Herr Piesch sieht seinen Sohn an, spürt dessen Mißtrauen und spürt auch dessen Eifersucht. Das bringt ihn in Laune, er lacht.

»Maria«, sagt er hinter sich greifend und erwischt ein Stück ihrer Kittelschürze, »sag meinem Sohn, wie lange du bei uns bleiben willst!«

Maria ist zusammengezuckt, das sieht Richy genau. Wie der Vater besitzergreifend an ihrer Schürze fummelte, das gefiel ihr nicht. Sie streicht den Stoff an der Stelle glatt, wo der alte Piesch mehrmals zugriff, und setzt sich an den Tisch.

»Na?« sagt Herr Piesch und hat schon wieder Lust, Maria anzufassen. Aber die läßt es nicht zu, funkelt den Alten ohne Ängstlichkeit an. Nichts mehr von der Unterwürfigkeit, mit der sie Tag für Tag in der Straßenbahn saß, nichts mehr von der Hilflosigkeit, mit der sie im Schlachteck Kaffee umrührte. Hier, bei Pieschs in der Siedlung, fühlt sich Maria zu Hause, hier weiß sie, wer sie ist und sagt es, Kopf und Kinn hoch, daß man Achtung bekommen kann.

»Ich bin für Arbeit hier, sonst nix!« Sie wirft Herrn Piesch einen Blick zu, der es in sich hat. »Ich koche und mach sauber für euch und kann dafür wohnen – verstehst du? Und wenn meine Arbeit nicht gut genug ist, dann geh ich!«

Weder Herr Piesch noch Richy stellen weitere Fragen, die sich auf die Dauer von Marias Verbleib beziehen. Aber je näher der Abend heranrückt, um so mehr denkt Richy darüber nach, wo Maria wohl die Nächte in Pieschs Wohnung verbringen wird. Der Vater streicht wie ein Kater um sie herum, hat sich sogar rasiert und am Nachmittag gewaschen. Maria hat ihm dazu das Wasser heißgemacht und ein frisches Unterhemd herausgelegt. Obwohl selbst Richy erkennt, daß der Alte mit Maria etwas vorhat, tut sie so, als rasiere und wasche sich Herr Piesch täglich mitten am Nachmittag.

»Das macht er sonst nie«, platzt Richy los, als der Vater aus der Küche geht. Dabei grinst Richy hämisch und steckt obendrein auch noch die Zunge durch die Zahnlücke. Das sieht besonders gemein aus.

Maria lacht. Richy verliert sein Grinsen. Er bringt es nicht einmal fertig, ihrer Hand auszuweichen, mit der sie ihm durch die Locken fährt und sein Gesicht zu sich dreht.

»In deinem Kopf ist wenig Gutes!«

Dann schubst sie ihn weg. Nicht unfreundlich, aber mit einer kleinen Verachtung, die Richy unsicher macht.

»Ich hab's nicht so gemeint«, sagt er, ohne größeren Erfolg bei Maria zu haben. Sie packt ihren Koffer aus und nimmt sich im Kleiderschrank sowie in der Kommode den kleinstmöglichen Platz für ihre Habseligkeiten.

Der Abend. Herr Piesch trinkt Bier. Richy ist zu Hause geblieben, um abzuwarten, was sich abspielt. Maria hat eine Näharbeit gefunden. Der Fernsehapparat läuft, bis das Abendprogramm zu Ende ist. Und nun?

»Ich geh ins Bett«, sagt Richy. Maria packt ihre Näharbeit zusammen und legt alles in die Kommode. »Ja«, sagt sie, »es ist Zeit zum Schlafen!«

Herr Piesch nimmt sich noch eine Flasche Bier, bietet Maria davon an, die dankend ablehnt, gerade wie in der Kneipe auf ihrem Stuhl sitzt, die Hände gekreuzt. So kann die Jahre dahocken, denkt Richy und sieht zu seinem Vater hinüber.

»Das Sofa«, sagt Herr Piesch und wippt ein wenig auf und ab, »das ist verdammt durchgelegen. Auch nicht mehr das neuste!« Schweigen rundum, Maria rührt sich nicht.

»Du kannst hier schlafen, Richy«, sagt Herr Piesch, »das wird das beste sein!«

»Ich hab noch nie hier gepennt, ich hab mein Bett, und da bleib ich drin!« Das ist schwierig, denn Richy hat recht, und weil er recht hat, fügt er hinzu, daß der Vater bisher in der Küche auf dem miesen Sofa geschlafen hat und, wie man hörte, nicht schlecht, weil er immer schnarcht. Für Herrn Piesch wird die Sache schwieriger, wenn er zu dem kommen will, was er vorhat. »Halt's Maul und mach, was ich dir sage.« Richys Sturheit fehlt ihm gerade noch. Er überlegt auf die Schnelle, ob er nicht ein oder zwei Mark locker machen soll. Das zieht bei dem Jungen immer. Bevor Herr

Piesch sein Angebot starten kann, mischt sich Maria ein. Leise, ohne Widerspruch zu dulden, sagt sie, daß sie mit dem vorlieb nehme, was am wenigsten Umstände macht.

»Okay«, grinst Richy, »in der Küche neben dem Herd. Wenn wir aufstehen, hast du schon Kaffee gekocht!«

»Ja«, sagt Maria, »du hast ganz recht, deshalb kann ich ja auch bei euch wohnen!«

Sie steht auf, fragt nach Decken und einem Leintuch und macht sich ihr Lager zurecht, während Herr Piesch, ob er will oder nicht, frisch gewaschen und rasiert, neben Richy in den Schlaf zu kommen versucht.

»Scheißkerl«, sagt Herr Piesch, als sie das Licht ausmachen, »wart nur ab, das ist noch lange nicht aller Tage Abend!«

Im Gegensatz zu Herrn Pieschs Vorstellungen wurde es aber doch noch eine ganze Zeit aller Tage Abend. Maria schlief weiterhin in der Küche und Herr Piesch mit seinem Sohn in der Stube. Nur sonst änderte sich das Leben in ihrer Wohnung. Es roch nach Knoblauch, nach Zwiebeln und Fisch. Sobald die Sonne schien, flatterten Herrn Pieschs frischgewaschene Unterhosen, Handtücher, Bettzeug und Richys T-Shirts vorm Laubengang im Wind. Maria war unermüdlich in ihrer Sauberkeit. Und wenn sie mal nichts zu tun hatte, setzte sie sich mit einem Kissen auf die Treppenstufen der Einfachstwohnung und häkelte aus alter Wolle Wunderdinge. Sie machte kleine Püppchen, die den Fernsehapparat zierten, Deckchen, auf die sie ein mit Blumen gefülltes Senfglas stellte, und aus Stoffetzen nähte sie im Lauf der Woche einen Wandbehang zusammen, an den die Hirsche von Frau Piesch nicht herankamen. Maria knüpfte sogar kunstvoll einen Gürtel, in den verschiedensten Schlingen, zwischen die sie schwarze Holzperlen arbeitete. »Für Richy«, sagte sie und steckte ihn eigenhändig durch die Schlaufen seiner Jeans.

»Klasse«, lispelte Richy, denn niemand in der Siedlung hatte so einen Gürtel.

Am Samstag stellt sich Maria hin und bäckt Weißbrot. Ihre Küchenschürze ist weiß vom Mehl, ihre Arme und auch die eine oder andere Haarsträhne. Es riecht gut, und als Richy sich von dem noch warmen Brot etwas abbricht, schimpft Maria nicht, sondern lacht.

»Du mußt essen, viel essen, damit du stark und groß wirst«, sagt sie und hält Herrn Piesch an, vom Schlachthof mitzubringen, was möglich ist.

Was noch verblüffender ist, Maria schafft es auch, daß Richy wieder die Schule besucht.

»Willst du dumm bleiben wie ich?«

»Was heißt hier dumm?«

Bevor Richy zu mehr kommt, holt Maria Kugelschreiber und Papier. »Sieh mal«, sagt sie und malt in Kinderart ein paar Worte auf, »so langsam schreibe ich. Und was kann ich sonst? Putzen, kochen, nähen. Das ist alles, und du kannst nicht einmal das!«

Richy muß lachen.

»Wenn ich das könnte, brauchten wir dich ja nicht hier!«

»Ah«, Maria schnalzt mit dem Finger, was sie stets tut, wenn sie Verachtung ausdrückt. Sie reckt sich kerzengerade in die Luft, hebt das Kinn und läßt die Hand eine Weile in der Luft, so als halte sie den Schnalzer noch eine Weile fest. »Das hat nichts mit mir zu tun. Du mußt ein Mann werden, damit du heiraten und Kinder ernähren kannst. Dazu mußt du etwas lernen, verstehst du das nicht? Willst du nicht stolz sein?«

Richy hatte nie über eine solche Art von Stolz nachgedacht.

»Allora«, Maria schnalzt wieder mit dem Finger, reckt sich aber nicht kerzengerade in die Luft, sondern hält Richy die Schultasche hin, »vielleicht wirst du mal ein Dottore!«

»Nein«, sagt Richy, »kein Dottore, ich werde ein berühmter Musiker, ein Gitarrist, der durch die Welt kommt und Schallplatten macht!«

»Buono«, Maria hält Richy immer noch die Schulmappe hin, »da darfst du auch nicht dumm sein!«

Richy geht zur Schule, erst jeden dritten Tag, manchmal jeden zweiten und schließlich regelmäßig. Man könnte sagen, bei Pieschs kommt langsam die Welt in Ordnung. Das jedenfalls ist die Hoffnung von Frau Köpping und ihrem Kollegen Adam. Ob es nun mit Richys regelmäßigem Schulbesuch losging oder mit dem von Maria geknüpften Gürtel, ist hinterher nicht mehr genau zu sagen. Schocker vertritt zum Beispiel die Meinung, daß Richy schlichtweg mit Maria angegeben hat. Was die alles kann, konnte Richys Meinung nach keine Mutter in der Siedlung. Außerdem raucht sie nicht und trinkt keinen Alkohol.

»Muß ja eine schöne Tranlampe sein«, sagt Mücke während der Pause aus der zweiten Reihe der Umstehenden heraus.

»Die und Tranlampe«, lacht Richy, »die ist fix, die singt und hat mir schon zwei italienische Lieder beigebracht. Vielleicht fange ich meine Laufbahn in Neapel an, was weiß ich!«

»Gastarbeiterin«, sagt Agnes von der Warga-Bande, »habt ihr das gewußt?«

Jetzt ist es ausgesprochen. Ein paar Lacher kommen auf.

»Na, wenn das so ist!«

Franz Grün ist nicht skeptisch, hat Maria auch schon mehrmals gesehen.

»Die sieht gut aus, hat noch alle Zähne drin, mit Figur. Wenn die auch kochen kann...«

»Quatsch«, fällt Charli ein, der es nicht aushalten kann, wenn einer vom Essen redet, während er selbst Hunger hat.

»Quatsch! Was heißt hier kochen, das ist eine Spaghettifresserin, nichts weiter, die will doch nur vom Piesch ausgehalten werden.«

»Eben nicht«, sagt Richy und wundert sich, daß er dem dikken Charli nicht eine schießt, »die ist nicht so, die ist...«

Richy sucht nach Worten und wird von Charli unterbrochen.

»Die ist gut für die Matratze!«

Richy kommt nicht zum Schlagen, weil alle weglaufen und

lachen. Das weiß doch jeder, zu was man sich eine Itakerin in die Siedlung holt. Charli Warga hat da völlig recht.

Am Kiosk trifft Richy auf Schocker, der dort ein Bier trinkt und immer noch pinkelfein angezogen ist. Immer noch auf Lehrstellensuche.

»Weiß schon Bescheid«, sagt Schocker. »Du bist ein Arschloch. Hättste nicht sagen sollen, das mit Neapel und daß eure Maria mehr kann als die Weiber in der Siedlung.«

Schocker beugt sich zu Richy, damit niemand mithören kann: »Ich glaub's dir ja, hatte mal einen Itaker zum Freund, war Klasse, wollte mich mit an die Riviera nehmen, na, du weißt ja!«

Beide schweigen, rauchen eine Zeitlang.

»Die sind bloß neidisch«, sagt Richy.

»Vielleicht«, antwortet Schocker, ohne Überzeugung, »aber Elli hat auch gemeint, Gastarbeiterinnen, das wäre so eine Sache!«

»Deine Scheiß-Elli!«

Richy läßt den Freund stehen, hört auch nicht, wie der ihm noch etwas nachruft. Richy springt in den Bus und fährt in die Stadt. Zufall oder nicht, als er sich in der Kaufhalle rumtreibt, mal dies, mal das in der Hand, trifft er Frau Piesch und Inge. Erst will er sich ohne Überlegung verstecken. Aber Inge entdeckt ihn, stößt die Mutter an: »Guck mal, dort!«

»Richy?« Sie geben sich nicht die Hand, bleiben nur alle drei voreinander stehen.

Irgend etwas, so denkt Frau Piesch, ist an ihrem Sohn anders. Dann weiß sie es, sieht es, genau wie Inge. Richy ist sauber angezogen. Die Hosen sitzen, die Schuhe sind nicht kaputt, die Haare gekämmt, nur sein linker Zeigefinger ist vom Nikotin gelb.

»Wie geht es dir?« fragt Frau Piesch, und Richy sagt: »Danke, gut!«

Danach will Richy eigentlich wieder gehen, will die beiden stehen lassen, wie man Fremde stehen läßt. Aber es sind ihre Blicke, die ihn halten. Heute wird er nicht wegen seiner

Kleidung verspottet. Neugierde steht den beiden im Gesicht geschrieben, daß es kaum zum Aushalten ist.

»Papa hat eine neue Frau«, sagt er, »eine, die uns versorgt und die prima ist!«

»Ja«, sagt Frau Piesch, »Mückes Mutter hat's mir erzählt, eine Itakerin ohne Papiere, nicht wahr? Die machen alles, wenn's sein muß!«

Inge gluckst und wirft ihren Kopf herum.

»Lach nicht so dumm!« fährt Frau Piesch ihre Tochter an, wendet sich Richy zu, lächelt: »Willst du mit uns Kaffee trinken und Kuchen essen?«

»Der ist bei uns zu Hause besser, viel besser!«

Er läßt die beiden ohne Gruß zurück, ihre verdutzten Gesichter geben ihm ein gutes Gefühl, er geht breitbeinig davon, ohne etwas mitlaufen zu lassen. Obwohl der Kassettenrekorder links vor ihm besonders günstig als Sonderangebot zum Mitnehmen dasteht.

Samstag. Herr Piesch ist zu Hause. Samstags macht Maria Polenta, weil das billig ist. Richy mag Polenta. Herr Piesch hat sich daran gewöhnt. Heute gibt es keine Polenta. Es riecht weder nach Öl, Tomaten, Salbei, Knoblauch, noch nach Bratwurst. Maria sitzt in ihrer roten Jacke, ihrer grünen Hose und dem Tuch auf dem Kopf am Tisch. Ihr Koffer ist gepackt und steht neben der Tür. Richy sieht ihn sofort.

»Was ist los?«

Richy vergeht der Hunger, er vergißt die Polenta. Leere, Angst. Hier ist nicht viel zu kapieren, hier sieht man alles auf einen Blick. Maria haut ab.

»Ja, ja«, sagt Herr Piesch, »da sieht man's mal wieder«, und zeigt erst auf den Koffer, dann auf Maria. Die schweigt, sitzt mit gekreuzten Beinen, die Hände im Schoß.

»Du willst weg?« Richy setzt sich neben Maria, rückt den Stuhl ganz nah an sie heran und faßt sie an. Er reibt den Stoff ihrer Jacke zwischen seinen Fingern hin und her, als wollte er sie streicheln.

129

»Ja«, sagt Maria.

Richy schüttelt den Kopf und kriegt ihre Hand zu fassen.

»Nein«, sagt er, »du kannst nicht weg, du gehörst jetzt zu uns!« Und weil ihm das nicht überzeugend genug klingt, fügt er hinzu, daß er das allen Leuten gesagt hat, sogar seiner Mutter und seiner Schwester. Maria schweigt immer noch, den Blick auf den Tisch gerichtet, als gäbe es auf dem abgewetzten Wachstuch etwas zu entdecken.

»Na bitte«, fährt der alte Piesch dazwischen, schluckt sein Bier und wischt sich zutschend über den Mund, »da nimmst du so eine Gastarbeiterin auf, gibst ihr Unterkunft, Essen, respektierst sie ... und?«

»Warum gehst du?« fragt Richy, ohne sich um den Vater zu kümmern, »warum?«

Endlich hört Maria auf, das Wachstuch anzuglotzen und sagt nur vier Worte: »Ich kann nach Hause!«

Wie sie das sagt, macht Richy wütend. Maria hat ein Zuhause, nicht besser als das hier in der Siedlung, wie er weiß, aber mit etwas, das mehr zieht, als Richy und sein Vater bieten können.

»Wenn's so ist«, sagt er und setzt sein Grinsen auf, »dann ist es so. Je schneller, um so besser!«

Maria steht auf, nimmt ihren Koffer, dreht sich noch einmal in der Küche um, als hätte sie etwas vergessen, sagt ein Aufwiedersehn, das unbeantwortet bleibt, und geht.

»Wieso«, fragt Richy den Vater, »wieso kann sie plötzlich nach Hause?«

»Was weiß ich, irgend so ein Spaghettifresser hat ihr Geld gebracht. Von Zuhause.«

Richy nimmt sich seinerseits ein Bier, trinkt, rülpst: »Wer's glaubt, wird selig!«

Nachdem Maria die Wohnung verlassen hat, ist es schnell mit der Ordnung, die in das Leben der beiden Pieschs kommen soll, nicht mehr weit her. Richy geht kaum noch zur Schule. Wirklich, von einem Tag zum anderen zog er es vor, morgens lieber zu Hause zu bleiben. Der alte Piesch pennte ab sofort wieder in der Küche und soff seine Biere, Abend für Abend mehr. Es gab wieder Heringsfilet in Tomatensoße, deren Dosen zu Aschenbechern wurden, die von Maria gehäkelten Deckchen verdreckten und wurden von Richy als Lappen benutzt. Die Wäsche häufte sich in den Ecken, und Mief machte sich in Küche und Stube breit. Das war in der Siedlung nichts Neues.

Herr Piesch verschlief und verlor seine Arbeitsstelle auf dem Schlachthof. »Auch gut«, sagte Herr Piesch und ging stempeln. Vater und Sohn redeten nicht viel miteinander.

Seinerzeit hatte Piesch eine Anzeige gegen Mohrle erstattet, die aber mangels Zeugen keine Fortschritte machte. Mohrle hatte auf den Verlust seiner Gitarre hin keine Anzeige erstattet. Die Polizei war, wie so oft, auf Sand gelaufen. Frau Köpping und Herr Adam wußten Bescheid, auch die anderen Kollegen. Allgemein stellte man sich die Frage, was zu machen war, und allgemein wußte man die Antwort im voraus: Nichts. Nur Adam wollte sich nicht damit abfinden. Er organisierte für Richy eine Gitarre. Da sich Richy weder beim Fußballspiel noch in der Sozialstation blicken ließ, brachte Adam sie zur Mittagszeit in die Wohnung. Herr Piesch schlief, da es weder etwas zu essen noch etwas zu arbeiten gab. Daß Richy zu Hause war, verdankte Adam einem Zufall.

»Hier«, sagte er und gab Richy die Gitarre.

Richy sagte nichts, nahm das Instrument und fingerte daran herum, als hätte er noch nie so ein Ding in der Hand gehabt.

»Und?«

»Kannste behalten«, sagte Adam und ging weg. Richy sah ihm eine Weile nach. Der Sozialarbeiter Adam erwartete nicht einmal, daß Richy sich bedankte.

Jetzt konnte Richy endlich wieder Musik machen. Er legte drauf los, kaum daß er allein war, bis der alte Piesch mit einem saftigen Fluch aufwachte.

Am nächsten Tag nimmt Richy seine neue Gitarre und geht hinüber in den Zigeunerblock. Wäre jemand auf die Idee gekommen, ihn zu fragen, warum, hätte Richy keine Antwort gewußt.

So wie Richy plötzlich zu einer neuen Gitarre gekommen ist, steht Mohrles alter Wohnwagen wieder da. Auf der gleichen Stelle, halbkant auf dem Fußweg, als wäre er nie weg gewesen, hätte nie Spuren hinterlassen, die stadteinwärts gingen und sich später auf der Teerstraße verloren.

Die unverschlossene Tür öffnet sich lautlos. Mohrle schläft, liegt breitbeinig auf dem schmalen Bett, ein Bein hoch auf dem Tisch, die Arme unter dem Kopf. Richy denkt: So einfach ist das, du nimmst dein Haus und fährst damit dahin, wo es dir nicht stinkt. Erst jetzt sieht Richy das Mädchen. Sie sitzt gegenüber auf der Bank geradewegs so, als müßte sie Mohrles Schlaf überwachen. Sie grüßt nicht. Vielleicht will sie Mohrle nicht wecken, dafür lächelt sie und zeigt auf die Gitarre.

»Soll ich?« flüstert Richy. Das Mädchen nickt. Leise fängt er an, ein paar Töne, Griffe, Rhythmen, bis es ein Lied wird, eins von denen, die Mohrle Richy beigebracht hat. Das Mädchen singt, Richy singt, Mohrle wacht auf, springt auf. Der ganze Wagen wackelt. Richy bekommt einen Mordsschreck und muß sofort an das Messer denken, mit dem Mohrle Herrn Piesch bedroht hat. Stille, in die hinein Richy Mohrle die Gitarre hinhält.

»Da!«

Und weil Mohrle die Gitarre nicht nimmt, Richy nur anstarrt, als hätte der nicht alle Tassen im Schrank, kaut Richy langsam die Worte heraus: »Wegen meinem Vater, weil er deine kaputtgemacht hat!«

Unmöglich. Mohrle leckt sich die Lippen, sieht zu dem Mädchen hinüber.

»Nimm schon«, sagt Richy und kann nichts dafür, daß seine Stimme zittrig klingt. Wenn Mohrle jetzt nicht zugreift, kann es passieren, daß Richy seinerseits, wie vor kurzem der

Vater, die Gitarre über das Wohnwagentischchen donnert.
Dann gäbe es abermals Hunderte von Holzsplittern für
nichts und wieder nichts. Wer kann da schon etwas dafür?
Aber bevor das passiert, nimmt Mohrle Richy die Gitarre ab
und legt sie vorsichtig aufs Bett. Weg ist sie. Hat von einer
Sekunde auf die andere den Besitzer gewechselt. Das ist zum
Heulen.

»Mensch«, sagt Mohrle, ach was, er schreit es, umarmt
Richy, haut ihm auf die Schulter, und es fehlte nicht viel,
Richy hätte noch einen Kuß bekommen. »Meinst du, ich
nehm' dir das Ding da weg, wo du so gut spielen kannst?«
Mohrle hebt die Hände. »Dein Vater geht mich nichts an,
verstehst du?«

Richy schweigt, atmet flach.

»Ich will auch nicht wissen, wo du sie herhast«, fährt Mohrle
fort.

»Geschenkt, der Adam hat sie mir geschenkt.« Unterbricht
Richy schnell.

»Ist mir egal, ob geschenkt oder nicht!« Mohrle winkt dem
Mädchen, Bier zu holen.

»Was ist mit der?« will Richy wissen und will auch wissen,
warum Mohrle plötzlich mit seinem Wohnwagen verschwunden war.

»Geheiratet«, antwortet Mohrle und berichtet von dem
Brauch seiner Sippe. »Du mußt einen Wohnwagen haben,
und wenn du den eingerichtet hast, dann haust du mit deinem Mädchen ab. Wenn du wieder zurückkommst, wird das
Mädchen von der Sippe des Mannes aufgenommen.«

»Ich hab gedacht, du bist wegen meinem Vater weg!«

»Dein Vater...«, Mohrle zeigt seine Verachtung, indem er ab-
winkt.

Richy ist erleichtert. »Und wo wart ihr?«

»Drüben auf dem Landfahrerplatz!«

»Das ist aber nicht weit!«

»Nein«, sagt Mohrle, über sich selbst ärgerlich, weil er Richy
Dinge erzählt, die den nichts angehen, »das ist nicht weit,

133

aber wohin soll unsereins schon? Fliegst ja als Zigeuner von
jedem Platz, oder?«
Mohrles Frau bringt das Bier. Die Männer trinken.
»Bleibt ihr jetzt hier?«
»Nein«, sagt Mohrle, »wir gehen mit meinem Onkel. Der hat
eine Seiltänzertruppe. Da mach ich Musik, bis genug Leute
da sind!«
»Kann ich mit?«
Richy ist das ohne nachzudenken rausgerutscht. Mit Mohrle
auf der Straße Musik machen, bis alle Leute kommen, um
zuzuhören. Dann die Truppe, die mit Motorrädern auf einem
Seil zu Rathaus- und Kirchturmspitzen fährt, während
Mohrles Frau das Geld einsammeln würde. Das wäre was!
»Du gehörst nicht zu uns«, sagt Mohrle freundlich, »mein
Onkel würde dich nie nehmen!«
Richy grinst, greift zum Bier, schluckt, wie der alte Piesch
schluckt, und wischt sich die Lippen: »Als wenn ich das ehr-
lich wollte, du Schwachkopf!«
»Hier«, sagt Mohrle, gibt Richy die Gitarre zurück, und aber-
mals wechselt das Instrument den Besitzer, »ich wünsch dir
Glück!«
Das Mädchen nickt, nimmt die Biergläser vom Tisch. Richy
weiß, mit Mohrle ist die Sache gelaufen, wie viele Sachen
laufen: eben nichts.

Zu Hause hat Richy eine neue Einnahmequelle. So wie er
vorher über Frau Piesch schimpfte, um zu Geld zu kommen,
schimpft er jetzt über die Itakerin. Das bringt den Vater in
Geberlaune. Außerdem nimmt Richy dem Alten die Behör-
dengänge ab und hat dort seine Masche weg. Er taucht auf
dem Jugendamt auf, erbettelt sich Kleidergeld, er geht zum
Sozialamt und bittet um Aufschub der Miete, weil der Vater
krank ist, aber Arbeit in Aussicht hat, und Richy geht sogar
für den Vater aufs Arbeitsamt, obwohl er dort nichts ausrichten kann, zur Krankenkasse und zum Ordnungsamt.
Richy bekommt es auch fertig, beim Kiosk anschreiben zu

lassen, obwohl der Kioskbesitzer weiß, daß mit Herrn Piesch nichts mehr los ist. Seht euch den Richy an, sagen die Leute in der Siedlung, das wird ein ganz Ausgefuchster, und Herr Piesch wird darüber von Tag zu Tag stolzer und besoffener. »Du bist ein Kerl wie ich«, lallt er in zärtlicher Zufriedenheit, während ihm Richy das Geld aus der Tasche klaut. Oft dauert es seine Zeit, bis der alte Piesch auf dem Sofa in festen Schlaf fällt. Erst dann macht sich Richy auf den Weg, der niemals mehr in die Schule führt.

III.

Bald ist der Sommer vorbei, das riecht man. Das mickrige Korn auf der anderen Straßenseite, gegenüber der Siedlung, ist längst vom Halm. Als nächstes wächst dort eine Baustelle. Bagger pflügen die Erde. In der Luft liegt der Duft von gereiftem Grün und trockenem Gras, das Licht hat an Zartheit verloren. Alle Farben sind kräftig. Schocker läuft schon lange nicht mehr in seinen Sonntagsklamotten herum. Weder über das Arbeitsamt, noch über die Zeitung hat er einen Job gefunden, geschweige denn eine Lehrstelle. »Aus der Siedlung kommen Sie«, war stets die Frage, die gar keine Frage war, sondern eine Feststellung, nach der Schocker fortgeschickt wurde. Höflich natürlich, hin und wieder zuvorkommend oder mit dem Ausdruck des Mitgefühls, weil die Tragik der Arbeitslosigkeit stets die Falschen träfe. Erst glaubte Schocker die freundlichen Worte, fühlte sich geschmeichelt und verstieg sich so lange in der Vorstellung, noch einmal vorzusprechen, bis er kapierte, daß er belogen wurde. Belogen, weil er ein Siedlungsjunge ist. Denen traut niemand, die sind unzuverlässig, arbeitsscheu, stehlen und feiern krank, wo und wann sie nur können. Mit Jugendlichen aus der Siedlung ist es für jede Firma besser, keine Lehrverträge abzuschließen oder ihnen Arbeit zu geben. So bleiben Schockers Sonntagsklamotten im Schrank. Er läuft wieder rum, wie er immer rumgelaufen ist, armselig.

»Komm mit«, sagte Richy, nachdem sie beide eine Weile wortlos nebeneinander hockten.

Es war oft so, daß sie sich trafen, ohne miteinander zu reden, nebeneinander hergingen oder nebeneinander dasaßen. Sie mochten sich, ohne daß sie darüber nachdachten. Wenn einer den anderen sah, ging er zu ihm hin, das war eigentlich alles.

»Wohin?«

»Irgendwohin!«

Also gehen sie. Mückes Mutter sieht ihnen nach und denkt, daß alle Bengels immer größer werden. Nur Mücke mit seinen sieben Jahren will und will nicht wachsen. Der Sozialarbeiter Adam behauptet, daß die Einstellung von Mückes Wachstum dem Alkohol und Nikotin zu verdanken wäre. Seitdem spricht Mückes Mutter mit Adam kein Wort mehr. Schocker und Richy, die schließlich auch ihr Bier trinken und qualmen, was ihnen zwischen die Finger kommt, sind für ihre sechzehn und fünfzehn Jahre genauso groß wie jeder andere Junge in dem Alter.

Der Bus ist voll. Eine Leichtigkeit, schwarzzufahren.

»Wollt ihr nicht zahlen?« quakt ein alter Rentner auch schon los und brabbelt der neben ihm sitzenden Frau seine Empörung zu. Richy lacht, Schocker muß mitlachen. Der Alte amüsiert sie.

»Ich werd' es melden, ihr Lümmels, so geht das nicht!«

Der Rentner macht Anstalten, sich zum Wagenführer vorzudrängeln.

»Alterchen«, sagt Richy und fummelt einen abgefahrenen Fahrschein aus der Tasche, »bleib schön auf deinem Arsch sitzen, sonst steigen wir nach dir aus und zeigen dir mal, wie man sich wirklich in anderer Leute Angelegenheit mischt!«

Richy schneidet Grimassen. Keiner der Umstehenden kriegt mit, wie er den Rentner dabei ansieht. Böse und mit einer Drohung im Blick, die den alten Mann ängstigt.

»Entschuldigt«, sagt der.

»Na also«, sagt Richy.

Schocker bewundert den Freund. »Klasse«, sagt er, »du bist Klasse!«

137

In der Stadt ist nichts los, nicht einmal in den Einkaufsstraßen tut sich was. Es gibt so Tage. Richy verspürt nicht einmal Lust, was mitgehen zu lassen.

»Wenn man nicht in Form ist«, sagt er, »läßt man die Pfoten besser in der Tasche!«

Er spuckt aus und rempelt eine Frau an. Es riecht nach Pommes frites und Öl.

»Weißt du was«, sagt Richy, »ich hab Hunger!«

Ohne Schockers Meinung abzuwarten, ist Richy weg, durch die Drehtür, dem Pommes-frites-Duft nach, bis vor eine Theke, an der man sich Bouletten, Fischbrötchen, Kartoffelsalat, Schnitzel oder auch nur Pommes frites holen kann. Pommes frites mit Ketchup auf einem Papptellerchen für fünfzig Pfennig. Richy bietet Schocker nichts an, schmiert hälftig ein Pommes frites nach dem anderen in das Ketchup und steckt es zwischen die Zähne. Wenn es sich um kleinere Stücke handelt, rutschen sie auch durch die Zahnlücke weg, das geht schneller.

»Und du?« fragt plötzlich eine Stimme, »hast du keinen Hunger?«

Schocker ist gemeint. Vor ihm steht ein Mann, vielleicht Ende vierzig. Seine Haare sind lang, das fällt auf.

»Nein«, sagt Schocker, obwohl er auch Hunger hat.

Der Mann lacht und schlenkert den Kopf rückwärts, als müßte er wie Richy Locken aus der Stirn schütteln. Dabei liegen seine Haare fest an. Über einem gelben Pulli trägt er ein kariertes Jackett. Seine Finger mit zwei großen Ringen legen sich leicht auf Schockers Arm. »Wirklich nicht?«

Ein Tritt unterm Tisch, offensichtlich von Richy.

Schocker sagt: »Na ja, eigentlich doch!«

Der Mann lacht ein »na also«, fragt, wie Schocker heißt, geht zur Theke und holt zwei Portionen Pommes frites, Ketchup und vier Bouletten dazu, Mahlzeit, Glück muß der Mensch haben. Richy ißt jetzt langsamer. Er sieht sich den Mann an, der zwei wildfremde Jungen mit Pommes frites und Bouletten füttert. Muß ein schöner Idiot sein.

»Habt ihr was vor?« fragt der Mann freundlich. Als beide
verneinen, lädt er sie zu sich ein. Nicht weit, dort drüben, die
zweite Querstraße links, da wohne er.
»Warum?« will Schocker wissen. Der Mann sagt, man könnte
Kaffee trinken oder sich unterhalten. Er würde sich allein
langweilen.
»Haben Sie auch Bier?« fragt Richy.
Der Mann sagt, er habe auch Bier.
Die Wohnung ist klein, sauber, und auf dem Fernsehapparat
stehen künstliche Blumen. Schocker gefällt alles sehr gut.
Und weil er das Namenschild an der Wohnungstür gelesen
hat, sagt er freundlich: »Hübsch haben Sie es hier, Herr Wit-
tek.«
»Sehr hübsch«, sagt auch Richy, betrachtet unauffällig
einen Kassettenrekorder, eine silberne Uhr, ein geschnitztes
Holzkästchen und was sonst noch so herumsteht.
»Du bist nett«, sagt Herr Wittek zu Schocker, während er sich
neben ihn auf das Sofa setzt.
»Und das Bier?« fragt Richy.
»Natürlich das Bier, ich hab's ja versprochen.«
Herr Wittek holt Bier. Kaffee will keiner trinken. Herr Wittek erzählt Witze, die komisch sind. Dann zeigt er Fotos, auf
denen nackte Frauen und nackte Männer zu sehen sind. Dabei wird Herrn Witteks Stimme höher und schneller. Wenn
er atmet, ist es zu hören, und alle paar Minuten setzt er sich
anders hin, immer dichter an Schocker heran. Richy gießt
dem Freund Bier nach, auch Herrn Wittek.
Als Schocker aufs Klo muß, geht Herr Wittek ihm nach. Richy macht sich sprungbereit, ist am Kästchen, macht es auf.
Fünfzig Mark in Zehnerscheinen. Wenn das nichts ist! Aber
er kommt nicht zum Hinlangen.
Schocker wetzt aus dem Lokus heraus, schreit: »Komm, weg
hier, Richy, los!«
Richy kann gerade noch das Kästchen zumachen, obwohl Herr
Wittek verschwunden bleibt. Die Haustür knallt ins Schloß.
Als sie auf der Treppe sind, muß Schocker sich hinsetzen.

139

»Mein lieber Mann«, sagt er und wischt sich den Schweiß von der Stirn, »so eine Sau!«

»Eine Minute länger, und wir hätten einen Fünfziger gehabt. Idiot!« Schocker hört nicht zu, kapiert nicht, was Richy da von einem Fünfziger quatscht.

»Der ist mir nach aufs Klo, und wie ich mich umdreh, hat der doch die Hose runter und sagt, hol mir einen runter! Wie der dabei geguckt hat, das kannste dir nicht vorstellen, wie ein Hund! Mir ist vor Schreck das Pissen vergangen. Da sagt er auch noch, bitte. Stell dir vor, der sagt bitte!«

Richy stellt es sich vor und lacht.

»Ist halt eine Schwuchtel! Solche Leute kannste wie ein Suppenhuhn ausnehmen. Ich sag dir ja, eine Minute länger, und ich hätte die Scheine in der Tasche gehabt!«

»Du wolltest dem Geld stehlen?«

»Na klar, Schwule verdienen nichts anderes. Das wissen die auch. Glaub nur nicht, daß der sich gemuckst hätte. Immerhin, wir sind minderjährig! Da fährt er ab!«

Richy zündet sich eine Zigarette an. Der Rauch zieht hurtig vom Mund über die Oberlippe in seine Nase.

»Ich weiß nicht . . .«, sagt Schocker.

»Typisch, als wenn du schon mal was wüßtest!«

Richy kaut den Rest seiner Fingernägel, raucht, denkt.

»Wir gehen noch mal zu ihm!«

»Bist du verrückt?«

»Nein, schlau!«

Richy spricht leise, überlegt jedes Wort, das ist ihm anzusehen. In jedem Fall darf Schocker nicht durchdrehen. Alles hübsch der Reihe nach und mit der Ruhe.

»Wir klingeln«, flüstert er, »und du sagst, du hättest was verloren. Dein Feuerzeug oder was weiß ich. Und dann biste eben freundlich, erzählst, du hättest es vorhin nicht so gemeint!«

»Mach ich nicht!«

»Willste vielleicht so einer Tucke nicht eins auswischen? Was ist denn, wenn du allein mit so einem bist? Der braucht seine Lehre!«

Und schon hüpft Richy die Treppe hoch. Herr Wittek öffnet vorsichtig. Richy stellt ein Bein in die Tür.

»Entschuldigen Sie, aber mein Freund hat bei Ihnen was verloren!«

Herr Wittek ist nervös, sein Haar unordentlich. Das vom Bier gerötete Gesicht wendet sich Schocker zu.

»Was denn?«

»Meinen Kamm«, stottert Schocker, weil ihm nichts anderes einfallen will. Sein Kamm ist der einzige Besitz, den er mit sich herumführt. Also bückt sich Herr Wittek. Auch Schocker bückt sich, und sie kriechen ein paar Augenblicke zwischen den Stühlen herum, sehen unters Sofa, unter den Tisch. Kein Kamm. Und weil kein Kamm da ist, weiß Herr Wittek, was gespielt wird.

»Mit mir nicht«, sagt er und ahnt, daß Richy ihm das Geld aus dem Kästchen genommen hat. »Wenn was fehlt, zeig ich euch an!«

»Machste nicht, Tantchen«, antwortete Richy, führt zum zweiten Mal an, daß er und Schocker minderjährig seien.

Herr Wittek dreht sich um, steht mit dem Rücken zu beiden.

»Raus, macht, daß ihr rauskommt!«

Und Richy antwortet: »Ganz wie Sie wünschen!«

Ein paar Tage später sah sich der ungeheure Coup des Richy Piesch anders an. Herr Wittek hatte Anzeige erstattet. Anzeige wegen Diebstahls von fünfzig Mark und einer silbernen Uhr. Das wiederum konnte nur deshalb passieren, weil Schocker am Anfang der Bekanntschaft mit Herrn Wittek Namen und Herkunft mitgeteilt hatte. Ohne die Folgen seiner Offenherzigkeit zu ahnen, saß er nun mit Richy, wie dieser mit Recht behauptete, in der Scheiße. Ohne Namensnennung hätte Herr Wittek keine Anzeige erstatten können.

»Wir streiten alles ab«, schlug Richy vor. Schocker war einverstanden, sie gaben sich die Hand und das Ehrenwort. Aber so dumm war Herr Wittek auch nicht, wartete mit Zeugen auf, die beide Jungen im Treppenhaus und an seiner

141

Haustür klingeln gesehen hatten. Darauf kam Schocker bereits beim ersten Verhör ins Schwimmen und gab zu, was seiner Meinung nach zuzugeben war, verdrehte nur die ganze Geschichte ein wenig. So sagte er, daß Herr Wittek sich erst beim zweiten Besuch entblößte und er darauf mit Richy fluchtartig die Wohnung verlassen hätte. Richy hingegen sagte wahrheitsgetreu aus, wollte aber von einem zweiten Besuch bei Herrn Wittek nichts wissen, schon gar nichts von dessen Verlust über fünfzig Mark und einer silbernen Uhr. Herr Wittek wiederum sprach von seiner Aufforderung, die beiden hungrigen Jungen mögen sich auf seine Kosten satt essen, leugnete auch nicht den Besuch. Hingegen leugnete Herr Wittek heftig die Entblößung seiner Körperteile und die von Schocker angegebene Aufforderung zu Unzüchtigkeiten. Auch er sprach von zwei Besuchen und erwähnte den angeblich verlorenen Kamm, dessen Wichtigkeit dem Beamten der Kriminalpolizei nicht einleuchten wollte.

Auf Schocker und Richy blieb der Verdacht sitzen, gemeinsam einen Dritten bestohlen zu haben, wobei die Tatsache, daß Herr Wittek angeblich schwul sei, keine Rolle spielte. Für Richy erledigte sich die Angelegenheit mit einer anständigen Tracht Prügel von Herrn Piesch, die so heftig ausfiel, daß Richy einige Tage nicht zu sehen war. Herr Piesch nahm die Anzeige seines Sohnes zum Anlaß, noch mehr Bier zu trinken und brüllte herum, daß die verdammten Zigeuner seinen Sohn verdorben hätten.

Anders bei Schocker. Dort saß die Warga-Bande zu Gericht und machte Schocker die Hölle heiß.

»Mit einem Verbrecher«, sagte Charli beispielsweise, »kann ich nicht in einem Bett schlafen!«

Das nützte ihm natürlich nichts, aber es heizte die Stimmung gegen Schocker. Eines Tages behauptete Agnes beim Essen, daß ihr Zweimarkfünfzig fehlten und sah Schocker so lange an, bis er rot wurde. Worauf Agnes ihre Lieblingssätze anbrachte, nämlich: »Sieh mal an«, und »Habt ihr das gewußt?«

142

Natürlich, alle wissen es inzwischen, Schocker ist ein Dieb.
Und weil es bisher noch niemand richtig aussprach, nahm
Herr Warga die Sätze seiner Ältesten zum Anlaß, die Dinge
beim Namen zu nennen. Mit den Worten »Undank ist der
Welt Lohn«, fing er an, und mit den Worten, »mein Sohn bist
du jedenfalls nicht mehr«, hörte er auf. Da gab es kaum noch
etwas hinzuzusetzen. Die Warga-Bande, einer wie der andere, machte ein ernstes Gesicht und gab so dem, was der
Vater sagte, besondere Gewichtigkeit. Für Schocker sahen
sie sich zum ersten Mal alle zum Erschrecken ähnlich, selbst
Fritzchen und Erika. Blieb nur die Mutter. Aber die saß auf
ihrem Stuhl, als ginge sie das, was über ihren Sohn geredet
wurde, einen Scheißdreck an. Die Augen gesenkt, ein Häuf-
lein Elend, schämte sie sich in Grund und Boden.
»Mama«, sagte Schocker, »sag doch was!«
Frau Schock hob die Schultern, was ihr ein noch klägliche-
res Aussehen verlieh, und schwieg. Tatsächlich, es kam ihr
kein Wort der Verteidigung für ihren Erstgeborenen aus dem
Mund. Vielleicht hielt sie auch nur die Luft an oder sam-
melte Kraft.
Schocker gab jedenfalls die Hoffnung nicht auf.
»Was weiß ich«, sagte Frau Schock schließlich, ließ wohl
auch die angestaute Luft aus ihrem Körper und senkte die
Schultern. Damit war die Sache für die Warga-Bande ge-
ritzt, Schocker war ein Dieb und blieb einer.

Von da ab hielt Schocker zu Hause den Mund, sah nicht
rechts und nicht links und verdarb der Warga-Bande den
Spaß, indem er keine Antwort mehr auf das gab, was sie ihn
fragten. Auch Fritzchen hatte das Nachsehen, heulte deshalb und pinkelte öfter denn je ins Bett.
»Sei doch vernünftig«, sagte Frau Schock zu ihrem Sohn und
brachte dabei etwas Bittendes in ihren Blick, das Schocker
nicht mochte.
Er suchte Richy auf. Der hinkte und konnte sich nur rechts-
herum drehen. Auf der linken Seite hatte er einen Bluterguß,

groß wie ein Pfannkuchen. Das lag daran, daß Richy während der väterlichen Prügel den Kopf mit seinen Armen schützte und die Schläge also die Rippen trafen, hin und wieder auch den Rücken.

Sie erzählten sich nichts, gingen nur stumm nebeneinander her, nicht einmal im gleichen Schritt, die Straße zwischen den Baracken rauf und wieder runter. Jeder kann das sehen, also sieht es auch Herr Warga. Darauf passiert etwas Ungewohntes. Das Wargasche Küchenfenster fliegt auf, und heraus schaut in Kinderkopfhöhe Herrn Wargas Gesicht. »Komm sofort nach Hause«, brüllt er, »und laß dich nicht noch einmal mit diesem Ganoven von Piesch erwischen, sonst biste im Heim!«

Das Fenster fliegt so schnell zu, wie es aufgegangen ist. Frau Schock steht abermals in der Tür. Richy bleibt stehen. Schocker auch, dann gibt er sich einen Ruck und setzt Fuß für Fuß in Richtung Warga-Wohnung.

»Arschloch«, zischt Richy, »erbärmliches, stinkendes Hundearschloch!«

Nachdem am Weihnachtsabend die Sache mit Richy im Kindergarten schief gelaufen war, ließ Elli Grün Schocker für Wochen links liegen. Wenn er sie grüßte, zuckte sie nur mit den Mundwinkeln, ohne ihm ein einziges Wort zu gönnen, kaum einen Blick. Über Franz Grün erfuhr Schocker, daß Elli weiterhin die Schule besuchte, um das Einjährige zu machen, vielleicht sogar das Abitur. »Ja, die Grünen«, hatte Richy gesagt, »die sind eben was Besseres, das mußt du verstehen. Mit unsereins wollen die nichts zu schaffen haben. Fragt sich bloß, wieso die noch in der Siedlung wohnen?«
»Der Alte säuft«, sagte Schocker zur Entschuldigung, als müßte er die Grünen verteidigen. Und Richy spöttelte, Schocker sollte sich wegen denen nicht aufregen. Ab da sprachen sie nicht mehr über Elli und schon gar nicht über die Grünen.

144

Der Sozialarbeiter Adam macht ein Sommerfest. Einer sagt's dem anderen. Auf dem Fußballplatz, vor der Sozialstation, mit Bratwurstgrillen und Musik. Das hat's noch nie gegeben. Von Samstag 18 Uhr bis 22 Uhr, so jedenfalls steht es auf einem bunt gemalten Plakat am Kiosk und am Fußballplatz. »Wieder so was Neumodisches«, sagt Mückes Mutter und beschwert sich über den Lärm, der noch gar nicht begonnen hat.

Um drei Uhr nachmittags lungern die ersten Gäste herum, halten nach den Bratwürsten Ausschau und warten ab. Mücke, der ein größeres Geschäft wittert, bietet sich an, die Platten zu wechseln. Herr Adam lehnt ab. Anlage und Lautsprecher stehen in den Fenstern der Sozialstation.

»Denkste, ich klau was?« fragt Mücke.

»Ja«, antwortet Herr Adam, »das denk ich!«

Punkt 18 Uhr beginnt die Musik mit hartem Rock. Und dann geht's los. Wer anfing, weiß kein Mensch. Plötzlich staubt der Sand vom Tanzen. Hier spielt es keine Rolle, ob man Schuhe trägt oder nicht, die Hauptsache ist, die Sohlen halten es aus. Kinder und Große, Jungen und Mädchen stampfen, hüpfen, drehen sich, klatschen im Takt, pfeifen und singen, daß es von einem Ende der Siedlung bis zum anderen zu hören ist. Schocker hat seine Sonntagsklamotten an, Richy hängt die Lederjacke über den Schultern. Unterm Arm trägt er seine Gitarre. »Angeber«, sagt Schocker im Vorbeigehen, ohne daß ihn Richy einerAntwort würdigt. Schade. Schocker steht rum. Richy steht rum. Keiner von beiden tanzt.

Der Kies spritzt, die Lautsprecher sind voll aufgedreht. Elli Grün tanzt an Schocker im Rhythmus der »Good Vibration« vorbei. Wenn sie Schocker den Rücken zuwendet, muß er auf ihren ballrunden Hintern sehen. Knackarsch. Die Haare hat Elli offen. Deshalb fliegen sie auch ganz schön in der Gegend herum. Elli ist geschminkt. Um die Augen blau. Und die Wimpern sind schwarz wie in Teer getaucht. Ist sie von vorne zu sehen, starrt Schocker in ihr Gesicht. Damit ist er eine Weile beschäftigt. Richy macht jetzt den Diskjockey, mit Ansage und allem Drum und Dran. Franz Grün behauptet, hinterm Haus gibt's Bratwürste. Schocker ist einer der ersten. »Zwei Portionen«, sagt er zu Adam, »eine für mich und eine für Elli Grün!«

Ein Mann, ein Wort. Schocker steht mit zwei Bratwürsten auf dem Pappteller, Senf und Brötchen dabei, am Rande des Platzes. Elli ist immer noch am Rocken, hebt hin und wieder die Arme über den Kopf und schüttelt sich wie ein Hund, der aus dem Wasser kommt. Der Typ, der mit ihr tanzt, tanzt eigentlich gar nicht mir ihr. In kleinen Schritten bewegt er sich dem Takt nach im Kreis, das Gesicht aufwärts, den Mund leicht geöffnet und mit geschlossenen Augen, geradewegs, als wäre Musik wie Bier zu trinken. Schocker macht sich auf den Weg, auf Elli zu. Mit gespreizten Ellbogen, die Bratwürste vor sich hertragend, mischt er sich unter die Tanzenden.

»Hier«, sagt er und hält Elli in eine ihrer hüpfenden Drehungen hinein die Bratwurst unter die Nase, »hab ich für dich mitgebracht!«

»Haut ab, wenn ihr nicht tanzt«, ruft jemand, »fressen könnt ihr auch woanders!«

Der Typ, mit dem Elli bisher getanzt hat, nimmt weder Schocker wahr, noch merkt er, daß Elli nicht mehr mit von der Partie ist, hat immer noch die Augen zu und den Mund offen.

»Laß ihn«, sagt Schocker und boxt sich und Elli den Weg frei. Dann essen sie, ohne sich dabei anzusehen, kauen langsam und wischen den Senf mit dem Finger vom Teller.

»Wollen wir tanzen?« fragt Elli.

»Ich kann das nicht gut!«

»Macht nichts«, sagt Elli, »dann gehen wir eben spazieren!«

Sie hakt sich bei ihm ein. So umrunden sie Arm in Arm den Platz. Richy, der gerade eine Platte ansagt, verstummt plötzlich, legt nicht einmal den Tonarm auf, glotzt den beiden nur hinterher.

146

»Pause«, schreit er, »ruht euch aus, Leute!« Und schon hat er seine Gitarre zur Hand, legt los und singt, daß es fast so laut zu hören ist wie vorher die Musik: »Junge, komm bald wieder...« Ehrlich, der Richy kann prima singen. Aber dann wollen alle doch lieber tanzen.

Am nächsten Tag berichtete Herr Reck in der Tageszeitung von dem Sommerfest in der Siedlung. Herrn Adams Einzelbürgerinitiative wurde lobend hervorgehoben, auch daß dem Fest weder eine Rauferei noch ein sonderliches Besäufnis gefolgt wäre. Der Vorschlag des engagierten Sozialarbeiters, in der Siedlung einen Jugendklub einzurichten, sollte, so stand es zu lesen, die Bürger der Stadt zu Spenden anregen und die Stadtverwaltung daran erinnern, daß eine solche Einrichtung der Unterstützung bedarf. Frau Köpping schiebt Adam den Zeitungsartikel über den Schreibtisch. Der Platz vor dem Fenster sieht bunt aus. Zigarettenkippen, Bierflaschen, Coca-Dosen, zusammengetretene Pappteller, wie in ein Mosaik geklebt.

»Jetzt werden Sie Ihren Klub wohl bekommen«, sagt sie, »vielleicht nächstes Jahr, vielleicht übernächstes. Aber glauben Sie nur nicht, daß Sie sich mit derlei Unternehmungen in unserem Dezernat beliebt machen!«

»Wieso?« Adam ist mit dem Artikel zufrieden.

»Weil Ihr Engagement nicht mit der Gründung einer Disco erschöpft sein wird!«

»Das stimmt«, sagt Adam und macht sich daran, den Dreck vor dem Haus zusammenzukehren. Von den vorüberkommenden Jugendlichen sieht ihm der eine oder andere zu, bleibt stehen, ohne zu helfen.

»Scheißkerle«, schreit Adam plötzlich in Wut, knallt Besen und Schaufel in die Gegend und haut ab.

»Hat durchgedreht«, sagt einer der Jungen. Langsam setzt er sich in Bewegung, kickt erst die Blechbüchsen zusammen, hebt dann den Besen auf. »Muß wohl sein«, sagt er, während er in unerhörter Lustlosigkeit den Besen über den Platz

147

schiebt. Ein anderer bringt einen Eimer, die Schaufel. Jetzt
sind es fünf Jungen, die Adams begonnene Arbeit fortsetzen
und immer schneller dabei werden.
»Wenn der wiederkommt, ist der Platz sauber!«
Frau Köpping sieht aus dem Fenster und kann nichts dagegen machen, daß ihr augenblicklich zum Heulen ist.

Bei Familie Warga ist es der fünfte Tag, an dem Schocker
nicht zum Essen kommt. Bleibt weg, mittags wie abends.
Das macht Frau Schock ärgerlich.
»Jetzt ist ihm schon nicht mehr gut genug, was zu Hause auf
den Tisch kommt!« jammert sie. »Als wenn bei uns noch keiner satt geworden wäre!«
Charlie seufzt, schweigt. Ihm kann es nur recht sein, wenn
Schocker wegbleibt. Das heißt eine Portion mehr, solange
die Mutter mit ihm rechnet. Und das ist so lange abzusehen,
solange sie einen Teller mehr hinstellt.
»Ab ins Heim«, sagt Herr Warga, »dann ist Ruhe!« Dabei ist
es ihm egal, wo Schocker sich satt ißt.
Abends, nie vor zehn, kommt Schocker nach Hause, grüßt
nicht, antwortet nicht, glotzt auch nicht in den Fernseher,
sondern läuft an allen vorbei, als wäre er allein in der Woh-
nung und knallt sich ins Bett neben den dicken Charli.
»Wenn ich nur wüßte, wo Schocker ißt«, lamentiert Frau
Schock am fünften Tag und sieht in die Gesichter ihrer ver-
bliebenen Kinder.
»Bei den Grünen«, sagt Agnes.
Frau Schock bleibt der Atem weg und die Suppe im Mund.
»Und dort«, fahren Birgitt und Dagmar fort, »schmeckt es
ihm viel besser als hier!«
Frau Schock schluckt herunter.
»Wer hat das gesagt?«
»Er«, antworten die Mädchen, »er sagt es allen!«
»Was?«
Brigitt sieht seufzend zu Dagmar herüber. Immer muß man
ihr alles zweimal sagen.

»Daß es drüben besser ist und die Grün gesagt hätte, wo fünf Kinder satt werden, können auch sechs essen!«

Ungeheuerlich. Die Grünen haben es gerade nötig, sich einzumischen. Die ganze Familie sieht, wie Frau Schocks Nasenflügel auf und ab gehen.

»Tu ich vielleicht nicht genug?« heult sie los. »Hab ich es vielleicht verdient, daß man mich nach außen schlechtmacht?«

Alle erschrecken mächtig. Bisher hat noch nie jemand Frau Schock weinen sehen, selbst Herr Warga nicht.

»Hör auf,«, sagt er deshalb auch, »wir schicken ihn eben in ein Heim!«

»Bin ich vielleicht keine gute Mutter?« fragt Frau Schock noch immer unter Tränen. Und die Kinder, die darüber nachgedacht haben, wissen nicht so schnell, was darauf zu antworten ist. Charli verschlingt den letzten Bissen und macht sich als erster davon. Die anderen folgen so unauffällig wie's geht. Die leer gegessenen Teller stehen unordentlich auf dem Tisch herum. Fritzchen hat gekleckert.

»Gib mir ein Bier«, sagt Herr Warga und rollt seinen Rollstuhl vom Küchentisch weg in seine Ecke, wo er bald ein Nickerchen machen wird.

Franz Grün gefällt es nicht so gut, daß Schocker tagtäglich mit am Tisch sitzt. Schließlich ißt er mit seinen fast siebzehn Jahren nicht gerade wenig. Auch Herr Grün zeigt wenig Begeisterung. Wenn noch mehr seiner Kinder auf die Idee kommen, Freunde ins Haus zu schleppen, kann seine Frau gleich ein Asyl für Jugendliche aufmachen.

»...oder für Alkoholiker«, gibt Frau Grün zurück, was Herrn Grün zum Schweigen bringt.

»Ich werd' dir auch Arbeit besorgen, mein Junge«, sagt Frau Grün zu Schocker und hat dabei eine besondere Art, ihren Arm um seine Schulter zu legen, leicht und selbstverständlich. Gerade so, daß Schocker ihre Wärme spürt, denn Frau Grün ist warm und dick, sicherlich die dickste Frau in der Siedlung.

»Und wie wollen Sie das machen?«
Frau Grün lacht und sagt nichts, schaukelt ihren unförmigen Leib mit großer Behendigkeit durch die Küche.
»Nächste Woche, wenn ich von der Arbeit zurück bin, weiß ich Bescheid!«
Frau Grün geht putzen, Abend für Abend von 17 bis 20 Uhr in Büros und zusätzlich zweimal die Woche in Kneipen. Wenn Frau Grün einen Besen in die Hand nimmt, einen Lappen oder einen Staubsauger, dann hat das Pfiff. Da gibt's keine unnötige Bewegung. Das kann sie sich nämlich wegen ihres Körperumfangs nicht leisten. Niemand würde es wagen zu behaupten, Frau Grün wäre nicht gründlich. Abgesehen davon, daß man in ihrer eigenen Wohnung vom Fußboden essen könnte, ist sie die perfekteste Putzfrau, die man sich denken kann. Keine Ecke, die sie ausläßt, keinen Schrank, unter dem sie nicht wischt, und wenn sie einen ihrer Büroräume verläßt, ist nicht ein Stäubchen zu finden. Es riecht nach Saubermacher und auch ein bißchen nach Frau Grün, denn Putzen ist anstrengend. So ziemlich jeder in der Siedlung weiß, daß es Frau Grün ist, die ihre Familie durchbringt und in mühseliger Kleinarbeit seit Jahr und Tag den Schmutz anderer Leute wegputzt. Deshalb herrscht bei den Grüns zu Hause mehr Zucht und Ordnung als anderswo. Wer nicht in die Schule geht, muß zu Hause arbeiten. Wäsche waschen, kochen und putzen, wie die Mutter putzt. Das hat auf die Dauer den Kindern die Schule liebgemacht.
»Wenn ihr groß seid«, ist Frau Grüns ständige Redewendung, »dann seid ihr hier draußen, und wenn ich euch rausprügeln muß!«
Mit der Zeit ist der alte Grün immer stiller geworden, hat sich weder viel um seine Kinder gekümmert noch um Arbeit. Hat alles der Frau überlassen und fährt gut dabei, auch wenn er nicht viel zu melden hat.
Daß Schocker bei den Grünen einen Unterschlupf fand, war allein Ellis Verdienst. Der Spaziergang bei Herrn Adams Sommerfest war länger ausgefallen, als sie es sich vorge-

nommen hatten. In jedem Fall so lang, daß Elli erst nach Mitternacht zu Hause war und von Frau Grün eine anständige Abreibung bekam.

»Ich erklär's morgen«, hatte Elli geantwortet, war in ihr Bett gekrochen und hatte der Mutter am folgenden Morgen erzählt, wie es um Schocker stand.

»Das ist nicht unsere Sache«, erwiderte Frau Grün, »und deine auch nicht!«

Aber Frau Grün hatte nicht mit Ellis von der Mutter geerbter Zielstrebigkeit gerechnet, erst recht nicht mit Ellis Verbissenheit, Frau Schocks Sohn verteidigen zu müssen.

»Ach so ist das«, sagte Frau Grün, »du hast dich in den Jungen verliebt!«

Sie setzte weiter dazu an, daß Elli mit ihren fünfzehn Jahren für die Liebe zu jung sei und sich lieber um ihre Schulaufgaben kümmern oder der Mutter zur Hand gehen sollte. Frau Grün kam nicht weiter zu ihren Ausführungen.

»Ich will, daß du ihm hilfst, weil ihm sonst keiner hilft«, fuhr ihr Elli dazwischen. »Ihr Alten denkt immer nur an das eine. Ich finde das gemein!«

»Gemein?«

»Ja, gemein, weil ich nämlich nicht daran denke.«

»Und an was denkst du?« Frau Grüns Stimme war freundlicher, vielleicht auch nur unsicher. Sie setzte sich hin und sah ihre Elli gründlich an.

»Also, an was denkst du?«

»Ich meine, wenn die Wargas Schocker weiter so behandeln, als wäre er ein Verbrecher, dann wird er auch einer.«

Frau Grün nickte und strich die Schürze über dem fülligen Leib glatt, sagte nichts. Elli gab nicht auf.

»Dann ist er nämlich noch mehr mit dem Piesch zusammen. Und wo der mal landet, das weiß doch jeder. Schocker hat mir erzählt, wie es war. Damals im Kindergarten war es Richy, und bei dem Mann war er es auch, der Schocker reingerissen hat.«

»Und warum geht er nicht arbeiten, dein Schocker?«

151

»Weil er keine Arbeit bekommt, auch keine Lehre. Die paar freien Stellen bekommen Jungen, die nicht in der Siedlung wohnen!«

Und weil die Mutter immer noch nichts sagte, nur über ihr Kinn fuhr und sich den Kopf kratzte, wurde Elli munter.

»Du willst auch, daß wir hier rauskommen, damit was aus uns wird. Schocker möchte das von allein. Bloß hilft ihm keiner. Den machen seine Leute fertig, um ihn loszuwerden. In ein Heim soll er.«

Als Schocker am selben Tag um die Mittagszeit mit Elli vor der Haustür stand, holte Frau Grün ihn herein und sagte das, was er später anderen Leuten berichtete: Wo fünf Kinder essen, werden auch sechs satt.

Die Grünen besitzen einen Schrebergarten, der ursprünglich von Herrn Grün in Ordnung gehalten wurde. Sehr viel hatte Herr Grün allerdings nie angebaut. Das Hin- und Herfahren, das abendliche Gießen, Pflanzen und Ernten hing ihm ziemlich bald zum Hals heraus. Mit der Zeit ließ er Garten und Gartenhäuschen immer mehr verkommen. Schimpfte Frau Grün, so wehrte er sich mit den Worten, daß der Garten ihre und nicht seine Idee gewesen sei und er sich von ihr nicht herumkommandieren lasse. Frau Grün hatte mit dem Putzen genug zu tun, außerdem ließ ihre Körperfülle keine Gartenarbeit zu. Der Garten verkam, und der Schrebergartenverein beklagte sich in einem Brief über den hundert Quadratmeter großen Schandfleck in der sonst so gepflegten Nachbarschaft. Das stimmte.

Eine Laube sauberer als die andere. Mit Blumenkästen verziert und Sonnenschirmen vor der Tür. Zwischen Blumen und Steinen stehen Gartenzwerge. Da wird geangelt, gelesen, getrunken, geschlafen und auf den Amboß geschlagen. Die Wege sind geharkt, die Beete wie an der Schnur gezogen. Blumen und Gemüse. Dagegen sieht's bei den Grünen schlimm aus. Die Laube schmutziggrau, ohne Farbe, mit durchlöchertem Dach. Wege und Beete werden von dichtem Unkraut zusammengehalten. Gras, Brennessel, wilder Klee und Löwenzahn, wo das Auge hinblickt. Knöterich wuchert den Zaun entlang und schlägt seine Wurzeln in die Nachbargrundstücke. Das kann nicht gutgehen.

»Bring mir den Garten in Ordnung«, sagt Frau Grün, »und du kannst bei mir essen, was auf den Tisch kommt.«

Wie Schocker da harkt, jätet und gräbt, das ist eine Freude. Alles für Elli.

»Komm«, bittet er sie eines Tages, »komm mit und sieh dir euren Garten an.«

Spätsommerabend. Ein Gewitter liegt in der Luft, türmt blauschwarzes Gewölk in den Himmel. Kein Windchen. Die Blätter hängen wie angegipst zwischen den Zweigen. Unbeweglich das Gras. Kein Mensch kommt in die Gärten. Ein Sauwetter wird es geben

Schocker und Elli halten sich an den Händen. Das machen sie oft. Manchmal schlenkern sie sie auch hin und her, vor allem, wenn sie fröhlich sind. Elli fängt an, und Schocker macht mit, obwohl er sich dabei geniert.

Stille zwischen den Gärten. Kein Gießkannengeklapper, kein Kindergebrüll, kein Zischen von Rasensprengern. Selbst die Vögel zwitschern mit halber Kraft, sitzen im schützenden Grün und schwitzen.

»Vögel schwitzen nicht«, sagt Schocker, meint, daß denen beim Fliegen genug Luft zwischen die Federn kommt.

»Wärst du gern ein Vogel?« fragt Elli.

Eine Frage, die Schocker normalerweise nicht beantworten würde. Bei Elli ist das was anderes.

»Wenn du einer wärst, ja!« sagt er und wartet darauf, daß sie verlegen wird. Elli wird nicht verlegen, lacht, reißt sich los, breitet die Arme aus, schwingt sie auf und ab, tippelt mit den Füßen. Sie neigt sich mal rechts, mal links, so als wollte sie nur nach einer günstigen Startposition suchen, um wegzuflattern.

»Ich bin ein Vogel, ich flieg jetzt los, kommst du mit?«

»Wohin?«

Schocker breitet seine Arme nicht aus, tippelt auch nicht, obwohl er Lust dazu verspürt.

»Irgendwohin, wo's schön ist und wir so lange allein sein können, wie wir wollen!«

Schocker klappt den Mund zu. Elli ist heute ein bißchen überkandidelt, was vielleicht an dem heraufziehenden Gewitter liegt.

»Dann flieg mal hierhin«, sagt er und stößt das Tor zum Grünschen Schrebergarten auf. Elli läßt die Arme sinken.

»Mensch, sieht das toll aus!«

Ihre Fußspuren zeichnen jeden Schritt ins Frischgeharkte. Den Weg, seitlich sauber abgestochen, trennt nur ein schmaler Grasstreifen von den Beeten. Auch die umgegraben und glattgerecht. Vor der Laube kreisrund ein Erdstückchen, in dessen Mitte ein kleiner Baum steht.

»Hat mir der Nachbar geschenkt«, erklärt Schocker, »ein Wacholderbusch!«

Schocker ist mehr darauf aus, daß sich Elli für die Steine interessiert. In Ermangelung von Gartenzwergen, Rehen und anderem künstlichen Getier hat Schocker Steine gesammelt, die gekalkt und den Rand des runden Beetes damit umlegt. Ein schöner weißrunder Kreis. Auch das hat ihm der Nachbar geraten. Elli ist hingerissen.

»Was du alles weißt«, sagt sie, »und wie du das kannst!«

Zum ersten Mal legt er den Arm um ihre Schultern und läßt ihn dort liegen. So stehen sie eine Weile still, den Blick immer auf die Steine gerichtet, auch auf das Bäumchen, obwohl ihnen bei der Gewitterschwüle so eng nebeneinander mächtig heiß wird. Schocker spürt, daß an den Stellen, wo er Ellis Körper berührt, Schweiß herunterläuft. Elli geht es nicht anders. Trotzdem bleiben sie in ihrer Haltung unverändert.

»Wenn das Mama sieht«, flüstert Elli plötzlich.

»Was?« Schocker erschrickt, will schon den Arm von ihren Schultern nehmen.

154

»Was du hier gemacht hast. Den Weg, die Beete und das mit
den Steinen!«
Schocker zieht Elli trotz Schweiß und Hitze noch ein bißchen näher.
»Was ist dann, wenn deine Mama das sieht?«
»Dann wird sie dir bestimmt Arbeit besorgen. Sie hat Aussicht über eine Geschäftskollegin, deren Mann eine Autowerkstatt kennt!«
»Mensch, wär das klasse!« Schocker räuspert sich. Das ist
ein Glückstag heute, kaum zu fassen. Jetzt könnte auch er
Vogel spielen. Einfach losfliegen!
Ein paar Sekunden später ist es aus mit der Stille, aus mit
der Hitze. Ein Wind fährt auf, fegt durch den Garten, wir-
belt Staub auf und reißt die Blätter von den Bäumen. Der erste Donner rollt sich aus den Wolken. In der Laube nebenan
schlägt der Fensterladen. Irgendwo kleppert ein Eimer.
Sand fegt durch die Luft, setzt sich in die Haare, beißt auf
der Haut. Kein einziger Regentropfen.
»Was machen wir jetzt?« schreit Elli in das lauter werdende
Getöse.
»In die Laube«, schreit Schocker zurück, »da ist es dreckig,
aber besser als draußen.«
Die Tür wird ihnen vom Wind aus der Hand gerissen.
»Laß sie offen«, bittet Elli und bleibt gerade so stehen, daß
sie das Dach über dem Kopf hat.
Erst sind es nur einzelne Tropfen. Alle groß wie Hemden-
knöpfe, dazwischen Hagelkörner. Immer schneller kommen
die Böen, bis der erste Schauer Ellis Füße erwischt. Schokker zieht die Tür zu. Der Regen prasselt aufs Dach. Links in
der Ecke bildet sich eine Pfütze.
»Ist kaputt«, sagt Schocker, froh etwas Praktisches in Angriff zu nehmen, und stellt eine Gießkanne unter die trop-
fende Stelle. Es riecht muffig, nach altem Holz und auch
nach Mäusen. In den Ecken hängen Spinnweben. Elli bewegt sich weder vor noch zurück. Durch das verschmutzte
Glas des kleinen Fensterchens zucken die Blitze. Dann don-

155

nert's. Alles in großen Pausen. Jede Sekunde zwischen Blitz und Donner bedeutet einen Kilometer Entfernung des Gewitters.

»Hier ist ein Sofa«, sagt Schocker.

»Das weiß ich auch«, sagt Elli und rührt sich nicht, »hat der Papa hergebracht. Die Mama dachte immer, er macht sich im Garten zu schaffen, dabei hat er auf dem Ding gelegen und gepoft. Der konnte hier nämlich ruhiger pennen als zu Hause. Dann war er zu faul herzufahren – na ja!«

Schocker setzt sich aufs Sofa, schaukelt. Der Regen klatscht gegen das Fensterchen, ein Schlag wie ein Peitschenknall, Blitz und Donner in einem. Schocker weiß nicht wie, aber mit dem Donner ist Elli in seine Arme geflogen. Jesusmaria, die ganze Laube zittert.

»Es passiert nichts«, sagt Schocker so langsam er kann und kriegt Elli zu fassen, wie er Fritzchen immer festhält, wenn der in seine schlimmen Träume kommt. Mit Elli ist das anders. Bei der hält die Angst nicht so lange vor wie bei Fritzchen. Sie bleibt in seinen Armen hängen, obwohl sie sich gar nicht fürchtet. Wieder Blitze. Schocker sieht Ellis Augen auf sich gerichtet. Ihm wird heiß und kalt. Er fühlt seinen Puls am Hals, in der Brust, sogar in den Schläfen.

»Elli«, sagt er, »Elli...« Kein richtiges Wort will ihm einfallen. Das Schweigen zwischen ihnen ist schwer zu ertragen.

»Ja?« fragt Elli zurück. »Was ist?«

Da hilft Schocker ein mächtiger Donnerschlag. Bei dem Höllenlärm kann man sowieso nichts sagen, und das gibt Schocker einen Grund, Elli zu küssen. Erst nur ein bißchen, wie zum Beschützen. Als er aber ihre Arme fester an seinem Hals spürt, ihre Hand über sein Ohr streicht, legt er los. Schocker ist selbst erstaunt, daß er das so gut hinkriegt. Dann vergißt er auch das. Alles an Elli ist weich und zärtlich anzufassen, zu streicheln. Das ist schön, unheimlich schön, so schön, daß sie beide erst aus der Laube gehen, als wirklich nichts mehr von dem Gewitter zu hören ist.

Seitdem Richy den Freund mit der Grünen beim Sommerfest
Arm in Arm davongehen sah, ist Schocker für ihn gestorben.
Aus, vorbei. Richy nahm sich vor, Schocker schlichtweg zu
vergessen. Er suchte sich auch keinen anderen Freund. Er
verließ sich auf sich selbst und fuhr nicht schlecht dabei.
Seit der Geschichte mit dem Schwulen war er nicht mehr erwischt worden, obwohl er sich längst nicht mehr mit Klei-
nigkeiten abgab. Vor drei Tagen hatte er sein erstes Moped
geklaut, war aber schlau genug, es nach ein paar saftigen
Runden wieder zu verscherbeln. Für Transistorradios und
Kassettenrekorder gab es sogar schon einen festen Abneh-
mer. Und das war Mücke zu verdanken.
»Wenn du mal was loswerden willst«, hatte der gesagt,
»dann gibste mir Bescheid.«
Erst glaubte Richy die Sache nicht. Mücke war eh ein Wich-
tigtuer. Aber eines Tages hatte Richy einen guten Zug ge-
macht und kam mit zwei Transistorradios nach Hause. Wo
konnte er die vor dem alten Piesch verstecken? »Also
Mücke«, sagte Richy, »was läuft?«
Mücke drehte sich geübt seine Zigarette und fragte nach
dem Verdienst.
»Läuft nichts«, sagte Richy.
»Hm!« antwortete Mücke und ging mit Richy quer durch die
Siedlung bis zu einer Kneipe mit Namen Grotte. Weiß der
Himmel, woher Mücke das wußte. Jedenfalls ging er durchs
Lokal zu einem Mann, der in einer Ecke saß und Kaffee
trank.
»Stell den Transistor einfach hin«, sagte Mücke. Richy
stellte das Ding hin.
»Einen schönen Gruß von Mama«, sagte Mücke und lächelte
den Mann mit großer Herzlichkeit an. Richy kam sich dumm
vor. Der Mann besah sich den Transistor von vorne und von
hinten, schüttelte ihn wie eine Uhr, ließ ihn spielen, meinte,
daß die Batterien im Arsch seien und legte fünfzehn Mark
auf den Tisch.
»Kommt nicht in Frage«, sagte Richy, worauf der Mann den

157

Transistor schweigend zurückschob und sich wieder seinem Kaffee zuwendete. Nach einer Weile schob Richy abermals den Transistor über den Tisch und der Mann die fünfzehn Mark.

»Zwei davon kriegt der da«, sagte der Mann und zeigte auf Mücke, »das ist seine Provision!«

Richy zahlte und haute ab.

»Ist das der Freund von deiner Alten?«

»Spinnst wohl, das ist mein Kennwort«, sagte Mücke.

»Und der Mann?«

»Der ist mein Freund!«

Ohne Mücke konnte Richy keine Geschäfte in der Grotte machen. Für zwei Mark war ihm das recht. Wenn er mal die richtige Ware dabeihatte, würde der Typ in der Grotte die Sache bestimmt lieber ohne Mücke abmachen.

Das Gewitter hatte auch Richy überrascht. Er kommt vorzeitig nach Hause. Die Schwüle geht ihm auf die Nerven. Wenn der Alte nicht da ist, nimmt sich Richy vor, wird er Gitarre spielen und das Fenster dabei aufmachen. Der alte Piesch ist zu Hause und nicht einmal allein. Schon von draußen kann Richy eine Weiberlache hören, laut und mit langgezogenen Tönen. Die Küche ist vollgeraucht. Es riecht nach Bier, und auf dem Tisch steht eine Flasche Likör. So etwas hat es bei Herrn Piesch noch nie gegeben. Der Alte ist angesoffen. Neben ihm sitzt eine Frau auf dem Sofa. Aber wie sieht die aus! Richy kann sich nicht beherrschen. Er geht dicht auf sie zu und starrt in ihr Gesicht. Ein blödes Gesicht. Aufgeschwemmt, glänzend, in dem wäßrige, blondbewimperte Blauaugen stecken. Wären es drei, würde sich Richy auch nicht wundern. Die Lippen rot und aufgesprungen, vielleicht auch vom alten Piesch aufgebissen. Was hier vorgeht, ist nicht zu übersehen. Herr Piesch nimmt nicht einmal die Hand aus dem Kleid der Frau. Ihr Rock ist bis zum Schenkelansatz hochgerutscht und macht ihre festen, weißen Beine frei.

158

»Das ist mein Sohn«, sagt Herr Piesch mit schwerer Zunge und läßt dabei die Frau seine Hand fühlen. Wie ein Schweinchen quiekt sie auf, klemmt die Knie und kichert mit drehendem Blick ein »Nicht doch«. Herr Piesch nimmt die Finger aus dem Stoff und klatscht ihr mit Schwung auf den Hintern.

»Hast recht«, sagt er, »Anstand muß sein!«

Die Frau zieht ihren Rock zurecht und schaltet das Radio ein. Ihre Haare sind unordentlich, und bei jeder ihrer Bewegungen schlägt Richy ein Duft von süßem Parfüm und Schweiß in die Nase.

»Wer ist denn die Dame?« fragt er den Vater.

Die Frau kichert bei dem Wort Dame und zeigt weiße, ganz kurze Zähne, wie sie Richy noch nie bei jemandem gesehen hat.

»Das ist Gerda Kiffke«, sagt Herr Piesch und schlägt auf ihre dicken Schenkel, »die wohnt ab heute bei uns, um uns den Haushalt zu machen.«

»Ist das nicht prima?« Gerda Kiffke legt den Kopf schief auf Herrn Pieschs Schulter und zeigt abermals ihre zu kurz geratenen Zähne.

In Richy geht etwas vor, das ihn stumm macht. Spucke läuft in seinem Mund zusammen, und unter seinen Armen wird ihm heiß, auch auf der Stirn. Hagelkörner und Regentropfen pochen an die Haustür.

»Schick sie weg«, sagt Richy zum Vater. »Schmeiß sie raus«, schreit er, weil der Vater aussieht, als hätte er die Worte nicht verstanden. Und weil immer noch keine Reaktion kommt, brüllt Richy: »Sie soll hier verschwinden!«

Gerde Kiffke ist beleidigt und sagt, daß sie so ein häßliches Verhalten von Herrn Pieschs Sohn nicht erwartet hättte!

»Richtig«, nickt Herr Piesch und schlägt mit der Faust auf den Tisch.

Gerda Kiffke, nun sicher geworden, sagt, daß sie ja gehen könnte.

»Du bleibst bei mir«, kommandiert Herr Piesch, bereit zu

handeln und die Gelegenheit am Schlawittchen zu packen.
Wie bei Maria wird ihn Richy nicht noch einmal ausbooten.

»Komm«, sagt er und zerrt Gerda vom Sofa, »komm in die
Stube. Richy schläft ab jetzt in der Küche.«

Blitz und Donner. Richys »Nein« geht unter, wird weder
vom Vater noch von Gerda Kiffke gehört. Decken und Kissen fliegen von der Stube her aufs Sofa. Dann knallt die Tür
zu. Der Schlüssel dreht sich im Schloß. Das Unwetter
prescht gegen die Fensterscheiben. Richy, fünfzehn Jahre,
sitzt in der Küche und heult wie ein Schloßhund.

Der nächste Tag ist ein Sonntag. Da ist in der Siedlung noch
weniger los als sonst. Aus manchen Haustüren zieht Bratenduft. Die Hungrigen schnüffeln und fluchen sich den Appetit aus der Seele. Richy hat sich schon am Morgen davongemacht. Auf ein gemeinsames Frühstück mit Gerda Kiffke
kann er verzichten. Als er die Wohnung verläßt, hat er für
die beiden keinen Bissen Brot übriggelassen und keinen
Schluck Milch für den Kaffee. Die Langeweile treibt ihn
ziellos durch die Siedlung. Mohrle ist nicht da. Unterwegs,
irgendwo in einer Stadt, wo seine Leute das Seil zum Kirchturm spannen, um mit dem Motorrad, zu Fuß oder auf den
Schultern eines anderen sich himmelwärts zu begeben, während Mohrle Musik macht. Der hat's gut.

Auf einem der Barackenwege schlendert Schocker in seinem
abgewrackten Sonntagsstaat. Macht sich wohl auf den Weg
zu den Grünen, zum Knackarsch. Richy rutscht der Rest
seiner sowieso schon miesen Laune weg. Jemanden eins
auswischen, wäre jetzt nicht schlecht. Warum nicht Schocker?

Richy hat richtig kalkuliert. Schocker holt den Knackarsch
ab. Du lieber Himmel, wie die gehen! Hand in Hand. Richy
spuckt aus. Die beiden bis in die Schrebergärten zu verfolgen, ist keine große Kunst. Am Sonntag ist bei schönem Wetter Kind und Kegel unterwegs. Richy braucht sich kaum zu
verstecken. Erst vor dem Garten der Grünen wird es schwie-

160

rig. Kein Gebüsch, keine Hecke, kein Strauch. Die beiden bleiben vor jedem Stückchen Umgegrabenen stehen, als wollten sie ihr Wohnzimmer darauf einrichten. Was es da schon zu bequatschen gibt! Richy geht das auf die Nerven. Jetzt machen sie sich ans Aufräumen der Laube, tragen Gegenstände raus und rein, fegen, und der Knackarsch wischt den Boden auf. Schocker klopft auf einem Sofa herum, bis die Nachbarn sich über den Staub beschweren, der auf den mitgebrachten Kuchen zutreibt. Schocker schiebt das Sofa wieder in die Laube. Der Knackarsch windet das Scheuertuch aus, hängt es über das Geländer. Damit hat die Geschäftigkeit ein Ende. Keiner von beiden kommt wieder heraus.

Die Nachbarn haben ihren Kuchen aufgegessen. Die Kinder spielen Federball, der Vater liest Bild am Sonntag, und die Mutter wäscht unterm Gartenschlauch notdürftig das Gröbste vom Geschirr. Später macht sie sich ans Jäten. Die Laubentür der Grünen bleibt zu. Richy hat sich schon halb und halb entschlossen, den Rückzug anzutreten, als ihm sein Vater und Gerda Kiffke einfallen, nur eben so. Ob die sich da drinnen wohl auch aneinandermachen?

Richy schleicht über das Frischgeharkte, Schockers Fußspuren nach bis zur Laube. Hier bleibt er durch die Hecken der Nachbargärten unbeobachtet. Richy legt das Ohr an die Holzwand. Nichts zu hören. Bis zum Fensterchen sind es zwei Schritte. Es geht darum, leise zu sein, unhörbar, dann wird er durch das Glas sehen, was Sache ist. Ein, zwei lautlose Schritte. Richy reißt die Augen auf. Der Knackarsch ist splitterfasernackt, und Schocker hat auch nichts an. Sie liegen ganz dicht zusammen, die Gesichter einander zugewandt, die Augen zu. Würden sie sich nicht streicheln, könnte man meinen, sie pennen. Die Hände vom Knackarsch rutschen von Schockers Haaren abwärts über den Rücken, ganz leicht rauf und runter. Dazwischen küßt sie Schocker mal hier, mal dorthin. Einmal erwischt sie seine Nase, einmal sein Ohr oder seinen Hals. Es regnet geradezu Küsse auf

161

Schocker. Richy drückt sein Gesicht fest gegen die Scheibe,
um nichts zu verpassen. Wieso ist dieser Knackarsch mit
dem blöden Schocker so zärtlich? Richy kapiert es nicht und
spürt einen Neid in sich aufsteigen, der von Sekunde zu
Sekunde schlimmer wird und irgendwo in seinem Körper
schmerzt. Schocker hat den Knackarsch an sich herange-
drückt, als wollte er sie an sich festkleben. Seine Arme sind
so um sie herumgewickelt, daß Richy Schockers Hände
überhaupt nicht sehen kann. Kein Wunder, daß die beiden
die Laubentür zugemacht haben. Einen Dritten können sie
wohl nicht gebrauchen. Eine heiße Wut bringt Richy um alle
Vorsicht, und plötzlich rutscht ihm der Fuß weg.
Schocker und Elli öffnen die Augen. Richys grinsendes Gesicht füllt fast das ganze Fensterchen aus. Und dann ein
Schlag, Richys Faust fährt durch das Glas, zertrümmert es,
daß die Scherben nur so durch die Laube fliegen. Auch auf
Ellis nackten Körper. Die schreit. Schocker springt hoch,
weiß im Gesicht.
»Macht doch weiter«, blödelt Richy, »ist viel besser als im
Kino und noch dazu umsonst!«
Schocker wirft den nächstbesten Gegenstand nach ihm, ein
verdrecktes Bierglas. »Verdammter Spanner!«
Richy bückt sich, ist weg. Das Glas fliegt unbemerkt durchs
Gesträuch bis ins Nebengrundstück, zum Frischgespülten
der Nachbarin. Als Schocker seine Hosen übergezogen hat
und vor der Laube erscheint, ist Richy längst fort. Zurück-
geblieben sind seine Spuren. Beet für Beet ist zertrampelt.
Ein paar der weißgekalkten Steine sind aus dem Kreis geris-
sen und im Garten zerstreut.
Schnell ist Richy zu Hause, vom Schrebergarten zur Siedlung durchgetrabt. Schweiß tropft ihm von der Stirn auf den
Fußboden. Sein Atem treibt pfeifend Lungen und Brustkorb
auf und ab. Vor den Augen flirren blaue und rote Pünkt-
chen.
»Mein Gott«, kreischt Gerda Kiffke, »wie sieht der aus!«
Sie rekelt sich schon wieder auf dem Sofa herum, den Rock

viel zu hoch, aber diesmal aus Versehen. Ihre Haare sind filzig. In ihrem speckigen Gesicht hängt eine Zigarette. Auf dem Tisch stehen noch immer die Bierflaschen von gestern abend. Die Sardinenbüchse ist bis zum Rand voll Kippen. Es stinkt, wie es bei Pieschs noch nie gestunken hat. Herr Piesch steht mit nacktem Oberkörper am Spülstein. Sein Gesicht ist verquollen. Da hilft kein kaltes Wasser. Rechts und links der Schulterblätter sieht Richy Kratzspuren auf dem Rücken des Vaters.

»Die muß hier weg«, sagt Richy, nachdem er wieder Luft schnappen kann, und zeigt auf Gerda Kiffke. Herr Piesch trocknet sich ab, fährt mit der Hand über das Gesicht, überlegt, ob er sich rasieren soll.

»Die muß hier weg, Vater«, sagt Richy, diesmal so deutlich, daß Herr Piesch darauf reagieren muß.

»Unverschämtheit«, plärrt Gerda Kiffke, »wie kommt'n der zu so was?«

»Halt dich raus«, sagt Herr Piesch, hängt das Handtuch auf und zieht sein Hemd über den Kopf. Alles ziemlich langsam. Schließlich muß er sich überlegen, was er dem Jungen sagt.

»Sie bleibt hier«, antwortet Herr Piesch, »denn das bestimme immer noch ich, verstanden?«

»Wenn die bleibt, mach' ich die Flatter. Dann bin ich weg, ein für allemal!«

Herr Piesch ist geduldiger als sonst, das merkt auch Richy. Normalerweise hätte der Alte mit Prügel gedroht. Heute nicht. Wirklich, man könnte meinen, er will die Sache in Frieden zu Ende bringen.

»Gerda Kiffke bleibt«, sagt er noch mal, »wir brauchen hier eine Frau, die Ordnung macht!«

»Die und Ordnung«, höhnt Richy, »sieh dir doch die Drecksau an, auf der du die ganze Nacht herumgerutscht bist!«

Jetzt ist es draußen. Endlich. Und weil es draußen ist, kann Richy unbekümmert weiterreden: »Ist das für dich Ordnung?«

163

Er knallt die mit Asche gefüllte Sardinenbüchse auf den Boden, zerrt das Wachstuch weg, daß die Bierflaschen wie Kegel umfallen und durch die Küche kullern.
»Du bist nichts weiter als ein geiler Bock, der's mit jeder
macht, und wenn sie nicht alle Tassen im Schrank hat.« Richy grinst zu Gerda Kiffke rüber, schneidet eine Grimasse
und schielt, als müßte er das, was er da sagt, bekräftigen.
Der alte Piesch springt mit einem Satz auf, holt im Sprung
aus, trifft Richy voll ins Gesicht und denkt, der kippt um wie
ein Brett, mit dem Hinterkopf gegen den Schrank, so ein
Schlag ist das. Aber Richy kippt nicht, taumelt nur und
kann ein paar Sekunden nicht richtig sehen. Alles dreht
sich, zuoberst Gerda Kiffke, die den Mund aufreißt, ohne
daß ein Schrei herauskommt. Herr Piesch lockert seinen
Arm, bewegt die Finger. So ein Bürschchen, denkt er, kann
den eigenen Vater nicht beleidigen. Wenn jetzt keine Tracht
Prügel an der Reihe ist, dann war noch nie eine fällig.
Weiter denkt Herr Piesch nicht, denn jetzt kriegt er seiner-
seits eine in die Fresse. Nicht nur eine, sondern zwei hinter-
einander. Richy brüllt wie ein Stier, schlägt und schlägt.
Trifft den Alten in den Magen, in die Lebergegend und zum
Schluß noch einmal ins Gesicht. Was er dabei brüllt, ist nicht
zu verstehen. Flüche und Schimpfworte, von denen Gerda
Kiffke nur immer wieder Bock und Schwein versteht.
Herr Piesch hat Mühe, auf den Beinen zu bleiben. In keinem
Fall gelingt es ihm, Richy zu fassen oder ihn gar mit einem
Schlag fertigzumachen. Der Junge ist einfach zu schnell und
zeigt eine Kraft, die dem Alten unbegreiflich ist. Lange wird
er nicht mehr durchhalten, das spürt er. Die Nase blutet
ihm, und eine böse Übelkeit wird in seinem Magen breit.
Schwindel überkommt ihn. »Hör auf Junge«, stöhnt er und
hält den Arm vors Gesicht, »hör auf!«
Kein Schlag mehr, kein Fluch. Still steht Richy und sieht zu,
wie der Vater sich das Blut abwischt. Richys Augen sind
blind vor Tränen, obwohl ihm nichts weh tut. Nur weg hier.
Um den Nachbarn, die den Krach mitbekommen haben,

nicht zu begegnen, rutscht er vom Laubengang die Säule abwärts, läuft davon. Er wird sich überlegen müssen, wo er die kommenden Nächte schlafen kann.

Elli hat recht gehabt. Frau Grün war von Schockers Einsatz im Schrebergarten überzeugt. »Ich werd' dir Arbeit besorgen«, sagte sie und vermittelte Schocker durch ihre Arbeitskollegin in einer Autowerkstatt einen Job. Wenn er sich gut macht, so hieß es, würde er zum Herbst in die Lehre genommen. Aussichten also, mit denen Schocker nicht gerechnet hatte. Jetzt wußte er genau: eines Tages würde er Fernfahrer werden und wie Mario, Brems Tierleben und Jan aus Rotterdam durch die Welt fahren. Blumen, Sammelgut, Schokolade, Telefonanlagen, Bettfedern, denn es gibt nichts, was nicht mit einem Laster transportiert werden kann.
Schocker beeindruckten die unvorhergesehenen Berufschancen so stark, daß er Richy und dessen Verhalten nicht gerade vergaß, aber keine Zeit mehr für eine Abrechnung mit ihm fand.
»Wozu?« hatte noch dazu Elli gefragt. »Ich will nicht mehr daran denken. Für mich ist Richy erledigt.«
Bei nächster Gelegenheit harkten beide die Beete wieder auf, legten die Steine ordentlich hin, kitteten die Glasscheibe neu ein und baten die Grünen zur Besichtigung. Wie ehemals bei den Nachbarn gab es mitgebrachten Kuchen. Leben kam in die sauber geputzte Laube, vor der Frau Grün breit und gewaltig auf einem wackeligen Sessel in der Sonne saß. Nur Herr Grün war zu Hause geblieben, froh, die Familie los zu sein, und froh, nun nicht mehr für den Garten verantwortlich sein zu müssen.

Schocker kam nur noch zum Schlafen nach Hause, sprach nach wie vor nicht, streichelte höchstens Fritzchen über das Haar und schob dessen Bett auf den Platz. Denn Fritzchen schlug nächtens immer noch mit den Armen und seinem Kopf von rechts nach links und setzte damit das kleine Gitterbett in Bewegung. Charli hatte es aufgegeben, sich mit Schocker anzulegen, wie auch der Rest der Warga-Bande keinen Spaß mehr daran fand, dem Stiefbruder eins auszuwischen. Agnes nannte ihn hin und wieder Herr Grün. Kein Erfolg. Schocker ließ sich nicht ärgern, blieb immer gleich nichtssagend, bis sich alle daran gewöhnten, auch die Mutter. Um so mehr erschrak Frau Schock, als ihr Sohn eines Tages am späten Vormittag die Küche betrat und sagte, er müsse mit ihr reden.

»Jesusmaria.«

Während sie sich setzte, rollte Herr Warga aus seiner Ecke hervor. Sein Gesicht war in letzter Zeit noch aufgedunsener, seine Bewegungen fahriger. Oft fuchtelte er sinnlos mit den Armen herum und gab erst Ruhe, wenn ihm eines seiner Kinder oder auch Frau Schock eine Bierflasche in die Hand drückten. »Ich hab' Arbeit«, sagte Schocker und bemühte sich, seiner Stimme Gleichgültigkeit zu geben.

»Wirklich?« Frau Schock seufzte eine Erleichterung aus, die keineswegs nur ihr selbst galt. Schließlich ist es der Wunsch einer jeden Mutter, daß ihr Sohn etwas wird. Sie legte sich Worte der Anerkennung zurecht.

»Frau Grün hat mir die Stelle besorgt, und im Herbst werd' ich in die Lehre übernommen!« fuhr Schocker fort.

Die Mutter schluckte die zurechtgelegten Worte der Anerkennung wieder runter. Nicht nur, daß die Grünen ihr den Ältesten mit Mahlzeiten ausspannten. Jetzt wird sich die Grüne auch noch brüsten, Schocker Arbeit besorgt zu haben. »Was für eine?« fragte Frau Schock in abfälligem Tonfall, obwohl sie noch nichts wußte.

»Autoschlosser.«

»Wo?« fragte Herr Warga aus seiner Ecke.

»In der Weststadt!«

»Am anderen Ende der Stadt? Konntste nichts hier in der Gegend finden? Wer soll denn das Fahrgeld bezahlen?« fragte Herr Warga weiter, ohne Antwort zu erhalten.

»Was wirste verdienen?« Frau Schocks Stimme ließ Unfreundliches vermuten. Schocker wußte das, hatte es nicht anders erwartet.

»Um die sieben Mark pro Stunde, ohne Abzüge.«

Frau Schock rechnete mit verkniffenen Mundwinkeln. Herr Warga rechnete auch, rechnete schneller.

»Zwei Mark pro Nacht für deine Schlafstelle unter meinem Dach, oder du siehst dich woanders um!«

Schocker sah seine Mutter an. Er hatte geglaubt, mit einer Mark für ein halbes Bett neben dem fetten Charli wegzukommen. Und wenn er ganz ehrlich war, hatte er gehofft, gar nichts bezahlen zu müssen, da er außer diesem halben Bett nichts in Anspruch nahm.

»Wenn Herr Warga das so meint«, sagte Frau Schock, »dann wird es seine Richtigkeit haben!«

»Meinst du?« fragte Schocker. »Meinst du das ehrlich?«

Frau Schock meinte es nicht ehrlich. Aber das sagte sie nicht. Wut und Eifersucht auf die Grüne nahmen ihr den letzten Rest eigener Entschlußkraft. »Wenn dich die Grünen durchfüttern und die Arbeit besorgen, kannste ja gleich zu denen ziehen. Bei uns herrscht Ordnung und Sitte. Wer verdient, der zahlt!«

Schocker stand auf, rechnete nun seinerseits und überlegte, was er Ellis Mutter für Frühstück und Abendbrot in Zahlung geben sollte, während er sich mittags auf der Arbeitsstelle etwas zu essen kaufen müßte. Er kam nicht weit, was übrigblieb, war nichts außer der Hoffnung, eine Lehrstelle zu bekommen. Schocker ging an den einzigen Kleiderschrank der Familie, öffnete ihn und angelte sich Herrn Wargas Arbeitsanzüge heraus. Drei an der Zahl.

»Meine Blauen bleiben hier«, quakte Herr Warga auch schon los, rollte auf Schocker zu, um ihm die Overalls wegzunehmen: »Das sind meine Arbeitsanzüge!«

Schocker faltete die Overalls auseinander, ließ die Hosenbeine vor Herrn Warga hin und her baumeln, ging immer dichter auf ihn zu, bis der Stoff Herrn Wargas Gesicht berührte. Das Schlimmste dabei war, daß Schocker lachte.

Noch nie hatte er Herrn Warga ausgelacht, noch nie. Aber jetzt war es soweit, und Schockers Gekicher klang so gemein, daß Frau Schocker zu jammern anfing.

»Schocker«, sagte sie tränenheiser, »Schocker, sei doch vernünftig!«

Darauf ging er weg, die drei Arbeitsanzüge sauber zusammengefaltet über dem Arm.

Die Werkstatt ist klein. Außer dem Meister und seiner Frau, die Rechnungen kassiert und die Buchführung macht, ist noch Peter Wuttge da. Er ist einen Monat vor Schocker eingestellt worden und hat auch die Absicht, eine Autoschlosserlehre zu machen. Will sich den Laden aber erst einmal ansehen, wie er sagt, und ist rundherum ein Angeber. Sein Vater, sagt Peter Wuttge gleich am ersten Arbeitstag, sei vom Chef ein jahrelanger Kunde. Schrotthändler.

»Und was ist dein Vater?« will Peter Wuttge wissen.

Schocker erschrickt. Auf die Frage ist er nicht vorbereitet.

»Tot«, sagt er: »Mein Vater ist lange tot!«

»Und wo wohnste?« bohrt Wuttge weiter.

»Im Tierasyl.«

Schocker macht sich an die ihm zugewiesene Arbeit, ein Auto von innen reinigen. Herrn Wargas Blauer ist zu groß und zu weit. Elli will am Wochenende Abnäher reinmachen. Peter Wuttge darf bereits abschmieren. Liegt unterm Wagen oder steht in der Grube und pumpt Schmiernippel voll Fett. Später muß Schocker für den Chef und Peter Wuttge Brötchen holen, muß zusehen, wie die kauen, und sagt, daß er keinen Hunger hätte. Frühstück und Mittag kann Schocker sich nicht leisten. Nur immer eins von beiden, denn Schocker will sparen. Kurz gerechnet sieht das so aus: Sein wöchentlicher Lohn beträgt mit Abzügen 220,– Mark. Davon muß er wohl oder übel 14,– Mark Schlafgeld an Herrn Warga zahlen, und 50,– Mark zahlt er Frau Grün fürs Essen. Da bleiben ihm ganze 156,– Mark. Damit zahlt er Fahrgeld, Mittag, Zigaretten und Klamotten. Am ersten Zahltag erscheint das Schocker gewaltig viel. Am zweiten Zahltag nicht mehr, denn er hatte nichts gespart, und am dritten Zahltag war auch nichts übriggeblieben. Deshalb stellt Schocker sein Leben um, hört mit dem Rauchen auf und stellt das Frühstück ein. Arbeitet statt dessen, was Peter Wuttge für eine Arschkriecherei hält.

Richy war eine ganze Zeitlang nicht zu Hause. Kein Mensch weiß genau, wo er schläft. Seine Gitarre hat er Herrn Adam zum Aufbewahren gebracht.

»Warum?« fragt Adam.

»Darum«, sagt Richy, greift nach dem Instrument und will wieder abhauen.

»Die Polizei sucht dich. Warum gehst du nicht hin, wenn du einbestellt wirst? Eines Tages schnappen sie dich!«

»Das geht Sie nichts an!« Richy zieht den Inhalt seiner Nase hoch, rülpst. Seine Haare sind seit drei Tagen nicht gekämmt, seine Lederjacke ist dreckig, seine Hose zerrissen.

»Wenn du willst«, sagt Adam langsam, »komm ich mit dir zu deinem Vater. Du solltest sehen, daß du mit ihm klarkommst, sonst ...«

»...komm ich in ein Heim«, unterbricht ihn Richy in lächerlichem Tonfall: »Ganz was Neues!«

»Vielleicht ist ein Heim gar nicht das Schlechteste für dich.«

Herr Adam ist ärgerlich. Richy hat ihm das Wort aus dem Mund genommen. Und im gleichen Augenblick weiß Adam, daß Richy freiwillig keine vierundzwanzig Stunden in einem Heim bleiben würde. Zehnmal hinbringen hieße für Richy zehnmal abhauen. Also brauchte man es ihm gar nicht erst anzubieten. Was aber dann? Bleibt also ein Schweigen zwischen ihnen, das Adam immer mehr verunsichert.

»Scheiße«, sagt er plötzlich, »ich könnte dir in den Arsch treten!«

»Ja«, nickt Richy , »ich Ihnen auch!«

Mehr ist nicht zu sagen, und Richy macht sich auf zu gehen, da kommt Frau Köpping herein.

169

»Na, du?« Sonst hat sie keine Frage, sieht ihn auch nicht besonders neugierig an, stellt nicht einmal fest, daß er dreckig ist, vielleicht stinkt. Richy ist unschlüssig.

»Sie haben mich wohl ganz und gar abgeschrieben, was?« Er streckt sein Kinn vor, grinst.

»Ach Richy«, lacht Marion Köpping, »du schreibst dich doch selbst ab. Ich bin nicht für dich verantwortlich!«

Sie wendet sich Adam zu, redet etwas von einem Telefonat, von einem Arbeitskreis und der nächsten Dienstbesprechung. Richy bekommt den Inhalt nicht mit. Adam reagiert wortkarg. Seiner Meinung nach müssen diese dienstlichen Dinge nicht in einem Augenblick besprochen werden, wo Richy Piesch die Sozialstation aufsucht.

So unbeachtet gelassen, hält Richy es nicht lange aus.

»Wer ist denn für mich verantwortlich?« quatscht er dazwischen und muß zu seiner Wut abwarten, bis Frau Köpping ihre Angelegenheit mit Adam besprochen hat.

»Du oder dein Vater, denke ich!« sagt sie.

»Mein Vater?« brüllt Richy, »der kann mich mal!«

»Also dann eben du!«

Marion Köpping sammelt Papiere, nimmt ein paar Akten, tut so, als wollte sie aus dem Zimmer gehen, wäre vielleicht auch gegangen, wenn Richy ihr nicht den Weg verstellte.

»Wollen Sie mich nicht auch in ein Heim stecken?«

Marion Köpping verneint.

»Und warum nicht?«

»Weil du sofort abhauen würdest. Das kostet uns nur Geld und Zeit!«

»Was soll ich denn machen?«

»Ich glaube«, sagt Marion Köpping, »ich wüßte es auch nicht genau, wenn ich an deiner Stelle wäre!«

Endlich legt sie ihren Schreibkram ab und setzt sich hin. Auch Richy setzt sich. Geduldig wartet er, sieht sie an, ohne Grinsen und mit einer ordentlichen Portion Hoffnung. Das macht Marion Köpping zu schaffen.

»Du solltest es wenigstens versuchen, Richy!«

»Was?«

»Mit deinem Vater zu reden. Die ganze Siedlung weiß, daß du ihn geschlagen hast. Er wird damit nicht fertig. Er säuft mehr als früher!«

»Solange die Frau da ist, geh ich nicht nach Hause! Hat die's rumerzählt?«

»Ich könnt's mir vorstellen. Aber du warst es, der geschlagen hat. Überleg dir das mal!«

Nicht viel später schleicht Richy um die väterliche Wohnung. Fenster und Tür sind zu, das kann er von unten sehen. Vielleicht ist niemand zu Hause, vielleicht ist nur der Vater da, vielleicht auch nur Gerda Kiffke? Richy denkt und denkt. Die Köpping hat recht, dem Alten ist es bestimmt schwer an die Nieren gegangen, daß er von seinem Sohn eins in die Fresse bekommen hat. Wenn die Kiffke damit aus dem Haus geschafft würde, ließe sich Richy sogar vom Alten vermöbeln. Wurst wider Wurst. Er schlurft langsam die Treppe zum Laubengang herauf bis vor die Wohnung. Die Tür ist offen. In der Küche räkelt sich Gerda Kiffke und hat nur einen Unterrock an. Es stinkt nach Bier und Zigaretten. Von Ordnung keine Spur.

»Was willst'n du?« fragt Gerda Kiffke schnippisch und stemmt die Arme in die Hüften.

»Wo ist mein Vater?«

Gerda Kiffke nickt zur Stubentür.

»Besoffen«, sagt sie, »stark besoffen!«

Der alte Piesch liegt im Bett, so wie er ist, in Hose, Hemd und Schuhen. Wahrscheinlich hat er schon die ganze Nacht so dagelegen. Sein Kopf ist seitlich abgeknickt, liegt neben dem schmuddeligen Kissen. Der Mund ist offen. Unterhalb des Bettes liegt Erbrochenes. Der Atem rasselt. Hin und wieder bildet sich zwischen den Lippen eine weißliche Blase, bläht sich auf, platzt.

»Vater«, sagt Richy, ohne daß der Alte sich rührt, »ich bin's, Richy!«

171

Nichts. Richy rüttelt den Vater an den Schultern, schüttelt
ihn. Endlich öffnet der Alte die Augen. Mühsam heben sich
die Lider von seinen Augäpfeln und geben seinen Blick frei.
Lange muß Herr Piesch überlegen, wen er vor sich hat, und
es dauert auch eine Weile, bis er die Worte herausbekommt,
die ihm zu seinem Sohn einfallen.
»Verdammter Zigeuner«, lallt er Silbe für Silbe, »geh dahin,
wo du hergekommen bist. Laß dich hier nicht mehr blik-
ken!« Erschöpft fällt er wieder zurück, wieder neben das
Kissen, legt sich seitlich, den Arm über das Gesicht geschoben.
»Verdammter Zigeuner«, brabbelt er noch einmal, dann
überholt ihn der Schlaf.
Hier gibt es nichts zu versuchen. Kein Gespräch ist zu erwarten, auch keine Prügel einzustecken. Hier gibt es nur
einen bis oben hin abgefüllten Piesch mit Kotze vorm Bett
und eingepißter Hose.
Gerda Kiffke hat es nicht mal für nötig gehalten, sich eine
Kittelschürze überzuziehen. Steht immer noch schlampig
herum. Ihr Körpergeruch ist bis zur Stubentür hin zu riechen.
»Mit dem ist nichts los. Das hätt' ich wissen sollen.«
Sie streicht über ihren dicken Hintern, als wäre der etwas
Besonderes. Richy will gehen, ein für allemal, aber plötzlich
kann er das nicht mehr. Er muß Gerda Kiffke in ihrem Unterrock anstarren. Diese fette Sau, die über Vater und Sohn
in der Siedlung herumquatscht und nicht einmal zu Herrn
Piesch hält, obwohl sie von ihm lebt. Richy spürt ein Verlan-
gen, auf die Frau zuzugehen und ihr den Unterrock zu zer-
reißen. Von oben nach unten. Der Wunsch muß wohl in seinem Blick liegen, denn Gerda Kiffke zieht den Mund über
ihre kurzen Zähne und bekommt Angst.
»Was willst'n du von mir?«
»Das wirste schon sehen«, zischt Richy. Er bewegt sich wie
ein Panther. Kein Schritt ist von ihm zu hören. Er springt
förmlich auf Gerda Kiffke zu, aber von hinten. Darauf war

172

sie nicht gefaßt. Sie quietscht. Macht nichts. Richy umklammert mit seinen Knien ihren wabbeligen Hintern, reißt ihren Unterrock hoch, fährt mit der Hand vorn in ihre Hosen und faßt zu. Jetzt quietscht Gerda Kiffke nicht mehr, sie schreit. Richy hat sie zwischen den Beinen zu packen gekriegt und rupft an ihr herum wie an einem geschlachteten Huhn.

»Biste verrückt?« heult sie auf, ganz dumm vor Schmerz. Richy ist hellwach und eiskalt. »Ich stech dich ab, du Sau!« Er nimmt seine Hand von ihrer Hose und knallt sie ihr ins Gesicht.

»Ich stech dich ab!«

»Hilfe«, schreit Gerda Kiffke, so laut sie kann. »Hilfe – Mörder!«

Richy nimmt seine Jacke und geht.

»Was is'n los?« fragt die Nachbarin vor der Tür.

»Der Alte knöpft sich die Kiffke vor, was soll'n da schon los sein!«

»Armer Junge«, sagt die Nachbarin und nickt Richy bedächtig nach, »mit der haste auch keine neue Mutter gekriegt!«

Richy gleitet am Laubengangpfosten abwärts, hört zwar noch Gerda Kiffkes Stimme, dreht sich aber nicht um, rennt auch nicht sonderlich. Die Nachbarin wird der Kiffke nie glauben, was eben vorgefallen ist.

Am folgenden Tag geht Herr Piesch in Begleitung von Gerda Kiffke zur Polizei und erstattet gegen seinen Sohn Anzeige. In der Vernehmungsniederschrift steht folgendes:

Mein Sohn schläft seit Wochen nicht mehr in meiner Wohnung, sondern in Kellern oder bei den Zigeunern, die er gegen mich aufhetzt. In meiner Abwesenheit hat er Gerda Kiffke, die in häuslicher Gemeinschaft mit mir lebt, in sittlicher Hinsicht belästigt und sie bedroht, er werde sie abstechen. Ferner möchte ich angeben, daß gegen meinen Sohn mehrere Strafanzeigen laufen, über die ich nicht informiert bin, da er nicht bei mir wohnt. Ich werde morgen früh beim

173

Vormundschaftsgericht vorsprechen, um meinen Sohn in ein Heim einweisen zu lassen, da er schwer erziehbar ist.

Dem Schlußvermerk des Polizeiwachtmeisters ist weiter zu entnehmen:

Es ist bekannt, daß der Beschuldigte grundsätzlich den Einbestellungen der Polizei keine Folge leistet. Auch durch den Streifendienst, der den Beschuldigten in dessen Wohngebiet angetroffen hat, wurde er einbestellt, jedoch ebenfalls ergebnislos. Der Beschuldigte streunt nach wie vor in seiner Wohngegend umher und nächtigt in Kellern oder bei den Zigeunern. Zahlreiche Straftaten, die ihm zur Last gelegt wurden, konnten von hieraus nicht abschließend bearbeitet werden, weil der Beschuldigte zur Sache nicht gehört werden konnte. Erzieherische Einflüsse hat der Vater auf seinen Sohn schon lange nicht mehr. Bei dem Beschuldigten besteht die Gefahr einer vollständigen Verwahrlosung. Obwohl er schulpflichtig ist, hat er seit etwa sechs Monaten keine Schule besucht. Da er auch von seinem Vater nicht mehr unterstützt wird, bestreitet er seinen Lebensunterhalt zum großen Teil mit strafbaren Handlungen.

Jetzt ist es soweit: Schocker hofft, seine Lehrstelle zu bekommen. Dann wird der Verdienst zwar geringer, aber die Sache bekommt Hand und Fuß. Das will Schocker in Kauf nehmen, wie er jede miese Arbeit in Kauf genommen hat, was man von Peter Wuttge nicht behaupten kann. Wenn's darum geht, einen Motor zu reinigen, Teile auszubauen und mit Waschbenzin von Öl und Schmutz zu säubern, ist Peter Wuttge einfach nicht da, liegt unterm Wagen und brummt etwas von Abschmieren. Auch zieht Peter Wuttge lieber elektrische Kabel nach Tabelle durch den Wagen, drückt sie säuberlich in die Ecken, als einen Motor zu reinigen. Und genauso verhält er sich, wenn Kühlrippen oder Anker gewaschen werden müssen, und das hat seinen Grund. Waschbenzin beißt die Haut weg, brennt und frißt sich ins Fleisch, daß man heulen könnte. Peter Wuttge, der vier Wochen eher als

174

Schocker anfing, hatte das schnell raus. Die Dreckarbeit bleibt auf Schocker, und der ist blöd genug, sie zu machen. In letzter Zeit hat der Chef hin und wieder die Bemerkung fallenlassen, daß er nur einen Lehrling einstellen wird. »Die Zeiten...«, äußerte er erklärend, aber nicht, wer von beiden die Lehrstelle bekommen soll. Schocker konnte beobachten, daß Peters Vater öfter in der Werkstatt erschien und mit dem Chef Geschäfte machte, die außerordentlich gut waren. Hin und wieder durfte auch Peter Wuttge eher nach Hause gehen.

»Bist ein braver Junge«, sagte dann der Chef zu Schocker, stellte ihm noch einen Anker oder ähnliche Dreckarbeit hin. »Man will gar nicht glauben, daß du aus der Siedlung bist!« und überließ damit Schockers kaputte Hände dem Waschbenzin. Wenn ich ihm meine Zuverlässigkeit beweise, sagt sich Schocker, wird er mich nehmen. Peter Wuttge, das mußten Chef und Chefin sehen, war und blieb ein Drückeberger. Lediglich die guten Geschäfte des Herrn Wuttge machten Schocker Sorgen.

Bei den Grünen erwähnte er nichts davon. Im Gegenteil. Er verkündete, daß es sich nur noch um Tage handelte, und er hätte seinen Lehrvertrag in der Tasche. Elli holte dann Salbe und verband ihm die zerfressenen Hautstellen.

»Wenn du Lehrling bist«, sagte sie, »wird Peter Wuttge die miese Arbeit machen müssen, paß auf!«

Schocker paßte auf.

Heute, am Monatsende und Zahltag zugleich, fällt die Entscheidung. Schocker oder Peter Wuttge. Der trägt zur Feier des Tages einen frisch gewaschenen Blauen, der gegen Schockers immer noch zu großen und zudem von der Arbeit einer Woche stark verschmutzten Overall mächtig absticht. Schocker spürt heute auf seinen Händen weder Öl noch Dreck, noch Waschbenzin. Die beiden Jungen sprechen nicht miteinander. Einzige Unterhaltung bleibt Peter Wuttges Transistorradio.

Gegen Mittag wird Schocker ins Büro gerufen. Endlich. Er

geht an Peter Wuttge vorbei und sagt: »Ich muß zum Chef!«

»Dann geh mal«, lacht der, und Schocker denkt, daß der für heute das letzte Mal gelacht hat.

»So«, sagt der Chef und läßt Schocker eine Weile stehen. Schocker wartet. Das ist immer noch angenehmer, als die Wachsschicht von dem neu angekommenen Wagen abzuwaschen. Selbst das chemische Zusatzmittel in der Waschlauge brennt auf den Händen. Eigentlich müßte er zum Arzt, aber der würde ihn nur krank schreiben.

»Ach ja«, sagt der Chef, »dir wollte ich ja Bescheid sagen!« Schocker wechselt die Haltung, stellt sich lässiger hin als zuvor.

»Die Lehrstelle bekommt Peter Wuttge!«

Der Chef sagt das ohne Aufhebens, mehr als Selbstverständlichkeit und so, als hätte Schocker nie zur Debatte gestanden. Dem wächt der Hals zu. Der Mund wird ihm trocken, die Hände kalt. Sein ganzer Körper funktioniert falsch, auch das Hirn. Plötzlich nimmt Schocker die Einrichtung des Büros wahr. Sieht Dinge, die er noch nie gesehen hat. Einen Kalender, zwei an die Kasse geklebte Ansichtspostkarten, eine Frankreichlandkarte hinter Glas. Wieso Frankreich? Der Wuttge, immer wieder kommt Schocker nur der Name hoch. Dann hört er sich fragen: »Warum?« Seine Stimme ist zu hoch geraten.

»Mein Gott, warum, Junge! Du stellst Fragen«, lächelt der Chef geduldig, »die Zeiten sind schlecht. Ich kann mir keine zwei Lehrlinge leisten. Solange genug Arbeit für zwei da ist, bleibst du selbstverständlich bei uns!«

»Und warum Wuttge, warum nicht ich?«

»Er hat vor dir angefangen. Mir wäre es egal gewesen. Ihr seid mir beide recht.«

Der Chef faltet eine Zeitung auseinander, liest. Schocker bleibt stur, hat jetzt auch wieder alle fünf Sinne beieinander.

»Ist es, weil ich aus der Siedlung bin?«

»Jetzt aber Schluß! So einen Unsinn will ich in meiner
Werkstatt nicht hören. Vorurteile gibt's bei mir nicht, merk
dir das. Es steht dir ja jederzeit frei, woanders eine Lehrstelle anzutreten!«

Schocker weiß Bescheid. Der Chef wird ihm seine Frage nie
beantworten, redet sich ohne große Anstrengung heraus, wie
sich alle Arbeitgeber und Personalchefs herausreden. Peter
Wuttge hat also alles schon vorher gewußt, hat deswegen
heute den frischgewaschenen Blauen an und grinst jetzt
blöd zu Schocker herüber. Peter Wuttge ist verlegen und
deshalb froh, daß Schocker ihn gar nicht erst ansieht. Kurz
vor Feierabend kommt Herr Wuttge und bringt eine Flasche
Chantré mit.

»Ich denke, Ihre Entscheidung ist richtig«, sagt er zum Chef
und öffnet die Flasche, »abgesehen von unseren guten Ge-
schäftsbeziehungen, weiß man schließlich aus Erfahrung,
wo Zuverlässigkeit zu erwarten ist und wo nicht!«

Der Chef seufzt Zustimmung, gibt aber zu, daß Schocker ein
guter Arbeiter ist. Dann wird Peter Wuttge ins Büro geholt,
um auf den Abschluß seines Lehrvertrages einen mitzutrin-
ken. Es bleibt nicht bei dem einen. Schocker kann von der
Werkstatt her das Gelächter hören.

Bei den Grünen sitzt die gesamte Familie um den Tisch. Man
hat auf Schocker gewartet, auf seine Nachricht, daß er ab
heute Lehrling ist und kein Hilfsarbeiter mehr. Elli hat Blumen auf den Tisch gestellt. Franz Grün hingegen überlegt,
ob er sich nicht ab heute mit Schocker gutstellen soll. In
einer Autowerkstatt fällt immer mal etwas Brauchbares ab.
Die anderen Geschwister sind mehr aufs Essen aus. Frau
Grün hat einen Pudding gemacht. Schokolade mit Sahne-
Fit.

»Wie du aussiehst«, sagt Elli, als Schocker die Grünsche Küche betritt. »Dir ist wohl die Lehrstelle in den Kopf gestiegen, was?«

Alle lachen. Frau Grün stellt Töpfe auf den Tisch und legt

ihren Arm um Schocker, wie sie es nur tut, wenn sie's besonders gut meint.

»Na ja, ist ja auch was, wenn von unsereinem hier jemand
eine Lehre kriegt!«

»Zeig mal«, sagt Franz.

»Was?«

»Den Vertrag. Wir wollen ihn sehen. Vielleicht stimmt's gar
nicht!«

Einen Atemzug lang Stillschweigen. Ellis Augen werden
murmelrund. Ihr Lächeln friert ein. Nichts bewegt sich in
ihrem Gesicht, alles wie im Schreck festgezogen. Alle Grünen beugen sich vor, um Schocker besser zu sehen.

»Na, das wär' was«, sagt Frau Grün. Mitten im Schritt vom
Ofen zum Tisch hält sie an. Der Kochtopf hängt zwischen ihren Händen in der Luft. Herrn Grüns Mundwinkel ziehen
sich bereits schadenfroh abwärts.

»Ich hab' ihn nicht dabei. Der Chef will ihn per Einschreiben
an meine Mutter schicken. Die muß ja mit unterschrei-
ben.«

Schocker kommen seine Worte mehlig vor, so als hätte er den
Schnaps mit dem Chef und Herrn Wuttge getrunken und
nicht Peter.

»Ist ja auch egal«, Elli klatscht in die Hände und jagt den
aufkommenden Zweifel damit weg. Schocker erhält zuerst
vom Gulasch und soviel, wie er will. Er will nicht viel.

Ab nun lebt Schocker mit einer Lüge. Zu seinem Glück hat
Frau Grüns Arbeitskollegin, die Schocker den Job ver-
schaffte, die Stelle gewechselt. Je mehr Schocker darüber
nachdenkt, um so mehr verdrängt er den Gedanken, die
Wahrheit zu sagen. Seine Mutter wechselt mit der Familie
Grün kein Wort, und die Warga-Bande zeigt kaum noch
Interesse an ihm. Der Rest bleibt Glück.

Schocker hatte nicht vorgehabt zu lügen, hatte nicht einmal
daran gedacht. Im Gegenteil, bisher war ihm die Vorstellung, Elli mit einer Unwahrheit zu kommen, unmöglich.

Nun liegt die Sache anders. Lügen haben keine kurzen Beine, sie haben lange. Schocker wächst mit ihnen von Feierabend zu Feierabend, gewinnt an Größe, die ihm zwar tagsüber Peter Wuttge stutzt, aber das ist für Schocker nicht wichtig. Die Lüge verändert ihn. Und mit der Zeit glaubt er an sie. Schocker macht Pläne und fängt seine Sätze mit den Worten an: »Wenn ich meine Lehre fertig habe...«

Frau Grün verlangt aufgrund des knapperen Lehrlingslohns nicht mehr soviel Essensgeld, und Schocker ist mit der Zeit so gewitzt, daß er Peter Wuttges Stories aus der Berufsschule der Familie Grün als Selbsterlebtes berichtet. Die Lüge beflügelt Schockers Phantasie außerordentlich und malt die Zukunft seines Lebens in bunten Farben. Elli kann stundenlang zuhören, bekommt rote Backen dabei und macht ihrerseits mit. Nur wenn sie ihn bittet, ihr die Werkstatt, in der er lernt, zu zeigen, wird Schocker lustlos.

»Mir reicht's, wenn ich den ganzen Tag dort rumkrieche. Feierabend ist Feierabend!«

Das sieht Elli ein.

In letzter Zeit haben sich die beiden angewöhnt, an Samstagen in die Stadt zu fahren. Das Ziel ist die Fußgängerzone. Hin und wieder auch das Einkaufszentrum. Elli findet das Einkaufszentrum schöner. Die ganze Ladenstraße hindurch ist Musik zu hören. Das bringt Stimmung. Unterm künstlichen Licht wachsen Gummibäume und exotische Pflanzen, als schiene Tag und Nacht, sommers wie winters die Sonne vom Himmel. Dazwischen plätschern Springbrunnen, und alle naselang steht eine Bank an, damit man nicht müde wird.

»Wie im Paradies«, sagt Elli mit leuchtendem Blick und zeigt auf eine Schlafzimmereinrichtung im Schaufenster. Blau und gelb das Holz, an den Schränken mannshohe Spiegel, das Bett, ein Doppelbett mit einem Überwurf, würde die ganze Grünsche Küche ausfüllen.

»Wenn ich meine Lehre fertig habe«, sagt Schocker und drückt Elli an sich, »können wir vielleicht heiraten, dann bin ich zwanzig.«

179

Schocker träumt eine Weile, wie es ist, wenn er zwanzig ist und die Lehre fertig hat.

»Dann brauchen wir nicht mehr die Laube«, lächelt Elli. Sie schiebt ihre Hand seitlich unter Schockers Gürtel, studiert Ratenzahlungen, und einmal gehen sie sogar in ein Geschäft. Der Verkäufer ist freundlich, zeigt Geduld, rechnet aus, was auszurechnen ist, obwohl er mit einem Blick sieht, daß mit den beiden auf Anhieb kein Geschäft zu machen ist.

Elli hat im Oktober Geburtstag. Da wird sie sechzehn, hat die Schule hinter sich und ist mehr oder weniger erwachsen.

»Was wünschst du dir?« will Schocker wissen.

Hand in Hand haben sie bereits ein zweites Mal das Einkaufszentrum durchstreift.

»Was soll ich mir schon wünschen?«

»Sag's!« Schocker schubst Elli an, als wenn sie nur den Mund aufzumachen brauchte, um das Gewünschte in der Tasche zu haben.

»Soll ich?«

»Na klar. Mal sehen, was sich machen läßt.«

Das klingt ganz schön großspurig. Aber Elli merkt's nicht, rennt los, quer über den marmornen Fußboden, an Palmen und Kakteen vorbei, hüpft über den Rand des Springbrunnens und bleibt erst vor einem Juwelierladen stehen.

»Da«, sagt sie und zeigt auf eine ganze Kolonne aneinandergereihter goldener Uhren.

»Die willste alle haben?« scherzt Schocker drauflos.

»Ach Quatsch, aber sieh mal die da!« Sie legt ihren Finger gegen die Scheibe, »die vierte von rechts in der dritten Reihe, die finde ich unheimlich schön!«

Schocker liest den Preis. Ganze vierhundertfünfzig Mark.

»Ich hab's dir ja nur gezeigt!« sagt Elli mit Trost in der Stimme.

»Denkste, unsereins kann nichts Schönes schenken?« fährt er sie an, und Elli sagt: »Ich mein' ja bloß so!«

Aber da setzt sich Schockers Phantasie in Bewegung. Er

läßt durchblicken, daß er Erspartes hat und Elli von ihm ein schönes Geschenk zum Geburtstag erhalten wird.

»Ist ja gut«, lächelt Elli und hat dann bald die Uhr vergessen.

Nicht Schocker. Mario beispielsweise, Brems Tierleben oder Jan aus Amsterdam, die könnten hier und gleich in den Laden spazieren und das Geld für die Uhr auf den Tisch legen. Selbst Peter Wuttge hat in drei Jahren seine Aussichten für so ein Geschenk, das ist nicht wegzuleugnen. Also muß es Schocker auch auf irgendeine Weise hinkriegen. Das wäre doch gelacht. Am Abend zählt Schocker sein Geld. So oft er auch Schein auf Schein legt, es werden nicht mehr als dreiunddreißig Mark und zwanzig Pfennig. Das reicht nicht einmal für eine Anzahlung. Bleiben nur Überstunden, aber mit denen ist der Chef knauserig. Schocker krümmt seine Finger und fühlt den ziehenden Schmerz der frischgewachsenen Haut über den Rissen. Charli schläft zusammengerollt wie ein Straßenköter. Nein, es hat keinen Zweck, dem etwas zu klauen. Dann schon eher der Mutter vom Haushaltsgeld. Aber auch das verwirft Schocker wegen Geringfügigkeit.

Über seinen Grübeleien schläft er ein und träumt das, was in Wirklichkeit nicht über die Bühne zu ziehen ist. Ellis Geburtstag. Die Grünen essen allesamt im blumenreichen Schrebergarten Kuchen. Auch Herr Grün ist mit von der Partie. Schocker trägt einen weißen Anzug mit Nadelstreifen und schwarzer Fliege. Seine Schuhe sind schwarzweiß abgesetzt und hochhackig, wie es die Mode ist. Alle sind sehr gespannt, weil Schocker eine Überraschung ankündigt. Elli steht in der Mitte des Beetes, da, wo Schocker das Wacholderbäumchen gepflanzt hat. Aus ihren Füßen schlagen Wurzeln, die fest in der Erde verankert sind. Ihr nackter Körper ist durch einen breiten Tüllschleier verdeckt, von dem Franz behauptet, es sei nur ein Vorhang. Darauf fängt Frau Grün an zu weinen. Alle weinen jetzt, auch Herr Grün, was sehr komisch aussieht. Schocker tritt zwischen die Heulenden. Er hat ein Etui, groß wie ein Koffer, in der Hand. Alle Grünen

helfen es öffnen. Eine goldene Uhr für Elli. Durchs Lauben-
fensterchen sieht Richy. »Ich hab noch mehr, Boß«, flüstert
er, und Schocker wacht auf.

Mohrle hat Richy ein paarmal im Wohnwagen schlafen lassen. Dann gab es Ärger. Mohrles Familie wollte den Sohn
vom alten Piesch nicht bei sich beherbergen. Denn jedesmal,
wenn Herr Piesch betrunken an den Zigeunerwohnungen
vorbeikommt, beginnt er zu randalieren. Er schimpft und
flucht über das hergelaufene Gesockse, das sich stets da
breitmacht, wo es nichts zu suchen hat. War aber der alte
Piesch richtig voll, zog er nur über Mohrle und dessen Familie her. Hampelmänner, schrie er, Straßenfiedler, wo ist
mein Sohn? Manchmal heulte er und behauptete, der
Schmierenkomödiant von Mohrle hätte Richy auf dem Gewissen. Danach war er meist nicht in der Lage, noch weiter
herumzubrüllen. Er fiel hin und blieb wie ein Stein liegen.
Ein Wunder, daß er noch nicht zusammengeschlagen worden
war. »Laß ihn schreien«, sagte Mohrles Vater mit Verach-
tung, »an so einem machen wir uns die Finger nicht schmut-
zig!« Und seine Sippe hörte auf ihn.
»Du kannst hier nicht mehr schlafen«, sagt Mohrle nach dem
Ärger mit seinem Vater, »mein Vater will das nicht!«
»Machst du immer, was dein Vater sagt?«
»Ja«, gibt Mohrle ohne Scham zu, »bei uns ist das so!«
»Scheißvolk, bei dem nur die Alten was zu sagen haben!«
Mohrle geht nicht weiter darauf ein, Richy darf nicht wie-
derkommen, das ist ihm klar.
»Ich dachte, wir wären Freunde«, sagt Richy beleidigt. Ir-
gendwie muß er seiner Enttäuschung Luft machen.
»Das sind wir auch«, lacht Mohrle und schließt den Wagen
ab.
»Ich mach' auch nicht, was mein Alter sagt«, bohrt Richy
weiter, »warum gehorchst du wegen jedem Quatsch?«
»Das verstehst du nicht!«
Mohrle umarmt Richy. Der erschrickt, denn Mohrle und er

hatten sich noch nie umarmt, nicht einmal die Hand gegeben. Dann geht Mohrle weg und dreht sich nicht mehr um. Aus, vorbei.

Ab da schläft Richy in leerstehenden Barackenwohnungen auf der anderen Seite der Siedlung, nicht weit weg von den Grünen. Also sieht Richy auch Schocker. Das ist unumgänglich. Wie Fremde gehen sie aneinander vorbei. Keiner hat für den anderen einen Blick.

»Der sieht vielleicht aus«, sagt Elli, als sie Richy trifft. Schocker stimmt ihr zu. Mehr reden sie nicht über den ehemaligen Freund. Richy beobachtet Schocker hin und wieder. Der geht zur Arbeit, kommt abends spät zurück und hat das, was er immer wollte, eine Schlosserlehre, und ist auf einmal ein feines Bürschchen geworden. Richy könnte wetten, daß sich Schocker mit dem Gedanken trägt, den Knackarsch zu heiraten. So wie die miteinander gehen, kann man es sich an zehn Fingern ausrechnen.

Auch Richy ist auf die Idee gekommen, sich im Einkaufszentrum herumzutreiben. Nur aus anderen Gründen. Nirgendwo ist es leichter, sich die eine oder andere Kleinigkeit unter den Nagel zu reißen. Mal ein Stück Kuchen, mal Süßigkeiten, die als Blickfang in großen Körben vor dem Laden stehen, oder auch zum Mitnehmen angepriesene Sonderangebote, die weniger bewacht sind. Auch Richy gefällt die Musik, die Palmen und der Springbrunnen. Zweimal in der Woche spielt ein Mann vor dem Mövenpick auf einer Hammond-Orgel. Richy mag das. Schlager spielt der, die sind so alt wie der Mann. Und der ist sehr alt. Manchmal kommt seine Frau und stellt ihm eine Thermosflasche mit Kaffee hin. Eine Viertelstunde vor Ladenschluß setzt sie sich auf den Rand des Springbrunnens, mit einem Spitz im Arm und hört ihrem Mann zu. Hin und wieder trifft Richy andere Jungen aus der Siedlung. Dann machen sie Radau, klappern mit den Absätzen auf den Steinfliesen, rempeln Leute an oder erschrecken ältere Frauen.

Heute ist Richy allein. Er findet ein Zweimarkstück, für das
er sich eine Riesenbockwurst kauft. Richy hockt auf einem
der quadratischen Steine am Brunnen. Kunst hat die mal jemand genannt. Richy frißt auf der Kunst seine Wurst und
sieht Schocker. Mitten in der Woche kommt der in seinen abgewrackten Sonntagsklamotten angelatscht. Sieht blaß aus,
der Junge, denkt Richy, wird neugierig und schmeißt den
Pappteller in den Springbrunnen. »Schweinerei!« sagt ein
Mann, und Richy antwortet: »Hast recht, hol's ruhig wieder
raus!«
Dann schleicht er ab, immer Schocker auf den Fersen, der
ein Ziel hat und auch Tempo. Irgend etwas ist an Schockers
Benehmen ungewohnt. Richy überlegt, dann weiß er es.
Schocker wischt sich mehrmals die Innenflächen seiner
Hände am Hintern ab. Richy weiß genau, was das bedeutet:
Schocker hat Angst. Wenn der Angst hat, schwitzen ihm die
Hände, und weil er das nicht leiden kann, wischt er sie an
der Hose ab. So ist das, Schocker will ein Ding drehen.
Schocker, der Freund vom Knackarsch, Schocker, der Auto-
schlosserlehrling, Schocker, der was Besseres werden will,
ausgerechnet der hat also etwas vor, und auch noch in einem
Uhrengeschäft. Kommt vielleicht nicht pünktlich genug zur
Arbeit? Richy rekelt sich zwischen zwei Lorbeerbäumen vor
dem Geschäft. Durch eine Schaufensterscheibe sieht er, was
vor sich geht. Wie Schocker das Geschäft betritt, ist schon
zum Lachen. So traut man dem keine zehn Mark zu. Schokker läßt sich Uhren zeigen, eine nach der anderen, den Blick
mehr rechts und links ausgerichtet, als auf die Ware vor
ihm. Er zeigt zum Fenster. Richy weiß jetzt, was läuft. Noch
dümmer kann Schocker die Sache nicht anstellen. In seiner
Aufregung bemerkt der nicht mal den jungen Mann, der hinterm Vorhang vorkommt. Ob das Fräulein auf eine Notklin-
gel gedrückt hat? Mit einem Satz ist Richy hinterm Lorbeer-
baum vor, über die Ladenstraße weg im Juwelierladen. Das
Fräulein sieht verdattert aus. Jetzt sind es zwei von diesen
Jugendlichen.

»Bitte«, sagt der junge Mann vom Vorhang her, und Schokker wird vor Schreck weiß, hatte nämlich schon die Hand ausgestreckt, um eine der Golduhren einzusacken.

»Ich suche meinen Freund«, sagt Richy und zeigt auf Schokker. »Los komm, du wirst erwartet!«

Schocker versteht nichts. Sieht immerfort nur den Mann an und ob der vielleicht etwas mitgekriegt hat.

»Mann«, sagt Richy leise, »willste hier eingekocht werden?«

Ohne Verabschiedung verlassen sie das Geschäft. Schocker murmelt eine Entschuldigung und daß er noch mal vorbeikäme.

»Es wird besser sein, Sie lassen das bleiben«, sagt der junge Mann, weil er Schockers Absicht mitbekommen hat.

Sie gehen nebeneinander her, wie sie schon lange nicht mehr nebeneinander hergegangen sind. Schocker schwitzt jetzt im Gesicht. Seine Schläfen sind naß.

»Ich kann es einfach nicht«, sagt er und setzt sich auf den Rand des Springbrunnens , »ich kann es einfach nicht!«

Der Pappteller kreiselt noch immer im Springbrunnengeplätscher. Das künstliche Licht scheint gleichmäßig hell, ein wenig bläulich.

»Warum biste mir nach?« fragt Schocker.

»Weil ich gesehen hab', was du dir einhandeln wolltest, und der Typ hat's auch gesehen.«

»Hätt' ich nicht von dir gedacht!«

Schocker geht's besser. Er hört auch auf zu schwitzen.

Richy dreht Schocker eine Zigarette.

»Erzähl mal«, sagt er und wartet geduldig, bis Schocker den Mund aufmacht.

»Ich hab' die Lehrstelle gar nicht. Mein Kumpel hat sie gekriegt. Dem sein Vater macht mit dem Chef Geschäfte.«

Schocker redet schneller. Richy muß verdammt hinhören, wenn er alles mitkriegen will.

»Vielleicht ist es auch, weil ich aus der Siedlung bin. Das sagen einem die Arschlöcher ja nicht, haben immer Ausreden und nie die Wahrheit parat.«

Richy erwischt den Pappteller, faltet ein kleines Kästchen daraus, spuckt einen gewaltigen Rotzflatschen hinein und läßt das Ganze ins Wasser zurückgleiten.

»Und dann«, fährt Schocker fort, »dann hab' ich's bei den Grünen nicht geschafft, die Wahrheit zu sagen.«

»Was?«

»Na, daß ich die Lehrstelle nicht bekommen hab'. Ich hab' so getan, als wäre alles okay, und die haben es mir geglaubt.«

»Bis heute?«

»Bis heute! Ich sag' dir, es gibt Tage, da glaub' ich's selber. Ganz verrückt wirste dabei. Du glaubst, du wärst wer, fängst an, so zu reden und so zu tun, und bist doch niemand.«

»Und was wolltste im Uhrengeschäft?« Richy fragt vorsichtig, auch nicht laut, er will alles von Schocker wissen.

»Die Elli wünscht sich eine goldene Uhr zum Geburtstag. Ich hab' gesagt, ich hätte Erspartes. Keinen Pfennig hab' ich mir von dem Scheißlohn zurücklegen können. Aber ich hab's eben gesagt, verstehste?«

Und wie Richy versteht. Schocker ist nicht weniger am Arsch als er und muß noch vor dem Knackarsch und deren Muschpoke eine gewaltige Show abziehen. Das ist nicht leicht. Richy rückt näher an Schocker ran.

»Woll'n wir die Flatter machen?« Er wartet Schockers Antwort nicht ab, weiß sogar schon wie.

»Über die Grenze«, sagt er, »Frankreich zum Beispiel! Erst arbeiten wir beim Bauern, und wenn wir die Sprache können, geht's nach Paris. Papiere kann man sich kaufen. Was meinst du, was wir für ein Leben führen! Ich werd' Gitarrist, und für dich finden wir auch was Richtiges!«

»Ohne Elli?«

»Ja, ohne deinen Knackarsch. Weiber halten nur auf. Außerdem ist die zu feige.«

Schocker sagt nichts. Das Schächtelchen mit dem Rotzflatschen schwimmt zum dritten Mal vorüber.

186

»Nein«, sagt Schocker, »das hat alles keinen Zweck. Die erwischen uns gleich. Wenn ich nicht mal Geld für eine Uhr zusammenkriege, wie denn dann für Papiere. Außerdem, warum soll ich abhauen, ich hab' ja schließlich nichts auf dem Kerbholz.«

Da hat Schocker recht. Selbst wenn der seine Lehrlingsshow abbricht, kann ihm keiner den Kopf abreißen. Richy muß etwas anderes einfallen.

»Gut«, sagt er, »wir besorgen deinem Knackarsch die Uhr, aber nicht hier. Dann machste Eindruck, und wenn die Sache mit dem Lehrlingsvertrag auffliegt, ist es halb so schlimm. Außerdem«, Richy zwinkert und läßt seine Zahnlücke sehen, »es wird nicht bei der Uhr bleiben. Wenn schon, denn schon!« Schocker fühlt sich plötzlich wohl. Von Richy geht etwas aus, das Mut macht. Er kommt sich nicht mehr so beschissen vor. Wenn Richy die Sache in die Hand nimmt, kommt Elli vielleicht wirklich zu ihrer Uhr.

»Und warum nicht hier?« fragt Schocker.

»Weil's nur einen Ausgang gibt. Wenn du hier erwischt wirst, sitzt du wie die Maus in der Falle. Nein – wir müssen in die Fußgängerzone, wo's keine Autos gibt. Am verkaufsoffenen Samstag, verstehste? Wenn das schiefgeht, haben wir uns längst verpißt, bis die Bullen da sind!«

Ab nun schläft Richy fürs erste in der Laube des Grünschen Schrebergartens. Elli darf das nicht wissen, auch nicht die wiedergewonnene Freundschaft mit dem alten Kumpel. Zwischen Schocker und Richy ist keine Erklärung nötig. Nie vor zehn zum Schlafen kommen, heißt die Parole, und morgens vor acht weg. Das klappt. Richy läßt sich nichts zuschulden kommen, ist froh, daß er sich am Wasserhahn waschen kann und achtet sorgsam darauf, keine Spuren zu hinterlassen. Sein Angebot, als Gegenleistung Peter Wuttge anständig durchzuprügeln, lehnt Schocker ab. »Meine Angelegenheit«, sagt er, »das hat mit dir nichts zu tun!« Zwar hätte Schocker nichts dagegen, wenn Peter Wuttge mal anständig eins in die

Fresse bekäme, aber er will die Sache nicht von Richy erledigen lassen. Schocker will nicht von Richy abhängig sein. Umgekehrt ist es besser. Das Gefühl, daß Richy ihm für die augenblickliche Unterkunft zu Dank verpflichtet ist, macht Schocker froh, und dabei soll es bleiben.

Ellis Geburtstag rückt näher. Zweimal hat sie eine die Uhr betreffende Andeutung gemacht. Zweimal hat Schocker geheimnisvoll gelächelt und »kommt Zeit, kommt Rat« gesagt. Elli ist der Meinung, daß Schocker sich verändert hat. Mal spricht er viel, mal spricht er wenig, mal hat er Zukunftspläne, daß Elli die Spucke wegbleibt. Ins Ausland will er, mit Autos handeln und eine eigene Werkstatt besitzen. Ein andermal begnügt er sich mit der Vorstellung, einen Autofriedhof zu besitzen, nur der Traum des Fernfahrers ist ausgeträumt.

»Willste denn gar nichts Reelles werden?« fragt Elli mit Unruhe. »Jetzt, wo du bald die Lehre hinter dir hast«, wiederholt sie seinen so oft zitierten Satz, »da steht dir doch alles offen!« Und Schocker antwortet: »Halt die Fresse!«

Das hat er noch nie zu Elli gesagt. Überhaupt hat Schocker bisher noch nie eine Gemeinheit Elli gegenüber geäußert. Elli ist so verblüfft, daß sie nicht weiß, wie sie darauf reagieren soll, und ist beleidigt.

»Entschuldige«, Schocker umarmt sie, »ich hab's nicht so gemeint!«

»Aber du hast es gesagt!«

Sie schüttelt ihn ab und spricht einen Nachmittag lang kein Wort mit ihm. Das macht Schocker fertig. Als Elli auch am Abend nicht mit ihm spricht und am nächsten Tag mit einer Freundin, statt mit ihm ins Kino geht, sieht er seine Felle davonschwimmen. In drei Tagen hat Elli Geburtstag, in drei Tagen muß die Uhr her, oder er hat auf der ganzen Linie verspielt. Schocker hofft, daß noch alles hinhaut. Der nächste Tag ist ein verkaufsoffener Samstag, der Tag, den Richy für das gemeinsame Unternehmen vorgeschlagen hat.

Menschen, überall Menschen in der Fußgängerzone. Ein-
kaufstüten, Einkaufstaschen, heulende Kinder, lachende
Kinder, bedächtige Männer, die das Geld in der Tasche hal-
ten. Schocker trägt mal wieder seine Sonntagsklamotten am
Leib. Richy hat sich tatsächlich von Kopf bis Fuß im Grün-
schen Schrebergarten gewaschen. Nun glänzt er rosig. Die
Fingernägel sind sauber, die Haare halbwegs gekämmt.
»Was ist mit deinem Knackarsch?«
Schocker kann es nicht leiden, wenn Richy Elli einen
Knackarsch nennt, aber heute will er keinen Streit. Also
sagt er: »Sie wollte erst mit!«
»Und?«
»Ich hab' gesagt, nicht vorm Geburtstag. Da hat sie Ruhe ge-
geben!«
»Okay!« Richy ist zufrieden.
Schocker ist nicht zufrieden. Wieder eine Lüge, die ihn, ob
er will oder nicht, in die nächste jagt. Am besten ist es, nicht
daran zu denken. Am besten ist, überhaupt nur an Sachen zu
denken, die Erfolg versprechen.
»Hier«, sagt Richy, »den Laden halte ich für günstig!«
Sie sehen im Vorbeigehen durch die gläserne Tür. Keine
Kunden. In der Auslage sind Uhren in Gold, Silber und
Stahl hübsch drapiert. Auf der anderen Seite ein Bündel
Perlenketten, Ringe, Broschen und Armbänder.
»Klein, aber gediegen«, sagt Schocker und wirft abermals
einen Blick durch die Tür.
»Wenn du immer nur durch die Tür glotzt, statt in die
Schaufenster, fällt's auf!« mault Richy.
»Meinste, ich will wieder auf zwei Typen stoßen?«
Richy hört in Schockers Stimme die Angst und ärgert sich.
»Dir schwitzen wohl wieder die Hände?«
Richy hat recht. Schockers Hände sind naß wie Waschlap-
pen. Aber er wischt sie nicht an den Hosen ab. Er gibt seine
Angst nicht zu, er denkt an das, was Erfolg verspricht.
»Wie gehn wir vor?«
»Blöde Frage«, Richy zieht die Schultern hoch und kaut auf

189

seinen abgefressenen Nägeln herum, »wir sind schließlich nicht beim Barras!«

Auch Richy fühlt sich mulmig. Die Sache ist leichter gesagt als getan: Gesagt zu dem Mann in der Grotte, der sich Richys Story seelenruhig ohne ein Wort der Erwiderung angehört hatte. »Was ist?« wollte Richy endlich wissen. Der Mann zutschte mit der Zunge über die Innenseite seiner Zähne und nickte. Mücke wurde, wie Richy erwartet hatte, nicht erwähnt, und das Bier, welches sich Richy darauf bestellte, wurde von dem Mann bezahlt. Richy hatte das als eine Art Geschäftsabschluß betrachtet.

Aber nun? Ein junges Paar betritt den Laden. Verlobungsringe. Richy und Schocker wechseln die Straßenseite. Selbst von hier kann jeder, der einigermaßen gute Augen hat, durch die Tür in den Juwelierladen sehen. Schocker wischt heimlich seine Handflächen über den Hintern.

»Ich kann ja mal reingehen«, sagt Richy, »dann wissen wir, ob die mehrere Verkäufer haben!«

Schocker findet die Idee gut. Er bezieht weiter seitlich Posten, froh, nicht mitgehen zu müssen. Seiner Meinung nach ist Richy in diesem Augenblick einsame Klasse. Der geht los. Die Ladentür pendelt hinter ihm ins Schloß. Schocker wartet atemlos, bewegungslos und drückt seine Zehen in die Schuhsohlen. Mit einem Satz wäre er weg, könnte Richy die Sache allein machen lassen. Aber er bleibt, wo er ist, denkt mit zugekniffenen Augen an seine Elli und die Uhr, die sie bekommen soll.

Abermals pendelt die Glastür und spuckt Richy aus.

»Zu zweit«, sagt er.

»Was hast du gesagt?«

»Ganz einfach. Ich wollte meine Uhr von der Reparatur holen und hab' den Schein vergessen.«

»Ich weiß nicht, ob ich so schnell auf so was gekommen wäre«, bewundert Schocker den Freund.

»Wenn du da keine Phantasie entwickelst...«, Richy steckt sich eine Zigarette an, und Schocker beobachtet, daß ein

Zittern der Hände dabei nicht festzustellen ist. Mit Richy wird die Sache schon klappen.

»Was machen wir jetzt?«

»Du fragst schon wieder wie ein Idiot!« Richy ist wütend. Schocker geht ihm auf die Nerven, glotzt in die Gegend, als fielen die goldenen Uhren vom Himmel in seine Hosentasche. »Los komm!« sagt Richy und latscht die Fußgängerzone wieder abwärts, »am Tag geht das nicht!«

Schocker hatte gehofft, die Sache mit allem Drum und Dran nach einer Stunde hinter sich zu haben. Jetzt heißt es, abermals warten. Andrerseits ist der Gedanke, den Bruch während der Dunkelheit durchzuführen, ein angenehmer. Zum Beispiel zwischen Mitternacht und Morgen. Nachts sind alle Katzen grau.

»Hast du Geld?« fährt ihm Richy in die Gedanken.

»Nicht viel, warum?«

»Wir trinken einen, bis es soweit ist!«

»Soviel hab' ich nicht!« Schocker verliert den Spaß an der Sache. Wenn Richy sich besaufen will, soll er das auf eigene Kosten machen. Schocker trinkt so gut wie nie, und jetzt hat er schon gar keine Lust dazu. Richy kümmert sich nicht um den Freund, macht sich breitbeinig auf den Weg in die nächste Stehbierhalle, sicher, daß Schocker hinterherzockeln wird.

»Zwei Doppelte«, bestellt Richy, nachdem er Schockers Finanzen überprüft hat, »nicht mehr und nicht weniger, klar?«

Sie trinken. Der Schnaps breitet sich in ihren Bäuchen aus. Jetzt sieht schon alles anders aus, wenn auch keineswegs rosig. Richy entwickelt seinen Plan. Wie er hören konnte, geht die Verkäuferin eher als sonst nach Hause. Bleibt also der Mann die letzte Viertelstunde allein im Laden. Die Sicherungsanlage wird er erst einschalten, bevor er geht. Das alles ist günstig, wenn sich keine weiteren Kunden im Laden aufhalten.

Fünfzehn Minuten vor Ladenschluß, die Zeit also, die Richy

sich vorgenommen hat. Schocker sind die Füße schwer. Er
hat das Gefühl, daß seine Schritte auf dem Pflaster dröhnen,
obwohl er sich bemüht, leise zu gehen. Es sind nicht mehr
viel Menschen auf der Straße. Einen Block lang folgt ihnen
ein Mann. Dann ist er wieder weg. Eine Frau, der sie auf dem
Weg zum Juweliergeschäft zweimal begegnen, sieht Schok-
ker ungewöhnlich lange an.
»Warum machen wir es nicht in der Nacht?«
»Zu gefährlich. Außerdem hat der nachts nichts in der Aus-
lage. Meinste, ich will bloß die armselige Uhr für deinen
Knackarsch?«
»Was denn sonst?« flüstert Schocker.
»Soviel wir kriegen. Ich hab' 'nen Typ, der nimmt mir alles ab!«
»Alles?« wiederholt Schocker langsam, »der nimmt dir alles
ab?«
»Ich meine natürlich uns!« lacht Richy und spuckt durch die
Zahnlücke. Wirklich, er hat kein bißchen Schiß. Er wirkt
ausgelassen, als wenn er die Sache gar nicht mehr abwarten
könnte.
»Paß auf«, sagt er, »du läßt dir Uhren zeigen. Nach einer
Weile entschließt du dich für Armbänder oder Broschen.
Wenn der Typ seine Kästen auf dem Ladentisch ausgebreitet
hat, werde ich ihn um ein Armband im Schaufenster bitten.
Wenn der hingeht, steckst du alles ein, was du zu fassen
kriegst. Ich halte den Typ in Schach, hau ihm eins in die
Fresse, und bis der wieder sehen kann, sind wir draußen. Du
läufst Richtung Kirche, ich Richtung Post, okay?«
»Okay«, sagt Schocker und denkt ab jetzt an nichts anderes.

»Na, haben Sie Ihren Reparaturschein gefunden?« fragt der
Mann. Richy ist auf die Frage nicht gefaßt und sieht den Ge-
schäftseigentümer einen Augenblick blöde an, dann lacht er.
»Nein, nicht den Reparaturschein, aber einen Freund!« Eine
Bombengeschichte ist es, die Richy losläßt, daß sein Freund
zusammen mit den Geschwistern der Mutter ein Schmuck-
stück schenken will. Eine goldene Uhr.

»Das wird ein teures Geschenk«, der Mann zögert. »Sie müssen mit dreihundert und mehr Mark rechnen!«

Schocker schluckt. Keine Frage, jetzt muß die Story glaubwürdig klingen.

»Wenn ich erst mal mit meiner Lehre fertig bin...«

Ein Tritt von Richy. Der Anfang ist schlecht. Der Mann sieht Schocker verständnislos an.

»... so wie meine Geschwister«, fährt Schocker mit glockenklarer Stimme fort, »könnte ich auch hundert Mark zahlen. Ich habe noch sechs Geschwister!«

»Alle Achtung!« Der Mann lächelt und bückt sich nach der ersten Schublade. »Und alle in der Ausbildung?«

»Die Ältesten sind schon fertig.«

Der Mann ist beruhigt, zeigt Uhr für Uhr.

»Und wenn es eine Brosche oder ein Armband wäre?« fragt Richy, betont aber gleichzeitig, daß ihn das natürlich nichts anginge.

»Ja«, lächelt Schocker bescheiden, »unser Vater ist nämlich der Meinung, ein Armband oder eine Brosche tut's auch zum Fünfzigsten.«

Der Mann zeigt Verständnis, hört mit seinem blöden Lächeln nicht mehr auf und zeigt Rührung für soviel Familiensinn.

»Solche Kunden«, sagt er, »sind mir manchmal die liebsten!«

Warum er ›manchmal‹ sagt, weiß Schocker zwar nicht, aber er weiß, daß er und Richy auf dem richtigen Pferd sitzen.

»Wir könnten alle zusammen an die vierhundertfünfzig Mark zusammenbringen«, meint Schocker nachdenklich, worauf der Mann unverhofft sagt, daß er da etwas Besonderes im Fenster hätte. Wirklich, das läuft wie im Krimi. Der Mann läßt die beiden aus dem Auge, rutscht bis zur Hälfte hinter den Schaufenstervorhang und angelt nach einer Kombination von Kette, Armband und Ring. Also drei Stücke, das kostet Zeit.

Schocker greift zu. Uhren, Armbänder und ein paar Broschen flutschen in seine Tasche. Es klimpert nicht einmal, so geschickt macht er das. Die ganze, mit Samt ausgeschlagene

Schublade ist leer, als der Mann wieder aus seinem Schaufenster herausgekrochen ist. Ein Blick, und er weiß, was los ist. Die Kette fällt ihm aus der Hand. Sein Gesicht, das vorher eher länglich gewirkt hat, zieht sich mit dem aufgerissenen Mund in die Breite.

»Wenn du schreist«, sagt Richy freundlich, »kriegst du eins über die Rübe!«

Und obwohl der Mann nicht schreit, sich nicht einmal bewegt, sondern wie in Beton gegossen dasteht, zieht Richy in großer Geschwindigkeit eine Stahlfeder aus seiner Lederjacke. Nicht groß, handlich, wie man sieht. Hervorragend griffig liegt sie in seiner Hand.

»Nicht«, sagt der Juwelier und ahnt wohl, was ihm blüht. Auch Schocker sagt: »Nicht!«

Aber das hört Richy nicht.

Die Stahlfeder pfeift. Richy holt mächtigen Schwung. Schocker verzerrt sein Gesicht, als bekäme er das Ding über den Kopf gezogen. Der Mann hebt die Hand mit dem Armband. Zu spät. Es kracht. Mein Gott, kracht das. Selbst Richy hat nicht mit der Schlagkraft gerechnet. Aus dem Kopf des Juweliers spritzt was heraus. Das ganze sieht ziemlich eklig aus. Schocker wird's schlecht. Der Juwelier sinkt in sich zusammen, als hätte Richy ihm mit einem Schlag die Luft rausgelassen. Flopp, da liegt er. Jetzt kommt in Strömen Blut.

»Den hast du totgeschlagen«, sagt Schocker. Seine Zunge klebt zwischen den Worten am ausgetrockneten Gaumen.

Ein Schrei. Erst denkt Richy, der Juwelier hat ihn mit einiger Verspätung losgelassen, dann hat er Schocker in Verdacht. Keiner von beiden. In der Tür steht eine Frau. Die ist es. Sie hört überhaupt nicht auf. Es ist schrecklich. Passanten bleiben stehen. Sie rennt durch den Laden, schmeißt sich über den Juwelier und ruft ohne Unterbrechung »Erwin, Erwin, sag doch was, Erwin…« Ihre Hände, einmal über den Kopf des Mannes gefahren, sind von oben bis unten blutig. Darauf plärrt sie abermals los. Obwohl das alles nur Sekun-

194

den sind, kommt es Schocker wie das Ende eines Films vor. Stundenlang könnte er noch so dastehen und zusehen, was abläuft.

»Los, weg«, brüllt Richy und stürmt an den stehengebliebenen Leuten vorbei. Eine Frau fällt um. Schon wieder Geschrei. Schocker kommt zur Besinnung. Jeder Atemzug zählt. Er wetzt ab, weiß nicht mehr genau, ob Richtung Kirche oder Richtung Post. Die Hauptsache ist, weg. Jetzt knallen tatsächlich seine Absätze auf dem Pflaster. Leute drehen sich um. Hinter ihm Laufschritte. Schocker legt einen Zahn zu. Die Tasche reißt, irgend etwas von dem Geklauten fällt heraus, ein paar Meter später wieder etwas. Wie bei Hänsel und Gretel, denkt Schocker. Nur Elli hab ich nicht an der Hand. Sein Atem keucht, die Brust tut weh. Schocker hat das Gefühl, nicht mehr von der Stelle zu kommen.

Eine Stimme brüllt: »Haltet den Dieb!«

Jemand greift nach ihm. Schocker kann die Hand abschütteln und wird wieder schneller. Erst als ihm Polizisten entgegenkommen, bleibt er stehen. Wieso wußten die, daß er gerade hier entlanggelaufen war?

Es wäre besser gewesen, Richy hätte die verdammte Stahlfeder weggeworfen oder wieder eingesteckt. Aber nein, er hält sie wie eine Fackel. Als er aus dem Juwelierladen stürmt, kreist er sie in seiner Wut sogar über dem Kopf. Einige Zeugen behaupteten später, die Haare und das Blut des Juweliers daran gesehen zu haben, und Richy hätte die Frau getroffen. Die war vor Schreck und ganz von allein umgefallen. Aber mit jeder Sekunde wollte die wachsende Zuschauermenge mehr gesehen haben, obwohl Richy schon längst weg war und nur seine Fluchtrichtung bekannt war. Als die Polizei benachrichtigt wurde, war er bereits ein Doppelmörder und Amokläufer, dessen Gefährlichkeit nicht unterschätzt werden sollte. Das beteuerte vor allem die umgefallene Frau. Tatsache blieb, daß der Juwelier auf dem Weg ins Krankenhaus seiner Verletzung erlag.

Auch Richy rennt, stellt sich aber fürs erste schlauer an als

195

Schocker. Er bleibt nicht auf der Straße, sondern rennt in
ein Kaufhaus und läßt gleich die Stahlfeder in einem Berg
von T-Shirts verschwinden. Jawohl, so muß man das machen. Gelangweilt stakst er dem anderen Ausgang zu. Der ist
bereits geschlossen.
»Bitte, benutzen Sie die Hintertür«, sagt ein Mann und weist
zum Notausgang.
Verflucht, damit hat Richy nicht gerechnet. Von dort geht's
direkt wieder in die Fußgängerzone. Viel Leute sind nicht
mehr im Kaufhaus. Die Angestellten beginnen, mit Tüchern
die Tische abzudecken. An den Kassen wird Geld gezählt.
»Ab jetzt wird nicht mehr bedient«, sagt eine blaubekittelte
Frau zu Richy.
»Ist ja in Ordnung!«
Er schleicht um sie herum, drückt sich hinter den Regalen
entlang zur Rolltreppe. Er wird sich hier einschließen lassen.
Er muß nur vom Parterre in den ersten Stock kommen.
»Entschuldigung, ich hab' was vergessen!«
Schon ist er am nächsten Verkäufer vorbei. Nur nicht die
Ruhe verlieren. Schön langsam gehen, höflich sein, lächeln.
Eine Stimme aus dem Lautsprecher: »Achtung, Achtung,
hier spricht die Polizei. Das Publikum wird gebeten, sofort
das Kaufhaus zu verlassen. Gesucht wird ein Einbrecher in
Lederjacke und Jeans. Wie bitten das Personal um Vorsicht.
Der Täter ist bewaffnet. Achtung, Achtung, das Publikum
wird gebeten, sofort das Kaufhaus...«
»Da!« schreit ein Lehrling der Stoffabteilung und zeigt mit
ausgestrecktem Arm auf Richy. Aber der ist die Treppe
schon hoch, bekommt es noch fertig, sich die Lederjacke
vom Leib zu reißen und in einem Kühlschrank der Elektro-
abteilung verschwinden zu lassen. Was jetzt? Richy merkt,
wie er die Nerven verliert und nicht mehr in der Lage ist,
sich zu verstecken. Wieder sieht ihn ein Kaufhausangestell-
ter, ruft nach Kollegen. Die Jagd beginnt. Immer hübsch im
Abstand. Der Täter ist ja bewaffnet. Noch ist keine Polizei
zu sehen. Richy springt, rennt gebückt an Fernsehapparaten

und Waschmaschinen vorbei, landet in der Glasabteilung, hinterm Packtisch.

»Vorsicht, Frau Schüssler«, warnt ein Kollege. Frau Schüssler hat von nichts eine Ahnung. Versunken in ihre Arbeit, Glas gegen Glas zu klopfen, einzupacken und in einen Karton zu legen, ist ihr die Aufregung des Hauses entgangen, auch der Feierabend. Frau Schüssler steht kurz vor der Pensionierung und ist eine der ältesten Angestellten des Kaufhauses. Wegen ihrer beginnenden Schwerhörigkeit ist sie am Packtisch beschäftigt.

Richy packt sie von rückwärts, wirbelt sie einmal herum.

»Kein Wort, Oma!« Er schiebt Frau Schüssler Schritt für Schritt dem Treppenhaus zu, dreht sie mal links, dreht sie mal rechts, und jeder kann ihr angstverzerrtes Gesicht sehen.

»Wenn mich jemand anrührt, knall ich sie ab!« schreit er.

Das versteht auch Frau Schüssler. Regungslos bleibt sie in Richys Armen hängen. Ebensogut könnte er eine Schaufensterpuppe vor sich herstoßen.

»Beweg dich«, schreit Richy, und Frau Schüssler fängt an zu tippeln. So etwas hat man noch nicht gesehen. Wie ein Tanzpaar bewegen sich die beiden dem Hinterausgang zu, drehen und wenden sich, keine Richtung auslassend.

»Lieber Gott«, murmelt Frau Schüssler in kleinen Abständen und beginnt schließlich zu weinen, hört aber wieder auf, als sie die Polizei sieht. Wie Pilze wachsen die aus dem Boden, bilden mit gezückten Pistolen einen Kreis, in dem Richy mit dem letzten Rest seiner Kräfte Frau Schüssler herumdreht. Dann wird sie durch Schwindelgefühle ohnmächtig. Richy kann sie nicht mehr halten, will es vielleicht auch gar nicht mehr. Ohne Widerstand läßt er sich festnehmen und Handschellen anlegen.

»Das ist ja noch ein Kind«, sagt jemand aus der Zuschauermenge, als Richy in seinem ausgewaschenen schmuddeligen Pulli, rechts- und linkshändig an einen Polizisten gefesselt, in den Peterwagen geführt wird. Die Beamten verziehen keine Miene, bitten höflich darum, Platz zu machen.

»Ob Kind oder nicht«, sagt eine Frau, »wenn's nach mir ginge, dürfte so einer gar nicht erst erwachsen werden!«

Der Kriminalbeamte hatte an Richy keine Freude und sagte später, daß es sich bei dem fünfzehnjährigen Piesch um einen äußerst verstockten, man könnte ruhig sagen, gefährlichen Jugendlichen handele.
Richy ist mundfaul. Auf dem Transport zum Polizeipräsidium fällt das nicht weiter auf. In der Zelle ist er allein. Ein Raum, der weit höher ist als breit, bestückt mit einer Pritsche und einem Stuhl. Mehr ginge kaum hinein. Das Fenster in zwei Meter Höhe zeigt als Aussicht ein Mauerstück. Richy sieht das gar nicht. Gleich, als man ihn hereinbrachte, legte er sich auf die Pritsche. Ein Beamter, der später durch das Guckloch sieht, wundert sich über die Abgebrühtheit des jugendlichen Täters. »Schlägt einen tot«, sagt er, »legt sich hin und pennt!«
Richy pennt nicht, sieht nur so aus. Er liegt auf dem Rücken, die Augen geschlossen, unbeweglich. Träumt. Richy will nämlich träumen, nicht denken. Er will auch nicht diese verdammte Zelle sehen, die hoch und dunkel wie ein Fabrikschornstein ist, nicht die Tür ohne Klinke, aus der er nicht herauskann, nicht das Gitter. Macht er die Augen zu, sieht er nichts, verursacht er kein Geräusch, hört er nichts. So kann er sich Bilder wie in einem Kino vorspielen und die Scheiße vergessen, in der er sitzt. Da ist Maria, die Spaghetti con fegatini kocht und dabei singt. Wie die singen konnte, das war schon Klasse. Ein anderes Bild: Frau Piesch sitzt auf dem Schrank und lacht, Inge lacht, und Richy lacht auch, dann hebt er die Mutter herunter. Geschenkt. Etwas anderes. Also Mohrle. Das macht auch Spaß, sich vorzustellen, wie Mohrle und Richy singen, Gitarre spielen. Die Zigeuner finden, daß Richy sehr gut spielt. Herr Piesch sagt, Richy könnte das auch ohne Zigeuner. Ein neues Bild, nein, gleich eine ganze Bilderserie: Richy tritt als Popsänger auf und bekommt die goldene Schallplatte, was im Fernsehen übertragen wird. Je-

der in der Siedlung kann das schwarz auf weiß oder in Farbe
sehen, auch Schockers Knackarsch.
Ein Schlüssel klappert im Schloß.
»Aufstehen, mitkommen«, sagt ein Beamter.
Verhör. Name, Geburtsdatum, Wohnort. Zur Sache. Richy
weiß nichts zur Sache. Nein, er hätte den Juwelier wirklich
nicht erschlagen wollen, nur eins über die Rübe ziehen.
»Aber der Überfall war doch geplant, sonst hättest du nicht
die Stahlfeder dabei gehabt!«
»Die hab' ich immer dabei«, antwortet Richy. Danach ant-
wortet er nichts mehr, weil es seiner Meinung nach keinen
Zweck hat.
Die letzte vergebliche Frage des Kommissars ist, was Richy
sich denn überhaupt vorgestellt habe?
Und Richy antwortet ohne Überlegung, wie im Traum:
»Popsänger.«

Schocker ist vor Richy verhaftet worden. Sein Transport
zum Polizeipräsidium findet im Streifenwagen statt. Alles
kostet weniger Aufwand, weniger Zeit. Für die Beamten,
was die Verhaftung anbelangt, ein Routinefall.
Auch Schocker wird in eine der hohen Zellen des alten Prä-
sidiums gesperrt. Nicht nur, daß die Wände hoch sind, sie
sind auch dick und lassen keinen Ton durch, schon lange
kein Klopfzeichen. Als Schocker an der Tür zu randalieren
beginnt und unüberhörbaren Lärm veranstaltet, wird ihm
mitgeteilt, daß er eins in die Fresse kriegen kann, wenn er
nicht ab sofort still ist.
Wieder alleingelassen, gibt Schocker das Klopfen auf. Er
weint und kann nicht mehr aufhören. Der Beamte, der erst
bei Richy, dann bei Schocker durchs Guckloch sieht, vertritt
die Meinung, daß die zwei Straftäter zueinander passen wie
die Faust aufs Auge.
Noch im Auto fing Schocker an zu reden, sagt, daß er die
ganze Sache nicht gewollt hätte, schon lange nicht, daß dem
Juwelier was passiert. Auch auf den Schmuck wäre er nicht

weiter scharf gewesen, nur... Einer der Polizisten unterbrach ihn: »Das kannst du alles deinem Haftrichter erzählen!«

Schocker läuft hin und her, wartet, heult. Niemandem kann er hier etwas erzählen. In seinen Sonntagsklamotten steckt kein Taschentuch. Sein Ärmel wird vor Rotz und Tränen naß. Schocker denkt an Elli, daß sie wie verabredet hinterm Kiosk wartet, um mit ihm spazieren zu gehen, vielleicht auch zum Schrebergarten. Wie lange wird sie warten? Schocker kann den Gedanken nicht ertragen. Hier helfen keine Tränen mehr. Er schlägt mit dem Kopf gegen die Wand, zwei, dreimal. Als sich der Schmerz in ihm breit macht und seine Stirn vom rauhen Putz aufgeschrabbt ist, blutet, fällt ihm der Juwelier ein. Erst lebendig, dann tot. Wie der gelächelt hatte, als Schocker die Story von der Mutter und den sechs Geschwistern erzählte. Solche Kunden, hatte er gesagt, sind ihm manchmal am liebsten. Mindestens zehn Golduhren lagen auf dem Tisch, eine Schublade voller Armbänder und eine mit Broschen, die ein paar Minuten später allesamt in Schockers Hosentasche verschwunden waren. Und dann der tote Juwelier, aus dessen Kopf es gespritzt hatte und der so merkwürdig zusammengesackt war. Schocker fährt mit allen zehn Fingern über seine Stirn, kratzt die abgeschrabbte Haut noch weiter auf. Er hätte nichts dagegen, wenn jetzt an irgendeiner Stelle seines Körpers auch Blut herausliefe, eine ganze Lache voll, so groß, daß er darin herumschwimmen und ertrinken könnte.

Schritte. Die Tür wird aufgeschlossen.

»Los, komm!«

Schocker nimmt dem Kommissar gegenüber Platz, froh, nicht mehr allein sein zu müssen.

»Wollen Sie eine Aussage machen?«

»Ja.«

Schocker zeigt Bereitwilligkeit und bekommt eine Zigarette.

»Na, dann schieß los!«

Es wird ein ausführliches Protokoll, in dem neben dem Wunsch, Elli Grün eine goldene Uhr zu schenken, auch von Schockers nicht erhaltenem Lehrvertrag die Rede ist. Der Kriminalkommissar erfährt auch von Schockers Lüge und dessen Schwierigkeit, wieder herauszufinden, ohne vor den Grünen sein Gesicht zu verlieren.

»Gut«, sagt der Kommissar, mittlerweile von Schockers ununterbrochenem Redefluß ermüdet, »und wer von euch beiden hat den Juwelier zusammengeschlagen?«

Schocker verstummt, hebt zögernd die Schulter.

»Der Mann ist tot«, sagt der Kommissar, »wollen Sie wegen Mordes angeklagt werden?«

»Nein«, flüstert Schocker in maßlosem Entsetzen, »nein!«

»Also, wer war's?«

»Richy!«

Mücke hat es mal wieder zuerst gesehen. Das Auto der Bullen. Er macht Franz Grün darauf aufmerksam. Der rennt dem Auto nach, bis die Polizisten bei Wargas halten. Franz überlegt, ob von denen vielleicht wieder jemand überfahren worden ist. Aber die Bullen kommen allein heraus und nehmen niemanden mit, um ihn in ein Krankenhaus zu fahren. Die Wargasche Tür bleibt geschlossen. Franz Grün muß eine ganze Zeit warten, bis er von Charli für zwei Kaugummis erfährt, was vorgefallen ist.

Bis auf Birgitt und Dagmar waren zufällig alle zu Hause, als die Polizei reinkam, erzählt Charli. Die Mutter wäre ganz weiß geworden und hätte immerzu geschrien, ob den Mädchen etwas passiert sei. Eine Weile dauerte es, bis die Bullen Frau Schock beruhigen konnten. Sie fragte noch, ob vielleicht ihrem Ältesten etwas zugestoßen sei. Na ja, und da kamen die zur Sache und sagten, daß er wegen eines mit Richy verübten Raubüberfalls in einem Juweliergeschäft verhaftet worden sei.

»Der Schocker?« Franz Grün will die Geschichte nicht glauben und verlangt seine Kaugummis zurück. Aber Charli

201

bleibt hart, sagt, daß das noch nicht alles wäre und es morgen in der Zeitung stehen würde.

»Was noch?«

Charlis Gesicht nimmt Farbe an, besonders seine Ohren.

»Die haben auch einen dabei umgelegt!«

Franz Grün ist sprachlos. Schocker, der Freund von Elli, soll einen umgelegt haben?

Charli ist zu weiteren Auskünften nicht bereit. Nichts erzählt er von dem, wie es zu Hause zugegangen ist, als die Bullen ihren Auftrag erledigt hatten. So etwas kann man nämlich nicht erzählen. Deshalb läßt Charli auch den Versuch und haut ab.

Die Bullen waren schon aus der Küche, als Frau Schock immer noch nicht begriff, was die von ihrem Ältesten erzählt hatten. Die Räder von Herrn Wargas Rollstuhl quietschten. Mit großer Geschwindigkeit begab er sich in seine Ecke und sagte von dort laut und deutlich: »Du hast einen Mörder zum Sohn!«

Frau Schock hob die Arme und ließ sie wieder sinken. Frau Schock schrie laut auf und war anschließend still. Wenn sie jetzt einer angetippt hätte, wäre sie sicher vom Stuhl gefallen, vielleicht dabei in einzelne Scherben zerbrochen. Wie eine Porzellanfigur.

»Vielleicht ist es nicht wahr«, sagte Charli, der die Starrheit der Mutter nicht aushalten konnte.

»Es wird schon wahr sein, wenn's die Polizei sagt«, kam es wieder aus der Ecke. Frau Schock bewegte sich immer noch nicht, selbst ihre Lider blieben offen. Charli dachte einen Augenblick, ob seine Mutter vielleicht im Sitzen und vor Schreck gestorben sei. Den anderen ging es nicht besser. Agnes sagte nicht: »Sieh mal an« oder »Habt ihr das gewußt?« Sie schob ihre Hand über den Tisch zur Mutter hin, wollte wohl trösten, als der Vater zum dritten Mal den Mund aufmachte: »Ein Warga hätte das nicht gemacht!«

Das brachte Leben in Frau Schock und hätte Agnes und Charli erleichtert, wenn es nun nicht noch schlimmer anzusehen gewesen wäre. Abermals hob sie die Hände hoch, dann klatschte sie vornüber auf den Tisch. Die Arme ausgestreckt, das Gesicht auf die Resopalplatte gedrückt, schluchzte sie: »Ich will nicht mehr, ich will nicht mehr, ich will nicht mehr!«

Die Wiederholung machte Agnes und Charli ängstlich. Sie hoben die Mutter hoch, was nicht half, sie blieb dabei, daß sie nicht mehr wollte und nicht mehr konnte. Als Herr Warga nun seinerseits beunruhigt heranrollte und nach ihr griff, um sie zu beruhigen, schlug sie seine Hand zurück und brüllte: »Du bist schuld, du!«, was Herr Warga beim besten Willen nicht einsehen wollte.

Während Franz Grün die Wargasche Wohnung im Auge behält, bleibt Mücke auf der Hut, was das weitere Ziel der Bullen ist. Wie man sieht, nicht die Rückkehr ins Revier, sondern der Block der Einfachstwohnungen. Fenster und Türen öffnen sich. Wer vor dem Haus ist, bleibt stehen und schaut den Beamten nach. Nur die Kinder laufen hinterher.

Gerda Kiffke öffnet im Unterrock. Die Nachbarsfrauen werfen sich Blicke zu. Solange auch Mücke nach dem Weggang der Bullen vor Pieschs Wohnung Posten bezieht, der Alte kommt nicht heraus.

Elli glaubt es nicht. Erst lacht sie, und als Franz die Geschichte noch einmal erzählt, haut sie ihm eine runter. Ihre Hand knallt unverhofft in sein Gesicht. Frau Grün muß Elli festhalten. Es sieht ganz so aus, als wollte die ihrem Bruder noch eine kleben.

»Beherrsch dich, Kind«, sagt sie und nimmt Elli in den Arm. Franz ist ziemlich wütend. »Euch erzähl ich gar nichts mehr«, faucht er.

»Das wird auch gut sein«, sagt Frau Grün, Elli immer noch im Arm haltend.

»Laß mich los!« Elli will nicht umarmt sein, »ich glaub' es nicht. Es ist gelogen!«

Sie schreit: »Gelogen, versteht ihr?«

Niemand antwortet.

»Ich versteh's nicht«, seufzt Frau Grün schließlich, »er hat's doch wirklich nicht nötig gehabt!«

»Glaubst du es etwa auch?« Ellis Stimme schneidet ins Trommelfell.

»Na ja«, Frau Grün weiß nicht, wie sie sich ausdrücken soll, »die Polizei wird ja nicht gerade so was behaupten, wenn's nicht stimmt!«

Frau Grün sagt »so was«. Franz denkt, was heißt hier so was. Der Schocker hat einen umgelegt, basta. Ab jetzt ist der ein schwerer Junge. Da wird sich auch das Fräulein Schwester dran gewöhnen müssen. Aber die tut's nicht, fängt schon wieder an zu lachen, höhnisch und giftig, daß der Mutter vor Schreck der Mund offenbleibt.

»Ich werd' ihn fragen«, sagt Elli, »dann werdet ihr's ja sehen!«

Franz denkt abermals. Denkt, was heißt hier fragen. Elli kann sich ja nicht mit Schocker mal kurz im Knast treffen, um ihn zu fragen, ob er einen umgelegt hat. Ein Knast ist keine Disco. Weiß der Himmel, was Elli vorhat, Franz weiß es jedenfalls nicht und die Mutter auch nicht. Elli wäscht sich, zieht sich um und kämmt ihre Haare. Geradewegs so, als wollte sie mit Schocker ausgehen. Auf dem Weg zum Bus grüßt sie Mückes Mutter, als wäre nichts passiert, und lächelt.

Ohne Besuchserlaubnis darf Elli nicht in den Knast. Da ist nichts zu machen. Schocker bleibt unerreichbar, hinter der Gefängnismauer nicht zu sehen und nicht zu befragen. Der einzige, der Ellis Meinung nach helfen könnte, ist Adam. Elli war noch nie im Büro der Sozialstation. »Mit der Behörde haben wir nichts zu schaffen«, sagt Frau Grün und regelt das Familienleben so gut sie kann allein. Nach Ansicht der Grünen ist die Sozialstation eher für Leute wie Pieschs und Konsorten da. Aber jetzt sieht Elli die Sache anders.

»Setz dich«, sagt Herr Adam, weiß, wer Elli ist, weiß, wie sie heißt. Das hat sie nicht erwartet.

»Du kommst wegen Schocker?« fragt Herr Adam, als könnte er Gedanken lesen.

»Woher wissen Sie das?«

»Weil du sonst keinen Grund für einen Besuch haben wirst, denk ich mir.«

»Er sitzt«, flüstert Elli, als wäre diese Nachricht für niemanden anders als für Herrn Adam bestimmt. »Er hat mit Richy eingebrochen, und sie haben einen zusammengeschlagen. Tot.«

»Ich weiß es, Elli!«

Das Telefon klingelt. Herr Adam hebt nicht ab, stellt den Apparat leise. »Kann später anrufen!«

Elli ist dankbar.

»Er sitzt«, wiederholt sie und fährt mit dem fort, was schon Frau Grün gesagt hat: »Ich versteh es nicht. Er hat es doch nicht nötig gehabt.«

Herr Adam schweigt, zeigt Geduld.

»Er hat's besser gehabt als jeder andere.« Elli spricht schnell, auch nicht mehr leise. Elli klagt an. »Meine Mutter hat ihn wie einen von uns versorgt. Zu Hause war er nur zum Schlafen. Er hat einen Arbeitsplatz und die Lehre bekommen, die er haben wollte und ...« Elli muß sich zusammennehmen, um nicht zu heulen, »wir haben uns so gut verstanden. Vielleicht hätten wir mal geheiratet. Manchmal haben wir uns schon überlegt, wie wir uns einrichten würden!«

Pause, in der Elli ihr Taschentuch zusammen- und wieder auseinanderfaltet. Plötzlich wird sie laut, keift. Keift so wie Mückes Mutter, auch Frau Grün, wenn's sein muß, und wie es hundertfach am Tag in der Siedlung zu hören ist. »Der Richy war's. Der hat ihn dazu gebracht. Ich hab' Schocker immer gesagt, er soll sich nicht mit dem abgeben, der ist ein Verbrecher. Jetzt sieht man, was dabei herauskommt. Wenn ich gewußt hätte, daß er wieder mit dem Piesch zusammen ist, wäre das nicht passiert.«

»Elli«, unterbricht Herr Adam, »weißt du denn, warum Schocker den Bruch gemacht hat?«

Sie hat sich in Wut geredet und kommt mit Schockers Undankbarkeit nicht zurecht. »Was weiß ich«, antwortet sie, »er ist jedenfalls gemein!«

»Er wollte für dich eine goldene Uhr haben. Das hat er beim Verhör angegeben. Du solltest sie zum Geburtstag bekommen!«

»Nein!« Elli schüttelt den Kopf, sagt noch einmal: »Nein!«, hört gar nicht auf mit dem Kopfschütteln.

»Er hat doch Erspartes gehabt!«

»Das war gelogen!«

»Ich hab's doch nicht ernst gemeint mit der Uhr. Er war's, der damit angefangen hat. Ich weiß ja, daß er als Lehrling nichts zur Seite legen kann!«

»Er war kein Lehrling, nur Hilfsarbeiter!«

»Aber er hat's doch erzählt und ist immer zur Berufsschule gegangen!«

»Auch gelogen!« sagt Herr Adam trocken, »sein Chef hat einem anderen die Lehrstelle gegeben!«

»Warum?«

»Vielleicht, weil Schocker aus der Siedlung kommt, vielleicht, weil der andere bessere Beziehungen zum Chef hat. Das bekommt man hinterher nie heraus. Auf alle Fälle hat Schocker es nicht fertiggebracht, euch die Wahrheit zu sagen. Wenn du mich fragst, sag ich, er hat Angst gehabt, von dir und deiner Familie nicht mehr anerkannt zu werden. Zu Hause hat er immer schon seine Schwierigkeiten gehabt. Dich zu verlieren, bei euch nicht mehr essen zu dürfen, nicht mehr dazuzugehören, das hat ihn in die ganze Lügerei reingetrieben, aus der er nicht mehr herauskonnte.«

Von Elli kommt nichts mehr. Keine Frage, keine Erklärung. Hin und wieder streicht sie sich über die Haare. Mit Weinen ist nichts.

»Ich bin überzeugt«, sagt Adam, »Schocker wollte wirklich nur die Uhr für dich. Alles andere hat ihn nicht interessiert. Aber das ist nur meine Meinung. Du kennst ihn ja besser!«

»Ich möchte ihn besuchen.« Elli steht auf.

»Ich war schon im Gefängnis. Der Beamte hat gesagt, ich brauche von der Staatsanwaltschaft eine Besuchserlaubnis. Können Sie mir helfen?«

»Natürlich kann ich das, Elli.«

Herr Adam stellt wieder sein Telefon laut.

»Ich finde es gut, daß du ihn besuchen willst!«

Seit vier Tagen sind Schocker und Richy im Knast. Für Schocker ist das alles keine Wirklichkeit. Tag und Nacht liegt er auf seinem Bett, starrt an die Decke und bildet sich ein zu träumen. Geträumter Knast. Der Krach, der Gestank, das vergitterte Fenster, ewiges Schlüsselgeklimper, Türen ohne Klinken, Befehle, pausenlos Befehle, sobald man aus der Zelle kommt. Hofgang, Essen fassen. Verhör, Licht aus, Licht an, Zelle putzen, Betten bauen. Schocker liegt mit zwei Typen zusammen, die den ganzen Tag Karten spielen, Witze erzählen und Ganoven werden wollen. Alles andere hat ihrer Meinung nach keinen Zweck. Warum der Piesch mit so einer Nulpe wie Schocker einen Bruch macht, können die Zellengenossen nicht verstehen. Sie halten Schocker für eine Memme. Sie glauben sogar, daß Piesch nur wegen Schocker dem Juwelier eins über die Rübe hauen mußte. Schocker schweigt, dreht sich zur Wand, denkt nichts, hört nichts, sieht nichts. Mit der Zeit lernt er, bei Krach zu schlafen, Tag wie Nacht.

Das ändert sich erst mit dem Brief, den Schocker von Richy zugesteckt bekommt. Wacklige Buchstaben und eine Menge Fehler. Das spielt keine Rolle. Der Inhalt ist es, der Schocker stark macht. Man könnte sagen, wach. Er befestigt den Brief über seinem Bett. Nicht nur die Typen können ihn lesen, auch der Stockwerkbeamte, der Sozialarbeiter und der Pfarrer, der die Zelle bisher einmal aufgesucht hat. »Lieber Schocker«, schreibt Richy Piesch, »wir sind zu zweit – Du und ich! Dein Freund Richy.«

Ab da zeigen die Typen in der Zelle Schocker gegenüber mehr Respekt. Denn Richy ist wer, da gibt's nichts. Der

läßt sich nichts gefallen, schlägt zu, wenn ihm einer dumm
kommt, hat nach drei Tagen den Schänzer zum Freund und
soll neulich von geschmuggeltem Schnaps stockbesoffen gewesen sein. Aus dem Piesch wird mal ein ganz Abgebrühter,
darüber sind sich alle einig, auch die Beamten.
Daß er einen hingemacht hat, stört Richy nicht weiter. Fragt
ihn einer danach, grinst er in die Gegend und sagt, daß der,
den er umgelegt hat, eben ein bißchen Pech gehabt habe. So
etwas kann vorkommen.
Neulich beim Hofgang sind sich Richy und Schocker begegnet. Zufall. »He, Schocker«, sagte Richy, und Schocker
sagte: »He, Richy!« Das war alles, aber es genügte. An dem
Abend spielte Schocker zum ersten Mal mit seinen Zellengenossen Karten und gewann.

Marion Köpping ist nervös. Der Beamte hat sie ins kleine
Verhörzimmer geführt. In ein paar Minuten wird Richy hier
sein, und sie weiß immer noch nicht, wie sie es ihm beibrin-
gen soll. »Ein harter Bursche, dieser Piesch«, hatte der
Stockwerkbeamte gesagt, »so was kriegen wir nicht alle
Tage. Da machen Sie sich keine Sorgen, dem macht nichts
was aus, aber auch gar nichts!« Der Raum ist kahl, wie alle
Räume im Knast. Ein Schreibtisch, zwei Stühle, ein Telefon,
in der Ecke ein Waschbecken. Die Wände, mit schmutzig-
gelber Ölfarbe gestrichen, geben speckig erstes Herbstlicht
zurück. Draußen scheint die Sonne. Durch die halbgeöffnete
Tür sieht Marion Köpping den gegenüberliegenden Gang.
Schmal, so schmal, daß zwei Leute mit knapper Not aneinander vorbeikönnen. Der Boden ist aus Beton. Jeder Schritt
dröhnt. Zellentür neben Zellentür, numeriert, abgeschlossen
und mit zwei Riegeln versehen. Einer oben, einer unten, Lö-
wenkäfige. Von Gang zu Gang hängt zwischen den Stock-
werken ein Netz. Grobmaschig geknüpft erinnert es an einen
Zirkus. Und wie im Zirkus schützt es auch hier vor etwai-
gem Todesfall. Nur sind's keine Trapezkünstler, sondern Ge-
fangene. Kein versehentlicher Tod, der den Artisten er-

wischt, ein gewollter, den der Verzweifelte sucht. Von selber sterben ist staatlich verboten. Richy kommt, lacht, schüttelt seine Locken und denkt nicht daran, Frau Köpping die Hand zu geben. Auf seinem Handrücken ist der Kopf eines Jaguars tätowiert. Die Einstichstellen sind noch nicht ganz verheilt. Richy lümmelt sich auf einen der beiden Stühle. Er trägt schlecht sitzende Anstaltskleidung. Alles ein wenig zu groß.

»Wie geht's dir?« fragt Frau Köpping und ist sich gleichzeitig ihrer törichten Frage bewußt.

»Danke, ausgezeichnet!«

Und weil Frau Köpping schweigt, immer noch nach einem guten Anfang für ihre schlimme Nachricht sucht, setzt Richy das Gespräch fort.

»Mir geht's hier besser als bei meinem versoffenen Vater, das können Sie ihm ausrichten. Sie können ihm auch sagen, daß er sich vor mir in acht nehmen soll, wenn ich rauskomme!«

Frau Köppings Betroffenheit macht Richy Spaß. Es macht ihm so viel Spaß, daß er noch ein paar Schimpfworte über seinen Vater hinterherjagt.

»Hör auf, Richy!«

»Wieso? Mir ist mein Vater scheißegal, von mir aus kann er verrecken!«

»Vielleicht brauchst du da gar nicht mehr lange warten!«

Frau Köpping sagt das nebenbei, sicherlich. Aber irgend etwas ist ernst mit dem, was sie sagt. Richy fällt auf, daß sie nicht sitzt, sondern herumläuft.

»Was ist los?«

Endlich setzt sie sich und legt ihre Hände übereinander. Das gibt Ruhe.

»Dein Vater liegt im Krankenhaus, bewußtlos – seit drei Tagen. Die Ärzte sagen, es steht schlecht!«

»Und warum?« Richys Stimme klingt verdammt dünn.

»Er ist zusammengeschlagen worden. Niemand weiß, wer es war!«

»Wo?«

Frau Köpping zögert. Wenn sie Richy nicht die Wahrheit sagt, wird er sich mit den fragwürdigen Meldungen aus der Zeitung zufriedengeben müssen.

»Im Zigeunerblock. Er war betrunken und hat herumgebrüllt, daß die daran schuld wären, daß du hier bist. Mehr hat man nicht erfahren können. Bisher ist auch aufgrund der Untersuchung kein Name genannt worden.«

Richy hebt sich langsam vom Stuhl, wächst und wächst in eine stocksteife Größe hinein.

»Richy«, sagt Marion Köpping leise, »dreh nicht durch, das geht für dich nicht gut aus!«

Richy hört kein Wort. Seine Pupillen werden weit, schwärzen die Iris und geben seinem Blick etwas Irres.

Noch ein Versuch.

»Richy«, sagt Frau Köpping und faßt ihn vorsichtig am Ärmel an. Eine sanfte Berührung ist es, aber sie genügt. In Richy kommt Bewegung. Er schlägt zurück, bückt sich, reißt im Sprung die Tür auf und brüllt mit ungeheurer Lautstärke: »Die Schweine haben meinen Vater zusammengeschlagen! Gebt mir meine Stahlfeder, laßt mich raus. Ich schlag' sie tot, ich schlag' sie alle tot!«

Es hallt mächtig von einer Wand zur anderen durch den Knast. Beamte kommen angelaufen. Ihre Schritte knallen wie Schüsse. Unruhe, überall entsteht Unruhe. Es wird gerufen, geklopft. Flüche. Richy rennt. Natürlich kommt er nicht weit. Stockwerk für Stockwerk ist zu hören, was er schreit: »Wenn mein Vater stirbt, schlag' ich sie alle tot!«

Zwei, drei geschickte Griffe, und Richys Arme liegen wie Krummholz auf seinem Rücken. Handschellen. In der Beruhigungszelle wird ihn niemand mehr hören.

»Der muß sich ausgerechnet aufregen«, sagt der Stockwerkbeamte, »schlägt selber einen tot und zieht bei uns so eine Show ab!«

Eine Stunde später ist alles vergessen. Der Knastalltag geht weiter. Nur nicht für Schocker. Der hat nämlich Richys Gebrüll gehört. Andere berichten davon. Wegen seinem Vater, heißt es, habe der Piesch total durchgedreht. Einige wollen gesehen haben, daß er wie ein Kind geheult hätte und vom Anstaltsarzt eine Spritze bekommen habe. So kann man sich irren! Piesch ist nicht der King, Piesch ist ein ganz armseliger Butzemann, dem bei der ersten Gelegenheit die Luft aus dem Absatz geht. Kein Wunder, daß der sich mit einem wie Schocker zusammentut.

Schocker nimmt nachts Richys Brief von der Wand. Den Brief mit dem schönen Spruch. Alles stimmt nicht. Richy hat seinen Vater nicht verachtet, hat nur so getan, um sich interessant zu machen. Richy hat bewiesen, daß auf ihn kein Verlaß ist. In Schocker ist es hohl. Sein Herzschlag dröhnt wie in einem leeren Faß. Elli ist weit weg, und Richy ist ab heute auch weit weg. Warum, denkt er und atmet den nächtlichen muffigen Zellengestank durch die Nase, warum bin ich eigentlich am Leben? Schocker kommt zu keinem Ergebnis, ohne darüber traurig zu werden. Aus einem leeren Faß kann nichts herauslaufen. Nur darf es nicht weh tun, es muß schnell gehen, und die anderen dürfen nichts merken. Alles, was Schocker zu den gegebenen Möglichkeiten des Sterbens einfällt, tut aber weh. Darüber schläft er ein.

Die Telefonate sind nicht mehr zu zählen, bis Marion Köpping endlich die Erlaubnis bekommt, daß Richy seinen Vater im Krankenhaus besuchen darf. Anfangs wird ihr Anliegen als nicht notwendig abgelehnt. Erst nachdem sie von dem zuständigen Arzt eine Bescheinigung vorlegt, daß man mit dem Ableben des Herrn Piesch zu rechnen hat, läßt der Staatsanwalt mit sich reden. Andrerseits, so wendet er ein, kann der Mann ja in seiner Bewußtlosigkeit kein Wort zu seinem Sohn sagen. Was soll dann der Aufwand? Das kostet den Staatsapparat unnötig Geld und der Anstalt Zeit.

»Und der Junge, glauben Sie nicht, daß der Besuch für den Jungen wichtig ist?« fragt Marion Köpping.

»Das bringt den auch nicht mehr aufs rechte Gleis«, winkt

der Staatsanwalt ab, »diese Kerle macht nichts mehr kirre, glauben Sie mir!«

»Er hat seinen Vater sehr gern!«

Der Staatsanwalt lacht. Seine Hände, mit denen er umsichtig an seinem Hängeschnäuzer zieht, sind spindeldürr, »so, so, Sie meinen, er hat seinen Vater gern!«

Zwei Tage später darf Richy seinen Vater sehen. Auf diese Nachricht hat er nicht reagiert. Kein Wort, keine Freude. Auch keinen Dank, und den hatte der Gefängnisdirektor erwartet. Ein harter Bursche, das ist auch seine Meinung, bei dem alle Vorsichtsmaßnahmen streng eingehalten werden müssen. Da spielt Alter keine Rolle. Was heißt hier schon fünfzehn Jahre. Immerhin hat dieses »Kind« einen Familienvater totgeschlagen. Frau Köppings Bitte, mit Richy allein in die Klinik zu fahren, wird ohne Diskussion abgelehnt. Selbstverständlich kann sie mitkommen, aber der Besuch wird von zwei Vollzugsbeamten überwacht.

»Drei fremde Menschen, die zusehen, wie er seinen Vater zum letzten Mal sieht?«

Der Gefängnisdirektor nickt. Anders ist nicht für Sicherheit und Ordnung zu sorgen.

»Dann bleib' ich hier«, sagt Marion Köpping, »das möchte ich dem Jungen ersparen!«

»Ganz wie Sie wünschen!«

Im Krankenhaus ist Besuchszeit. Menschen, Kranke und Gesunde, stehen herum, gehen auf und ab, warten. Richys Schritt ist gleichmäßig. Zwischen den Beamten fällt er auf. Einmal, weil er so klein ist, zum zweiten, weil er Handschellen trägt. Das sieht jeder an der Haltung seiner Arme. Eine Gasse bildet sich. Ein Verbrecher, wer hat schon mal einen gesehen? Die Gesichter der Beamten sind undurchdringlich. Diese Art Aufgaben mögen sie nicht, und sie beschleunigen deshalb ihr Tempo.

Auf der Intensivstation gibt's kein Publikum. Hier ist alles still. Die Schwestern und Ärzte mit ihrem Mundschutz wirken selbst wie Verletzte. »Da«, sagt eine Schwester und öffnet eine Tür. Die Beamten folgen Richy ins Krankenzimmer.

Herr Piesch liegt ganz friedlich, so als wäre er besoffen. Nur hat er Schläuche in der Nase. Sein Kopf ist verbunden. Alles schön weiß und sauber. Wenig erinnert hier an den alten Piesch. Wenn er wenigstens den Mund aufmachen würde für eine anständige Schnapsfahne und einen seiner Flüche. Aber so? Richy dreht sich den Beamten zu.

»Laßt mich allein!«

Kopfschütteln. Keine Genehmigung. Richy schluckt herunter, was er sagen will, nimmt sich zusammen. Er hebt die Hände, die in den metallenen Ringen stecken, ganz und gar unbeweglich.

»Bitte«, flüstert er, »nur für einen Augenblick!«

Abermals wackeln die Köpfe. Bestimmung ist Bestimmung.

Richy geht zum Bett, beugt sich über den Vater.

»Sie sind alle Schweine, Papa, hörst du mich?«

Herr Piesch hört nichts. Mit seinem zertrümmerten Schädel kann er seit sechs Tagen nichts mehr hören. Bald wird er tot sein, so wie der Juwelier tot ist. Nur denkt Richy nicht an den, zieht auch keinerlei Vergleich, redet leise zu dem Vater, bückt sich tiefer und flüstert dem Bewußtlosen Dinge ins Ohr, die auch den Beamten unverständlich bleiben. Es sieht aus, als ginge es Richy um einen Schwur. Dann richtet sich Richy auf.

»Gehen wir«, sagt er mit einem blöden Grinsen.

»Du kannst länger bleiben«, meint einer der Beamten, »die Zeit ist noch nicht um!«

»Mein Vater sagt, Bullen kann er in seinem Zustand nicht ertragen, und den Gefallen möchte ich ihm tun!«

»Mann, Mann«, seufzt einer der Beamten, der andere sagt nichts. Schweigend bringen sie Richy wieder zurück. Der geht aufrecht, grinsend, den Blick ins Publikum gerichtet.

Schocker ist immer noch nicht eingefallen, auf welche schmerzlose Weise er sein Leben beenden könnte. Fürs erste hat er das Essen eingestellt, auch das Reden. Das Schweigen hat er zu Hause gelernt. Seine Gesichtshaut nimmt einen gelblichen Ton an, und seine Zellengenossen nennen ihn deshalb Quitte. Schocker läßt sich seine Selbstmordchancen zum hundertsten Mal durch den Kopf gehen. Aufhängen, Rasierklingen schlucken oder Kugelschreiberminen, von wegen des Giftes. Schrauben, Löffel und sonstige Gegenstände werden im Revier mit Sauerkraut, Kartoffeln und Rizinus auf natürliche Weise wieder ans Tageslicht befördert. An Schlaftabletten kommt er nicht heran.

Die Tür wird aufgeschlossen.

»Schock, Joachim, rauskommen zum Besuch!«

Schocker hört nicht. Liegt zur Wand gekehrt und überlegt, ob er sich am Mittwoch zwischen 14 und 15 Uhr aufhängen soll. Da sind seine Zellengenossen in der Sportstunde.

»He, Quitte, beweg dich, Besuch!«

Schocker rutscht vom Bett, latscht hinter dem Beamten her, ungekämmt, ungewaschen, mit verquollenem, gelblichem Gesicht. Auch mit ihr wird er nicht reden, das nimmt sich Schocker vor. Vielleicht hat sie sich heute Herrn Warga aufs Kreuz gebunden und kommt mit ihm gemeinsam hier angetanzt. Dann können sie zu zweit auf ihm herumhacken. Schocker horcht in sich hinein, lehnt am Geländer des Ganges vorm Einlaß zum Besuchszimmer und konzentriert sich. Nein, da gibt's nichts, was sich für die Mutter rührt. Die ist ihm egal, wie die ganze Warga-Bande ihm egal ist. Auch Fritzchen wird einer von denen werden. Schocker überlegt, ob er der Mutter das sagen soll. Dann hätte er seinen Frieden. Da er aber sowieso übern Jordan will, kann ihm Frieden oder nicht Frieden egal sein. Also wird er nichts sagen. Einfach nur dasitzen und sie ansehen. Bestimmt geht sie dann von allein und wird vor Mittwoch nicht wiederkommen.

»Schock, Joachim«, ruft der Beamte.

Ein winkliges Zimmer, ein runder Tisch, zwei Stühle. Auf

214

dem einen sitzt Elli. Ja, es ist Elli. Schocker wischt sich übers Gesicht, über die ungekämmten Haare.

»Na, geh schon«, sagt der Beamte und schubst Schocker so weit hinein, daß er die Tür zumachen kann.

»Elli«, sagt Schocker, fummelt an sich herum und kommt sich plötzlich unheimlich dreckig vor.

»Ich wußte nicht, daß du es bist!«

»Wer denn sonst?« fragt Elli.

Er setzt sich ihr gegenüber.

»Ich hab' gedacht, du magst mich nicht mehr...«

Elli legt ihre Hand auf Schockers Hand, sieht zu dem Beamten hinüber.

»Erst schon«, sagt Elli zögernd, »weil ich's nicht begreifen konnte. Aber der Adam hat mir erzählt, was gelaufen ist, auch daß du die Lehrstelle gar nicht bekommen hast und es uns nicht sagen wolltest!«

Schocker wird verlegen und legt seinerseits seine Hand auf Ellis. So wechseln sie sich gegenseitig ab, wie das uralte Kinderspiel. Ein jeder versucht, seine Hand auf die des anderen zu legen. Dabei werden Elli und Schocker in ihren Bewegungen immer langsamer. Zum Schluß halten sie sich gegenseitig so fest, daß ihre Fingerknöchel weiß werden.

»Wenn du rauskommst, machst du den Führerschein. Da sparen wir gemeinsam drauf, okay?«

Schocker kann nicht mehr reden. Kein Ton kommt ihm aus der Kehle. Und ich wollte über den Jordan, denkt er. Mittwoch zwischen 14 und 15 Uhr, ich Idiot. Er hört Elli zu, klebt an ihren Augen – alles wird ganz heiß in ihm.

»Vielleicht kriegst du Bewährung, weil's doch Richy war. Von dir waren auf der Stahlfeder keine Fingerabdrücke und...« Elli lächelt Schocker an, »vielleicht kann ich wegen der Uhr aussagen!«

»Und deine Mutter?«

»Weiß ich nicht. Aber ich hab' dich ja lieb und nicht die Mama!«

»Du hast mich lieb? Auch jetzt noch?«

»Jetzt erst recht!« antwortet Elli, »vielleicht sogar noch mehr!«

Als die Besuchszeit zu Ende ist und Schocker wieder in seine Zelle kommt, legt er sich nicht wie sonst auf sein Bett. Er setzt sich an den Tisch, raucht.
»Sieht gar nicht mehr so gelb aus, die Quitte«, sagt einer der beiden Typen.
»Hm«, meint der andere, während er Schocker nachdenklich betrachtet, »ist was?«
Schocker sieht nicht die Zelle, hört nicht, was die Typen sagen. Er denkt nur immer wieder Elli, Elli. Schocker lächelt, kann damit gar nicht aufhören.
Die beiden sehen sich an, seufzen: »Schade, ehrlich schade. Nun ist er auch noch verrückt geworden!«

Nachwort

»Ich dachte, so etwas gibt es nur noch in der dritten Welt...«
Mit diesen Worten eröffnete ein 15jähriger die Diskussion,
nachdem ich zwei Kapitel aus meinem Buch in einem Gym-
nasium vorgelesen hatte. Niemand lachte, niemand wider-
sprach und niemand wußte, daß seit Kriegsende in der
Nachbarschaft der Schule eines der größten Obdachlosen-
gebiete der Bundesrepublik entstanden war.
In der Bundesrepublik leben weit über eine halbe Million
Menschen in Notunterkünften, wie ich sie hier beschrieben
habe. Die Hälfte der Bewohner sind Kinder und Jugendliche.
Wie kommen aber diese Familien in ein Obdachlosengebiet?
Durch Kündigung der bis dahin relativ billigen Wohnungen
wegen Abriß oder gewerblicher Nutzung. Scheidung oder
Tod des Hauptverdieners. Ein arbeitsbedingter Umzug.
Krankheit, eine Haftstrafe oder auch Arbeitslosigkeit. 50 %
landen wegen Mietschulden im Obdachlosengebiet. Bei ca.
20 % machen die Hausbesitzer Eigenbedarf geltend. An die
10 % fallen der öffentlichen Planung zum Opfer. Dem Rest
von 20 % wird sogenanntes »Eigenverschulden durch Vor-
strafen« (dadurch findet die Familie nämlich keine neuen
Vermieter) oder »vertragswidriger Gebrauch« einer Wohnung angelastet.
Kindern und Jugendlichen, denen oft weniger als 5 qm als
Wohnfläche zur Verfügung stehen, die kein eigenes Bett haben, keine Ruhe zum Lernen, die Sonderschulen besuchen –
und oft nicht einmal die –, haben später keine Berufs-

chancen. Sie vergrößern die Obdachlosengebiete, bekommen wiederum Kinder, die damit in dritter und vierter Generation im Ghetto der »Randgruppen« unserer Gesellschaft wohnen.

Ich schrieb das Buch für Jugendliche über Jugendliche unseres Landes, damit statt Vorurteilen das Fragen nach dem »Warum« gelernt wird.

Das Verschweigen oder Verdrängen einer wachsenden Bevölkerungsschicht und deren Schicksal in unserer Bundesrepublik hilft keinem Jugendlichen. Viel eher wird ihm eine Verantwortung aufgelastet, mit der die heutige Erwachsenenwelt weder etwas zu tun haben will noch damit fertig wird.

Dezember 1977   Leonie Ossowski

Marlen Haushofer

Himmel,
der nirgendwo endet

Roman

Band 5997

»Das kleine Mädchen, von den Großen Meta genannt, sitzt auf
dem Grund des alten Regenfasses und schaut in den Himmel.
Der Himmel ist blau und sehr tief. Manchmal treibt etwas
Weißes über dieses Stückchen Blau, und das ist eine Wolke.
Wolke ist etwas Rundes, Fröhliches und Leichtes.« So beginnt
dieser Roman, in dem Marlen Haushofer dicht ineinander ver-
wobene Ereignisse und Eindrücke aus jenem Reich erzählt,
dessen Himmel nirgendwo endet - aus dem Reich der Kindheit.
Sie beschreibt die entscheidenden Jahre, die ein heranwachsen-
des Mädchen prägen. Nie verläßt die Autorin in der Geschichte
der kleinen Meta die Perspektive des Kindes, und sie maßt sich
nicht an, korrigierend oder besserwisserisch in diese kindliche
Weltsicht einzugreifen. Die ganze Welt stürmt auf Meta ein und
offenbart sich als ein großes Durcheinander, das Meta in Ordnung bringen muß. Marlen Haushofers Roman enthält auto-
biographische Züge. Erinnerungen, eigene und imaginierte, fü-
gen sich zum Mosaik einer Kindheit, die als eine Zeit beispiel-
losen und unwiederholbaren Glücks erlebt wurde.

Fischer Taschenbuch Verlag

fi 786 / 7

Es ist nicht leicht, erwachsen zu werden.

Sie stieg auf und verbarg ihr Gesicht hinter seinem Rücken. Als sie die Stadt hinter sich gelassen hatten, hellte der Himmel auf. Kleine Flecken Blau traten zwischen den Wolken für Sekunden hervor. Ein paarmal geriet auch die Sonne in ein Wolkenloch und überstrahlte die nasse Landschaft mit kaltem, klarem Licht. Ich hab es gut, dachte Katharina, ich kann den Kopf an seinen Rücken legen und in die Gegend gucken. Jutta Schlott, *Kalter Mai*

Band 80060

Band 80058

Band 80094

Illustration: Thomas Matthaeus Müller

fi 6020 / 1 a

Illustration: Damon Burnard

Band 80076

Band 80029

Band 80033

Fischer Schatzinsel
Taschenbücher für Kinder

fi 6020 / 1 b

NOCH MEHR LESESTOFF!

John Marsden
Liebe Tracey, liebe Mandy
Roman. Gebunden, 250 Seiten (80830)
Die Brieffreundschaft von Tracey und Mandy, beide 16, beginnt mit ganz unverfänglichen Briefen. Über die Schule, ihre Familien, ihr Liebesleben und all das, was ihnen wichtig ist. Doch schon bald wird klar, daß Tracey etwas verschweigt. Sie weicht aus, verstrickt sich in Lügen. Was ist los mit ihr? Mandy läßt nicht locker, bis Tracey eines Tages mit der Wahrheit herausrückt. Ein faszinierendes und spannendes Buch, das unter die Haut geht.

Henky Hentschel
Ramóns Bruder
Roman. Gebunden, 200 Seiten (80827)
Als Ramóns Bruder geboren ist, steht die Familie unter Schock, denn Albo ist nicht schwarz wie alle anderen, sondern hellhäutig. Ramón spürt, daß sein Bruder etwas Besonderes ist und seinen Schutz braucht.
»Hentschels sinnliche Sprache verzaubert den Leser.
Ein ganz besonderes Lesevergnügen.« *Hits für Kids*

Rafik Schami
Eine Hand voller Sterne
Roman. Gebunden, 256 Seiten (80822), Gulliver Taschenbuch (78701)
Ein Bäckerjunge in Damaskus führt Tagebuch. Er erzählt Schönes, Poetisches, Lustiges, aber auch von Armut und politischer Verfolgung.
»In dem mal witzigen, mal tiefsinnigen Tagebuch-Roman geht es ebenso um poetisches Erzählen und um politische Erfahrungen, um Lesen-, Schreiben- und Lieben-Lernen.« *Fundevogel*

Reinhold Ziegler
Überall zu Hause, nirgendwo daheim
Roman. Gebunden, 228 Seiten (80819)
Ein fesselnder Roman um Freundschaft, Liebe und Enttäuschung, um Träume und Hoffnungen, in dessen Mittelpunkt zwei eigensinnige und außergewöhnliche Frauen stehen, ohne die es Kalle in dem Spessartkaff gar nicht aushalten würde.